新　潮　文　庫

鬼憑き十兵衛

大塚已愛著

新　潮　社　版

11535

目次

鬼憑き十兵衛

序　天来无妄《てんらいむもう》——廻る因果の糸車、血に塗《まみ》れて縺《もつ》れていくこと

寛永十二（一六三五）年十月。熊本。

昼間でも碌《ろく》に人も通わぬ山中は、夜更《よふ》けだというのに、妙な喧噪《けんそう》に包まれていた。土砂降りの大雨である。

季節外れの大嵐《おおあらし》が来ているのだ。時折雷鳴が轟《とどろ》いては、激しい風が木々を揺らし、大粒の雨が容赦なく地面を叩《たた》く。

少し前まで山中に咲き誇っていた女郎花《おみなえし》は、激しい雨に打たれて、すっかりその花びらを散らしていた。山頂からは、まるで川でも出来たかのように、雨水が土砂を巻き込み渦を巻いて流れてくる。それほどまでに強い雨と風だった。

そんな嵐の中、道なき道を進む屈強な男達の姿があった。十五人前後の、侍と思《おぼ》しき集団だ。皆、なかなかの手練《てだ》れのようで、蓑笠《みのかさ》を着け、更には腰に差した刀の柄《つか》を濡《ぬ》らさぬようにしっかりと油紙で包んでいる。

しかし、山歩きには不慣れなようで、獣道をたどる一行の動きは鈍い。時折、川のように流れてくる雨水に足を取られては、ずるり、と滑る者も幾人かいる。一行は皆一様に粗末な身なりで、何処《どこ》かの藩士ではなく、浪人者だと見てとれる。ただ一人、妙にこざっぱりとした格好の男がいて、どうやらそれがこの一団の頭《かしら》のようだ。

横殴りの雨の中、用意していた松明《たいまつ》の火もあっという間にかき消され、周囲は深い闇《やみ》に呑《の》み込まれていた。唯一《ゆいいつ》の明かりは、夜空を裂く雷くらい。蓑もまったく意味をなさず、小袖《こそで》は勿論《もちろん》、褌《ふんどし》までずっぷりと濡れそぼる程の大雨だった。

よりにもよってこんな時に、大嵐に丁度かち合ってしまった不運を荘林正馬《しょうばやししょうま》は心の中で密《ひそ》かに嘆く。しかし、嘆いたところで何もはじまらない。正馬は鬱蒼《うっそう》と生い茂る草木を手にした刀で乱暴に切り払い、背後にいる仲間の浪人達に檄《げき》を飛ばす。

「夜が明けるまでには何としても、あの小僧を見つけ出して始末するのだ！　あの小僧さえ殺せば、我らの仕官も無事叶《かな》うのだからな」

浪人達も皆一様に、雨に濡れてひどい有様ではあったが、それでも正馬の声に次々と呼応する。

彼等は正馬と同じ、加藤家浪人である。

　武士とは潰《つぶ》しのきかない職業だ。人を殺すのが商売である以上、太平の世では、誰かに仕《つか》えて扶持《ふち》をもらう以外に生きていく術《すべ》がない。算盤勘定《そろばんかんじょう》やら土木に長《た》けていれば、仕官先は簡単に見つかるが、剣術以外に能のない場合はそれも儘《まま》ならないのが実情だ。

　豊臣家が滅びて二十年。徳川の天下となったあとの豊臣恩顧《おんこ》の大名達は、次々と改《かい》易《えき》の憂《う》き目《め》にあっている。加藤家もその例に漏れず、寛永九（一六三二）年に肥後一国を没収された。その後に熊本藩主となった細川忠利《ただとし》は、割合に加藤家の家臣を受け入れてはいたが、どうしたって仕官の口には限りがある。そのため、多くの者は失業し、中には刀を捨てて百姓になる者まであったという。

　今回の話は、そんな元加藤家家臣である彼等には、まさに救いの手に等《ひと》しいものだった。

　無事に任務を遂行《すいこう》すれば、彼等は皆、仕官が叶うという約束になっている。仕官先は細川三斎《さんさい》のいる八代《やつしろ》だ。藩主である細川忠利の元ではないが、無事召し抱えられればそれで良かった。

　仕官の条件はただ一つ、どんな手を使っても良いから、松山主水大吉《まつやまもんとだいきち》を暗殺せよ――というものだ。命じたのは、藩の人事に顔の利《き》く、《御方《おかた》さま》と呼ばれる女性《にょしょう》だという。

松山主水大吉は、細川忠利の剣術指南役だ。かねてより二階堂平法の遣い手として名高く、その腕を買われて召し抱えられた。寛永九年の細川忠利の熊本入部により千石を給され、道場を構えたという。

何故《なぜ》このような男を暗殺せねばならないか、その理由を正馬はほとんど聞いていない。暗殺を命じられたのは、正馬の従兄弟《いとこ》である荘林十兵衛だからだ。

ただ一つ、暗殺の理由に、主水が〈心《しん》の一方〉という二階堂平法の秘伝を遣うという事があげられていると、従兄弟から聞いている。

実際に〈心の一方〉がどのようなものかは、全く世間には知られていない。射竦《いすく》めの術であるのは確かなようで、気合い一つで相手を金縛りにかけたり、あるいは一間も吹き飛ばす事が出来たという与太のような噂《うわさ》はあった。

松山主水が不思議な力を遣うのは有名な話で、細川忠利が江戸へ上るときは、必ず主水が行列の先頭に立っている。行く手を阻《はば》むものが現れた際には、左手をかざすだけでそれを止めたという。

そんな馬鹿《ばか》な話があるかと正馬は思うが、世人《せじん》はそうは思わないようで、これも〈心の一方〉という術の一つだと噂されていた。真偽はもとより、こんな術が本当にあるとすれば、人智《じんち》を超えたものであることには違いない。こんな術を遣えるとすれば、それはもはや人ではなく、化け物というものだろう。

荘林十兵衛は、大義名分として、殺人ではなく化け物退治を命じられた。人の身で化け物を退治するのは難しい。そのため、荘林十兵衛は暗殺を請《う》け負《お》う代わりに一足先に三斎の家臣となっている。褒美《ほうび》の前倒しという奴《やつ》である。成功の暁《あかつき》には、揃《そろ》って三斎に召し抱えられるという話になっていた。

従兄弟は実にうまい話にありついたと正馬は思う。〈心の一方〉とは聞こえは良いが、ただの小手先のまやかしに違いない。兵法家が自分の能力を吹聴《ふいちょう》するために、やれ動物の言葉がわかるであるとか、天候を操ったのという大袈裟《おおげさ》な伝説を作るのは良くあることだ。松山主水の〈心の一方〉もその類《たぐ》いに違いないと正馬は思っている。

例えば、主水は自分の道場で二階堂平法を教えはするが、秘伝の〈心の一方〉はいくら請《こ》うても誰にも教えないと聞く。教えないのではなく、はったりだから教えられないに決まっていた。

事実、主水は先月に、回国修行中の柳生《やぎゅう》十兵衛と立ち合って負けている。〈心の一方〉が真実の技なら、それを遣えば相手が名だたる剣豪だからといって負けるわけがない。〈心の一方〉がはったりだという証拠だった。

見栄《みえ》を張ったせいで立ち合いに負け、怪我《けが》の隙《すき》を突かれて暗殺されるとは、何と愚かなことだろう。

正馬は心の中で主水を嘲《あざわら》いながら、一同に檄を飛ばす。

「十兵衛殿は、無事に任を果たした。あとはあの小僧を始末するだけだ。そして我らは晴れて仕官が叶う、しくじるわけにはいくまいぞ！」

荘林十兵衛はこの嵐に紛れて光円寺に忍び込み、そこで〈病〉に伏せっていた主水の暗殺に見事成功している。主水の〈病〉というのは当然ながら言い訳で、実際は柳生十兵衛に倒されたときの傷が深く、寺内で養生していたに過ぎない。

いかな二階堂平法の達人といえども、手負いのところを襲われてはひとたまりもなかったらしく、松山主水は〈心の一方〉を遣う間もなく、あっさりと死んでいった。

主水は柳生十兵衛に負けた後、荘林十兵衛という、同じ名の男に殺された訳で、妙に因縁《ごづ》めいている――。死体を見下ろしながら、しみじみ正馬はそう思ったものだ。

その時正馬は後詰めを任され、先刻まで、荘林十兵衛と共に光円寺にいたのだった。

暗殺とは秘密裏《ひみつり》に殺せということだ。故《ゆえ》に、誰が下手人かを悟られぬよう、寺に居る者すべてを殺せと上から厳命されている。

あとは後詰めの正馬達浪人衆が、寺に住む僧侶《そうりょ》や下人などを抹殺すれば、それですべてが終わるはずだった。しかし――。

「まさか、彼奴《きゃつ》に子がいたとは思わなんだ」

そういうと、正馬は雨の中、悔しげに歯噛《はが》みした。暗殺に成功した従兄弟は、一息《ひといき》吐《つ》くため、庭に面した手水鉢《ちょうずばち》の水を飲もうとしたところを、背後から飛び出してきた小柄な影に襲われたのだ。正馬は最初、それが人とは思わなかった。狼《おおかみ》か何かの獣かと見間違える程に素早く、また小さかったためだ。人だと気付いたのは、闇に瞬《また》く一条の、鋼《はがね》の光芒《こうぼう》のためだった。刀だとわかるのに、少しかかった。

荘林十兵衛が朱に染まって倒れてから、ようやく一同は襲撃者に斬《き》りかかったが、その影は人とは思えぬ跳躍力で囲みを脱し、そのまま裏山へと逃げていった。

寺男を殴りつけて脅したところ、それは標的の隠し子だとあっさり吐いた。近隣に住む身分の低い女に産ませた男子で、今日はたまたま寺へ呼び寄せていたのだという。目撃者はすべて殺さねばならぬ。あの男の遺児であるのなら猶更《なおさら》だ。証拠を残すような真似《まね》はしていないが、万一公儀に訴えられれば、事態がどう転ぶかはわからない。その場で寺男を斬って捨てた正馬は、従兄弟の手当てと、寺の者を始末するために仲間を数人残し、己は残りを率いてその影を追った。

いくらあの男の遺児とはいっても、おそらくはまだ十五にも満たない子供だ。この雨の中、山中へ逃げ込んだとしても、行くところは限られている。

暗殺のため、あらかじめこの辺りの地理を調べておいたのは幸いだった。山頂近くには、地元の者しか知らないような入り組んだ場所に、今はもう誰も住まない朽《く》ちかけた山寺が一つある。元は修験道に関わる密教の寺だったようだが、法華《ほっけ》の敬虔《けいけん》な信者である加藤清正の入部によって、二十数年前に廃寺になった。以降は手入れをする者もなく、荒れ放題になってはいたが、雨風を凌《しの》ぎ、隠れることくらいはできるだろう。

あの小僧は、正馬達が入念な下調べを繰り返して決行に及んだことを知らないはずだ。ならば、当然、地の利を生かす筈《はず》だった。逃げ込むならばそこであろう。

正馬達は嵐の中、時折道に迷いながらも一心不乱に廃寺を目指す。手元には明かり一つないのだが、それでも雷のおかげで、誰一人脱落することもなく、朽ちた山門に辿《たど》り着いた。

雨はますます激しくなっている。山門の先の本堂はぴたりと扉が閉められていたが、ぼろぼろに朽ちた壁板の隙間から仄《ほの》かな光が漏れ出しているのが、離れた場所からでも良く見えた。雷光に闇を透かすと、ぼうぼうに生えた草が踏み折られ、一直線に本堂へ向かっているのが見て取れる。

やはり、所詮《しょせん》は子供だったと、正馬は静かにほくそ笑んだ。闇の中で息を殺していればいいものを、追っ手をまいたと安堵《あんど》して、嵐の中の心細さから明かりを付けてしまったに違いない。

正馬は一同を呼び集め、円陣を組んで作戦を立てた。豪雨のおかげで声を潜《ひそ》めなくて良いのがたすかる。

「ここは二手に分かれよう。半数は正面から、残りは背後から襲うのだ」

暗闇ならば同士討ちを懼《おそ》れるのだが、明かりがあるのなら話は別だ。標的は子供なのだから、万に一つも仲間と見間違えることもない。

あの男の息子なら、まだ若いとはいえ、十文字の秘中の秘まで身につけている可能性はある。しかし、十人以上の手練れに一斉に襲いかかられて、無事に生き延びられる訳がないのだ。

正馬の作戦に異議を唱えるものは誰もいなかった。皆、さっさとこの仕事を片付けて、冷え切った体を温めたいのだ。嵐の雨は冷たい。こうしている間にも体温は奪われていくのである。それに、子供を殺すのは嫌な仕事に違いない。長い時間はかけたくなかった。

一同は二手に分かれ、音もなく本堂の裏と表に回る。

総員が配置についたのを確認し、正馬は声を張り上げ合図を送った。

「かかれ!」

合図と同時に前後の扉が蹴破《けやぶ》られ、十五人の浪人が一斉に抜刀《ばっとう》し、本堂の中に飛び込んだ。

しかし、次の瞬間、全員がたたらを踏んで停止する。

中には誰も居なかった。

本尊らしき仏像の前に置かれた蠟燭《ろうそく》に火が灯《とも》っているため、ここに誰かがいたのは確かだ。しかし、既にもぬけの殻である。

奥の壁に凭《もた》れるように何かが座っているようだったが、よく見れば、それは行き倒れの僧侶らしい、墨染《すみぞ》めの衣を纏《まと》った乾涸《ひか》らびた死体だった。だいぶ前に死んだのか、骨と皮だけにやせ細り、カラカラに乾ききっている。

「くそッ、逃げられたか!」

忌々《いまいま》しげに浪人の一人が吼《ほ》え、その死体を蹴りつける。

死体はぐらりと揺れて床に倒れたが、それだけだ。罠《わな》でも何でもない、本当にただの行き倒れの死体らしい。鎖骨あたりで何かがきらりと光ったようで、それを見て慌《あわ》てて死体を改めると、そこには大きな獣の牙《きば》が深々と刺さっていた。これが死因だろうか。そうなれば、この僧は行き倒れではなく、野盗にでも殺されたのかもしれなかったが、この乾涸らび加減を見る限りでは、やはり相当昔の出来事のようだ。

どうやら少年は、時間稼ぎに本堂の灯明《とうみょう》を付け、追っ手を此処《ここ》へおびき寄せたに違いない。ここへ追っ手をおびき寄せて足止めを食わせ、その間に、更に遠くへ逃げたのだろう。問題は、少年が何処へ逃げたかである。

一同は、拍子抜けしたように、抜刀した刃を鞘《さや》に収めた。

戦国の世のいくさ人《にん》ならこんなことは断じてないだろうが、今は元和偃武《げんなえんぶ》の世の中だ。浪人達が油断した、というよりも、命のやりとりに慣れていないためだろう。致命的な失策だった。

最後の一人が刀を鞘に収めるのと、黒い影が天井から音もなく降ってくるのとは、ほぼ同時のことだった。

空中で、銀の光が弧を描く。

「⁉」

黒い影の正体が人だとわかった時には、もう数人が斬られていた。首筋へきっかり五分だけ斬り込んだ無駄のない一閃《いっせん》に、数瞬遅れて、彼等の首からまるで水芸のように血が噴いた。

その人影は、着地後にも勢いを止めることなく、しゃがみ込んだ姿勢から伸び上がるようにして逆袈裟《ぎゃくけさ》で一人を倒し、そうして返す刀で今度は袈裟懸《けさが》けに別の一人を斬り捨てる。

あっという間に七人倒された。銀の光はしかし、一時もそこに留《とど》まることをせず、今度は流星のような鋭い突きが、新たに一人の心の臓へ吸い込まれるように消えていく。八人目がごぼっと大量の血を吐いて絶命する。

しかし、さすがに奇襲の効果もここまでだった。

生き残った七人の中に、一人、居合いの達者がいたからだ。小柄な影が、心臓から刀を抜くわずかな隙に、鋭い抜き打ちでその背を襲う。

とっさに影も身を翻《ひるがえ》して避けたようだが、室内のことである。左肩を強《したた》かに斬られたようで、ぱっと血飛沫《ちしぶき》が宙へと舞った。血飛沫は意外と飛んで、部屋の隅にある僧侶の死体にかかったが、誰一人としてそんなものは見向きもしない。

彼等の視線は、斬られてわずかに蹲《うずくま》る、小柄な影に集中していたからである。

年の頃は十四、五か。黒っぽい小袖と袴《はかま》を身に纏い、常寸《じょうすん》よりもかなり長めの刀を手にしていた。絶対に刀が手からすっぽ抜けないように、手ぬぐいでぐるぐる巻きに縛ってあるのが見える。だいぶ戦い慣れているようだ。

その顔は、やはり、青年というよりも、少年といった方が良いような幼さを残していた。前髪も落としていないし、体も小柄で、よくあそこまで凄《すさ》まじい剣を振るえたものだと感心するほどだ。大柄だった松山主水とは少しも似ていない。

少年は、存外に幼い顔と小柄な体に似合わない、異様に鋭い目をしていた。つり上がった下三白の大きな目は灯明の光を反射させ、まるで狼のようにぎらぎらと光っている。

その目に気圧《けお》され、二人ほど、わずかに後ずさった。

しかし、正馬の見る限り、避けられはしたが傷はいささか深手のようで、少年は左腕をだらりと下げて、苦しそうに顔を歪《ゆが》めていた。

「相手は手負いだ。押し包んで斬れ」

小声でそう命じながら、正馬も改めて腰の刀を抜く。それに倣《なら》って、生き残った面子《メンツ》も各々《おのおの》に刀を構えた。

少年が、ギリッと歯噛みする。こんな状況でも戦意を喪失していないのだろう、わずかに腰を浮かせ、膝《ひざ》をまげているのがわかった。

二人の浪人が目配《めくば》せし、左右同時に斬りかかる。

片方は避けられたが、しかし、もう一人の斬撃《ざんげき》は見事に少年の肩から腹までを存分に斬った。

少年が苦悶《くもん》の声を上げる。

これで殺《と》ったと、皆が思った。

しかし、少年はしぶとかった。どさっと床に倒れ込んだかと思いきや、すぐに跳ねるように起き上がる。ぼたぼたと大量の血を零《こぼ》しながらも、とどめを刺そうと近くに寄ってきた浪人を、股間《こかん》から斬り上げて真っ二つに断ち切った。

縦に真っ二つに体が分かれた浪人は、当然ながら即死する。大量の血煙がその体から迸《ほとばし》り、一同の視界を奪う。少年はその隙に、自分が断ち切った浪人の半身をひっつかみ、勢いよく振り回した。

びしゃびしゃと雨のように生暖かい血や内臓が降りかかり、思わず正面の四人は目を庇《かば》うように手で顔を覆《おお》ってしまう。それを見逃さず、少年は一気に二人を横薙《よこな》ぎに斬り殺す。

更に少年は、返す刀で一人を浅く斬ったのだが、反撃もそこまでだった。

背後にいた浪人が、隙だらけの少年の背へ、刀を一気に振り下ろしたのだ。ぶつっという肉を断つ鈍い音がして、ぱっと血が飛沫《しぶ》くのが見えた。そのまま浪人は、よろめく少年の背を強く蹴り、自分達からもっとも離れた部屋の隅……丁度、僧侶の死体が転がっているあたりへふっ飛ばす。

少年は壁へ体を打ち付けると、そのまま乾涸らびた例の死体の上へ倒れ込んだ。短く呻《うめ》いて、そのまま動かなくなった。

微《かす》かに体が上下しているところを見れば、まだ息はあるらしい。だくだくと流れる少年の血は、カラカラに乾涸らびたその死体を潤《うるお》すように、ゆっくりそこへと染《し》みこんでいくようだった。

腹と背の傷は、どうやら致命傷ではないようだが、このまま放置しておけば、血を失って、そう長くかからずに少年は死ぬだろう。

迂闊《うかつ》に近づいて、また反撃を喰らっては敵《かな》わない。放って置いても失血して死ぬのだから、絶命するまで待つことにすると、正馬は残った仲間にそう伝え、溜息《ためいき》まじりに呟《つぶや》いた。

「小僧一人に、十一人が殺《や》られるとはな。松山主水の隠し子というのはやはり本当だったのか」

独り言のような正馬の呟きを聞き、生き残った仲間の、田上という浪人が首を振った。

「剣技もそうだが、もっと恐ろしいのは、あの刀だぞ。十一人を斬り殺せる刀など、俺は聞いたことがない」

少年に浅く斬られた男を手当てしていた、中野という男もそれに同調する。

「どんな名刀でも、四、五人も斬れば、血と脂《あぶら》で切れ味が鈍るものだ。どういう斬り方をすれば、一気に十一人も、それも一人は股間から頭蓋《ずがい》まで真っ二つに出来るんだろうな……」

肉を裂くのは容易《たやす》いが、骨を断つのは中々に難しい。しかし、少年とその刀はそれをあっさりとしてのけた。中野が驚嘆《きょうたん》したのも無理はない。

蠟燭の明かりでは、はっきりと確認できないが、少年の刀には刃毀《はこぼ》れ一つないようだった。その刀身は、異様なほどに青みを帯びている。刀というのは青いものだが、ここまで深い蒼《あお》の刀身は見たことがない。一方で、刃文自体は小乱《こみだれ》で、地味な刀だ。名刀の類いではない、丈夫一辺倒の実戦刀のようだった。

まったく、たかが刀一振りと子供一人に大変な損害を与えられたと、正馬は苦々しく舌打ちをする。辺り一面がひどく血腥《ちなまぐさ》く、時が経《た》つほどにそれは段々濃くなっていくようで辟易《へきえき》した。

正馬は今年で二十五になる。最後の戦と言われる大坂の陣の頃にはまだ幼《おさ》な児《ご》で、当然戦など見たことも聞いたこともない。仲間も似たり寄ったりであり、そういう意味では、皆、一様に血に慣れていない。

　しかし、この少年は違うようだった。殺人にまるで躊躇《ためら》いがないのだ。確かに追われる者として必死だったというのはあろうが、股間から頭蓋までを真っ二つにした死体を振り回して武器とするなど、尋常の人間の思考ではない。

　瀕死《ひんし》であるにもかかわらず、この少年を畏《おそ》れてとどめを刺せないのも、なんとなく、化け物には近寄りがたいという、人間の本能的な感覚のせいかも知れないと正馬は思った。松山主水が化け物というのなら、息子であるこの少年もまた、化け物の子には違いない。

　外の嵐はますます激しくなっているようで、雷鳴は天を劈《つんざ》かんばかりに鳴り響く。あまりの激しさに、ひやっと首を竦めると、風向きが変わったのか、蹴倒《けたお》した戸板から風雨が一気に吹き込んできた。たちまちのうちに本堂の床が水浸しになる。

　これは堪《たま》らんと、皆、雨を避けるようにして、思わず部屋の隅——ちょうど僧侶の死体と少年が折り重なって倒れている方向へ、二、三歩だけ移動した。

　それが、命取りになった。

　今まで微動《びどう》だにしなかった少年が、間合いに四人が入った途端、凄まじい気合いを発して跳ね上がったのである。さながら、一匹の獣だった。

その刀の切っ先が、空中に円を描いた。同時に獣の口から、凄まじい咆哮《ほうこう》が迸る。その咆哮には、目には見えないが、確かな実体があるようだった。途轍《とてつ》もなく大きな、目に見えない塊が体に当たるのを感じ、正馬は思わず声を上げる。

「まさか、〈心の一方〉か」

嘘《うそ》だと信じていた秘術が本当にあったということに正馬は驚愕《きょうがく》した。何かひどく重たいものが胸の辺りにぶちあたり、まるで見えない鎖で雁字《がんじ》搦《がら》めにされたように指一本動かせない。妖術《ようじゅつ》やまやかしの類いではなく、そこには確固とした「質量」があった。

〈心の一方〉は真《しん》に存在し、そしてそれは父から子へと受け継がれている。それは、暴力的なまでに現実だった。

しかし、そのことがわかったとして、もはや正馬にはどうすることもできない。

正馬以下四名は、その一瞬で金縛りに遭ったように動けなくなった。金縛りというよりも、まるで何かに抱き竦められているかのように身動きが取れない。藻掻《もが》くことさえできない中で、少年の刃が颶風《ぐふう》のように彼等を襲う。首と体が泣き別れる者もあれば、袈裟懸けに斬られる者もいる。

正馬の場合は、心の臓に冷たい刃がずぶりと押し込まれたようだ。殺されるというのに、何一つ抵抗することが出来なかった。木偶《でく》の坊《ぼう》のように突っ立って、死んでいくのを待つだけだ。ごぷっと、驚くほど大量の血が口から溢《あふ》れ、正馬は何一つ喋《しゃべ》ることなくその場に頽《くずお》れた。

——これで仕官は叶わなくなったか。

死の間際《まぎわ》、最後に正馬が考えたのは、その無念の一言だった。そのまま意識を失って、眠るように絶命する。それはおそらく幸いだった。

これからの光景を見ずに済んだという意味で。

十五人の死を迎え入れるように、ひときわ大きく天が喚《おめ》いた。

十五人すべてを返り討ちにした直後、少年は力尽きたようにどさっとその場に倒れ伏す。

ここから逃げなければと思ったが、指一本動かすことが出来なかった。血が流れすぎているのだ。手にした刀がひどく重い。まるで、重石《おもし》のようだった。

背中と左腕、そして肩から腹までの傷は、幸い内臓にまで届くことはなかったが、しかし、出血が夥《おびただ》しいことに変わりはない。血止めをせねばと思うのだが、体がいうことをきかないために身動き一つ取れず、もはやどうすることも出来なかった。

――俺は、ここで死ぬのか。

少年は、何処か呑気《のんき》にぼんやりとそう思った。先ほどまでのあの怒りや、生きのびるための必死さは、血と一緒に流れてしまっているようだ。生きようとする意欲は、この身を流れる血と案外密接していたのだと、はじめて知った。

雷が鳴り響く度、びりびりと空気が震え、伏せている床までが細かく振動する。その振動の中に、何か別種のものが混じっていると少年が気付いたのは偶然だった。死に瀕して神経が昂《たか》ぶっていたせいかもしれない。少年は、本堂に吹き込む風雨とはまた別の、湿ったような音を確かに聞いた。

ぺちゃり。

ぺちゃり。

それは、すぐ真後ろの、先ほどまで自分が覆い被《かぶ》さっていた僧侶の死体のあたりから聞こえるようだ。ふと気がつくと、自分が殺した男達の血が一条の川となり、傾《かし》いでいるわけでもない床の上を流れてゆくのが見える。

少年は、ぼんやりとそれを目で追い、そうしてぎょっとしたように瞠目《どうもく》した。蠟燭の火がかろうじて届くあたり、そのあたりに蹲る、何か黒い塊を見たからだ。

血の川は、すべてその塊に向かって流れているらしい。

その塊は、人の形をしているが、人ではないとすぐにわかった。纏う気配が違うのだ。

少年は肌が粟立《あわだ》つのを抑えきれなかった。先ほどの、十五人相手の立ち回りでさえ怯《おび》えることはなかったというのに、この影には本能的に恐怖を感じる。

少年の視線に気付いたように、影がゆらりと揺らめいた。ずるり、とこちらに這《は》うようにして近づいてくる。

濃い血の臭《にお》いと共に近づく黒い影には、何か巨大な棘《とげ》のようなものが刺さっているのが見て取れた。

少年は手に括《くく》り付けてある刀を改めて握りしめる。こんなもので太刀打ち出来るとは思えなかったが、無いよりはましだった。

少年のすぐ傍にまで、その影は近づいている。

――喰われる！

少年は死の予感に改めて恐怖する。今、指一本動かせないのは、どうやら失血のせいだけではないらしい。

あたりが雷光で真っ白に輝くのと、その影が少年へ覆い被さるのとは、ほぼ同時のことだった。
雷鳴が、轟いた。

第一章　地下明夷《ちかめいい》――鬼に憑《つ》かれた少年、深山にて異国の乙女と巡り逢《あ》うこと

一

寛永十三（一六三六）年、十二月。

肥後山中にある蓮明寺《れんみょうじ》の境内は、夥《おびただ》しい人で埋もれていた。六斎市《ろくさいいち》が立っているのだ。あちらこちらで威勢のいい声が聞こえ、その場にいるだけで、何処《どこ》か浮き立つような気分になる。

六斎市というのは、月に六回、五日おきに立つ市のことだ。

そもそも六斎というのは、毎月、八、十四、十五、二十三、二十九、三十日と決められている殺生禁断《せっしょうきんだん》の日のことである。いつしか人々は六斎になると寺に参詣《さんけい》するようになったのだが、それを目当てに市が立つようになった。それが六斎市の始まりだ。

そうなると、本来の六斎では連続する日があるため、五日おきに市が立つようになっ

たのだ。

五日に一度しか買い物ができないのだから、人々もそれを承知で、市が立てば即座に集まる。年越しを控えているなら猶更《なおさら》だ。そのため、それほど狭いわけでもない境内は、真冬にもかかわらず、人熱《ひといき》れでむっとしていた。

人が集う場所なので、当然、売り物も様々だ。鍋売《なべうり》、油売、帯売などの物売りの他に、物ではなく技術を売る鍛冶《かじ》屋やろくろ師などもいる。店同士でお互いに物を交換し合っている一団もいれば、金ではなく、米で食器を買っている百姓と思《おぼ》しき姿もあった。

売買のやりとりが声高な上に、見世物まであるのだから、そのやかましさといったらない。

特に、酒売、魚売、豆腐売などが集う一角は、皆、亭主が作った物を妻が市に売りに出るのが慣《ならい》のため、威勢のいい澄んだ声が飛び交って、ことさら活気に満ちているようだ。

市であるので、当然余所者《よそもの》も多く集う。旅芸人のような定住の地を持たない者達の姿もあれば、土地柄か、明《みん》人と思しき姿まである。彼等は市のあちこちに屯《たむろ》しては、村人達と地方の噂話《うわさばなし》をしていた。

「まったくここ数年の不作には参ったな。肥後ではそれほど大事にはなっていないようだが、唐津、島原のあたりではだいぶ死人も出たってきいたけど、本当かい？」

道ばたでそう話しているのは、薬売とその客である。薬売というのは大体が行商なので、各地の情報に詳しかった。この男も例に漏れず、あちこちの土地を巡っているようだ。薬売は客の言葉に声を潜めていう。

「本当だ。島に渡ったとき、あちこちで葬式を多く見たよ。だいぶ飢え死にしたようだ」

それを聞いた客が露骨に顔を顰《しか》めて言った。

「あのあたりは年貢《ねんぐ》が重いからなぁ。それに殿様も悪いだろう。年貢が納められなかったら雲仙岳《うんぜんだけ》に放り込まれたり、蓑踊《みのおど》りにされる。なんでも、この間は孕《はら》み女《め》が水牢《みずろう》に入れられ嬲《なぶ》られて、腹の子共々殺されたらしい。まったく正気の沙汰《さた》じゃないよ」

「先代の重政《しげまさ》様もだいぶひどい方だったが、今の勝家《かついえ》様は輪をかけて冷酷非道だって話だからなぁ。今年の冬も厳しそうだし、また何人も死ぬんだろうか」

「まったく気の毒な話だな。近頃、逃散《ちょうさん》して肥後に逃げて来る天草や島原の連中も居るらしい。噂じゃ、八代《やつしろ》あたりに流れているらしいが……」

「肥後に逃げてきたって、あっという間に連れ戻されるのが落ちだろう。そうなったら死ぬよりひどい目に遭《あ》うって話だぜ。神も仏もありゃしねぇ」

声を潜めるようにして口々に囁《ささや》きあうと、男達は陰鬱《いんうつ》な表情で溜息《ためいき》を漏らす。

ここ数年、九州では長雨の影響で不作が続き、まったく米が取れない状況が続いていた。佐賀藩の鍋島家、熊本藩の細川家などは、不作の気配に即座に動いた為《ため》、幸いさほど甚大《じんだい》な被害はなかったが、唐津藩の寺澤家、島原藩の松倉家はその逆で、不作にもかかわらず重税を課し、領民から年貢を搾《しぼ》り取れるだけ取っている。その過酷さは肌が粟立《あわだ》つほどで、年貢を納められなかった百姓は残らず捕縛され、熱湯に足を浸《つ》けられたり、両手足を縛られて、蓑を着せられた上で火を付けられたりという惨《むご》たらしい拷問《ごうもん》が日常茶飯事だという。

島原の殿様は人ではない、鬼畜生だと近隣の村々では噂になっていた。大坂の陣から二十年経《た》っているとはいえ、未《いま》だに戦の記憶は風化していない。特に庶民は、殊更《ことさら》不穏な気配には敏感だった。

肥後熊本藩でも加藤家が改易され、細川家に藩主が変わったばかりである。細川家は新規に城を建てることをせずに熊本城に住み、加藤清正を祀《まつ》ったことによって領民の人心を掌握《しょうあく》したが、慶長十九（一六一四）年の有馬家転封ののち元和二（一六一六）年に島原藩主になった松倉家はその逆を行った。有馬家の痕跡《こんせき》を残らず捨て去るように切支丹《きりしたん》を弾圧し、日野江城を捨て、新たに堅牢強固な島原城を築いたのである。

城を造るというのはただでさえ金がかかるものだが、それが頑強なものなら猶更だ。島原城が立派であればあるほど、そこには民の負担が余計にかかる。ただでさえ喰うや喰わずの生活なのに、更にこういう目に遭えば、高まった領民の不満がやがてどう爆発するかなど、子供にもわかる計算だ。

気の早い者などは、既に一揆《いっき》を予想して、儲《もう》け話の算段や、あるいは被害が及ばぬように、遠い親戚《しんせき》に妻子を預けたりもしているらしい。

今、とりあえずは平穏無事であったとしても、いつ争いの火の粉が降りかかってくるかは誰にもわからない。こんな田舎であっても、こうした話に花が咲くのも当然と言えば当然だろう。

ふと、町人らしい男が思い出したように口を開いた。

「そういや、このあたりでも、今年の春くらいから、山に入った侍が神隠しに遭うって噂が増えたよな。山賊に襲われたかと思って、お上の方でもあちこちだいぶ探したようだが、山狩りをしてみても、死体どころか、着物の切れっ端も見つからないらしいぜ」

その言葉を皮切りに、集っていた者達が、口々に自分の知っている噂を語り出す。

一揆の可能性より、不思議の方が無責任に話せるというのもあった。

「ああ、聞いた、聞いた。消えるのは侍ばっかりで、それ以外の連中は山に行ってもなにも起こらないらしいな」

「筑前へ荷を運んでいた一行なんて、人足の目の前で侍達が忽然《こつぜん》と姿を消した、っていう話だぜ。帰ってきた人足に話を聞いても、その時のことをまったく覚えていないらしい。殿様もさぞかし頭が痛いだろうよ」

「侍だけが消えるだなんて、妙な話もあったもんだよ。獣に喰われたなら、何処かに骨のかけらくらいはありそうなのになぁ」

山賊の仕業ならば、わざわざ武器を持った侍だけを襲うわけもあるまいし、そもそも百姓や旅人が山に入っても何もないのだ。昨今の不作と相まって、山の神様の祟《たた》りではないかという噂まであるほどだ。

豊臣家が滅び、以降は平和な時が流れているとはいえ、こんな不吉な噂ばかりでは、民衆の不安が高まるのも無理はない。

それ故《ゆえ》、今日の市は、賑《にぎ》やかさとは裏腹に、妙な暗さを孕んでいる。

そんな不穏な囁き声が漏れ聞こえる市の中程を、人々の間をすり抜けながら、黙々と歩く小柄な影があった。子供と大人の間くらいの年頃で、つり上がった下三白《したさんぱく》の、妙に鋭い目をした少年である。伸ばしっぱなしの長い髪を首の後ろで一つに括《くく》り、古びた小袖《こそで》と裁《た》っ着《つ》け袴《ばかま》を身につけただけという簡素な姿だった。背には筵《むしろ》で包んだ大きな荷物を担《かつ》ぎ、常寸《じょうすん》よりもかなり長い刀を帯に挟んでいる。

鍛冶屋の店舗は、地べたに品物を並べて売る他の店とは違い、四方を筵で囲った簡素な小屋になっている。鍛冶屋というのは包丁や、鍬《くわ》や鎌《かま》などの農具も売るが、田舎では刀の研ぎ師も兼ねているため、訳ありの客も多いからだ。だから外からは、誰が来て、どんな刀の研ぎを依頼したかが見えないようになっている。

入り口と思しき部分に吊《つ》るされている筵を少し引き上げると、少年は低い声で中に向かって声をかけた。

「貫左《かんざ》の旦那《だんな》ァ、居るかい？」

すぐさま中から返事がした。錆《さ》びたような塩辛声だ。

「居るに決まってる。用事があるなら入ってこい。冷やかしなら余所にいきな」

客商売らしからぬ、随分不遜《ずいぶんふそん》な物言いだった。しかし、少年は臆《おく》することもなく、無造作に店の中に入っていく。

二間弱の間口の店内は意外と明るく、店主らしき男が砥石《といし》の入った盥《たらい》の前に座っているだけで、他に人は居なかった。この男が貫左なのだろう。声に似合わず、随分と優しげな顔をしていて、年も意外と若いようだ。まだ三十前といったところか。

　貫左は少年を一瞥《いちべつ》し、親しげに声をかける。

「誰かと思えば十兵衛か。今日は何の用だ？」

　その声に、十兵衛と呼ばれた少年が、ほんのわずかに頭を下げた。背負った包みを店主の前に置き、素っ気なくいう。

「研ぎを一つと、買ってもらいたいものがある」

　その言葉に、貫左はやれやれ、という風に肩を竦《すく》める。

　すこしばかり呆《あき》れたように呟いた。

「こないだの神隠しはやっぱりお前の仕業か。ちったぁ大人しくしてろよ」

「侍以外は襲わないから、別にいいだろ」

　言葉少なにそういうと、十兵衛は貫左をすこし上目遣《うわめづか》いで見た。答えになっていない物言いに、貫左が呆れたように溜息をつく。

　隣国へ抜ける山へ侍が入ると神隠しに遭うという噂が流れはじめたのは、今年の春の頃だった。噂によれば、侍、浪人の類《たぐ》いを問わず、二本差しが筒ケ岳の近くの山へ入ると、必ず神隠しに遭ったように行方不明になるのだという。

　奇妙なことに、町人や百姓が山へ入っても何もない。何もないどころか、以前はちよくちょく現れていた山賊や野盗の類いもすっかり居なくなり、旅人にとっては、逆に安全この上ない道になっていた。

この神隠しの噂は瞬《また》く間に近隣に広まり、市でも話題の種になっている。山の神の祟りという者もいれば、消えた侍は実は公儀の手の者で、神隠しを装《よそお》って何処かに出奔《しゅっぽん》したのではないかという者もいた。いずれも推測の域を出ず、真相は未だ藪《やぶ》の中だ。

しかし、貫左はそれがどれも違っていることを知っていた。

行方不明の侍達は、おそらく全員死んでいる。

下手人は目の前の少年だった。

何故《なぜ》、貫左がそのことを知っているかと言えば、当の十兵衛から直接聞いたからに他ならない。

今年の二月、まだ神隠しの噂が立つまえに、久しぶりに貫左の元へ現れた十兵衛は、挨拶《あいさつ》もそこそこに、刀の研ぎを依頼した。刀は一見綺麗《きれい》に手入れされているようだったが、見る者が見れば血に曇り、明らかに何人かを斬った後だとわかる。事実、貫左が問いただすと、十兵衛は、あっさり人を斬ったことを認めたものだ。

十兵衛は、自分は侍だけを襲う山賊になったと、素っ気なくそう言った。

死体はどうしたのかと問うと、全部消した、と短くいう。では、仲間がいるのかという問いには、徹底して無言を貫く。

この少年は、貫左にだけは嘘《うそ》をつかない。故に、言いたくないことがあれば、頑として口を閉ざし、何一つ喋《しゃべ》らなくなる。だから、貫左には、それが冗談ではないとすぐにわかった。

貫左は、十兵衛を赤子の頃から知っている。この少年の性格も習性も、誰よりもよく熟知していた。

だから、十兵衛が山賊に堕《お》ちたきっかけの方は定かでないが、動機の方はよくわかる。おそらくは、あの事件のせいだろう。


貫左は、今でこそ野鍛冶《のかじ》をしているが、元は肥後の地に古くから伝わる刀鍛冶の一族の出身だ。

刀鍛冶は、大抵自前の踏鞴場《たたらば》を持ち、そこで自分で鋼《はがね》を作る。その鋼の特徴がそのまま刀の出来に繋《つな》がるため、鍛刀《たんとう》技術よりも踏鞴技術を重視する一派まであるほどだ。

それほどまでに、刀鍛冶にとって踏鞴場は大事なものだった。

踏鞴場は大体が人里離れた山中深くに作られるが、そういう場所は山人と呼ばれる一族の縄張りになっている。

彼等は里の人間と交わることをせず、家に招いたりすることはない。いつも一方的に現れ、そして去る。日に数十里を平気で駆ける脚力を持ち、敏捷《びんしょう》で、かつ膂力《りょりょく》も優れる。

かつて山人は全国各地の山を渡り歩いていたらしいが、一つの山に定住する一族もいる。肥後山中に住む山人もまた、そんな定住を選んだ一族だ。

山の中で山人に敵《かな》う者など居ない。だから、山で働く杣人《そまびと》や狩人《かりうど》などは、皆、山人との争いを極力避け、できる限り友好関係を結んでいた。

山に蹈鞴場を持つ刀鍛冶も同様である。末っ子の貫左は幼い頃から山に入り、蹈鞴の修業をしてきた。とはいえ二六時中《にろくじちゅう》ずっと修業していたわけでもなく、空いた時間も多かったので、山で遊ぶうち、山人の一族とも親しくなった。

山人の男は頑健で、目も良いし、手先も器用だ。山人の女は手足が長く真《ま》っ直《す》ぐで、顔の彫りが深く美しい。

十兵衛は、そんな山人の血を引く少年である。山人にしては体が小さく、また、顔立ちが里の子供に近いというのは、彼の父親が里の人間だからだ。

里の男と山人の娘の間に生まれた子は、普通、山で育てられるが、十兵衛は生まれる前から、いずれ里にいる父親に引き取られる事が決まっていたらしい。

山人にしては珍しく、山とは無縁になる子供だった。故に、十兵衛が里に馴染《なじ》めるよう、色々と里のしきたりを教えてやってくれと、貫左は彼の祖父によく頼まれていた。だから貫左は、十二も年の離れた十兵衛をまるで弟のように可愛《かわい》がり、蹈鞴の修業を終えて里に戻っても、事あるごとに面倒を見続けていたのである。それは、十兵衛が熊本城下のさる武家屋敷に引き取られてからも、ずっと続いた。

事件が起こったのは、昨年の十月だ。あの夜、血みどろの姿で現れた十兵衛を、貫左は今も忘れられない。

大嵐《おおあらし》の夜、深夜にもかかわらず、貫左の家の戸を叩《たた》く者がいた。眠い目を擦《こす》りながら寝床を這《は》い出し戸を開けると、そこには幽鬼のように真っ青な顔をした十兵衛が泥だらけになって立っていた。尋常な様子ではなく、貫左はひどく狼狽《うろた》えたのを覚えている。

大慌《おおあわ》てで家に招き入れ、どうしたと問う貫左に、十兵衛は掠《かす》れた声で「先生が殺された」とだけ告げ、そうしてその場に昏倒《こんとう》した。先生とは、十兵衛の剣術の師、松山《まつやま》主水《もんど》のことだというのはすぐにわかった。しかし、殺された理由は、一介の鍛冶屋である貫左にはわからない。

昏倒した十兵衛は、七日七晩眠り続けた。貫左は仕事を休み、ひたすら看病に明け暮れた。十兵衛の体には真新しい大きな刀傷が幾つもあって、よくこの傷でここまで来られたものだと感心する一方、このまま目覚めずに死ぬのではないかとひどく心配したものだ。

一度だけ、薬を求めに市へ行った時、貫左はそこで物騒な噂を聞いた。どうやら光円寺に押し込みが入り、そいつらが無体にも寺にいたすべての人間を殺した折りに、療養中の主水も巻き込まれたらしい。同じ時期に、元加藤家浪人が十五名以上も行方をくらましているため、犯人は彼等ではないかという噂もあった。

十兵衛とこの事件を結びつけるのは容易だった。あの怪我《けが》は、きっとそいつらに斬られたものだろう。十五人の行方は杳《よう》として知れないらしいが、多分、十兵衛が斬り殺したのだということは、刀を見れば一目でわかる。

十兵衛が目覚めたのは、丁度八日目の朝だった。目覚めて最初に口にしたのは、「腹が減った」という一言で、貫左は喜ぶべきか呆れるべきか、さっぱりわからなかった。目覚めた後は、薄紙を剝《は》ぐように回復し、三日後には床払いをして、その五日後には普通に動けるようにまでなっていた。

意識が戻った折、十兵衛は貫左に迷惑をかけた事を真っ先に謝罪したが、何があったかは頑として語らなかった。これからどうするのかと訊《き》くと、ひとこと「山へ戻る」とだけ言った。

山に入った侍が神隠しに遭っているという噂が一番初めに立ったのは、それからおよそ五ヶ月後のことである。

例の刀傷の件もあり、下手人は十兵衛だと貫左は既に知っていたが、密告するような真似《まね》はしなかった。これは、師の仇討《あだう》ちに違いないと、そう思ったからである。

その神隠しの噂から一ヶ月後、十兵衛は今日のように、幾本かの刀を抱えて、ふらりと貫左の元を訪ねてきた。久方ぶりに見る十兵衛は、少し痩《や》せ、まるで狼《おおかみ》のようにひどく険《けわ》しい目になっていた。以前からあまり喋りたがる方ではなかったが、ますます無口になったようで、貫左は、昔なじみの少年が、まるで人から獣にでも変わっていくような、そんな畏《おそ》れを微《かす》かに抱《いだ》いた。

だから、貫左は黙ってその刀を買ってやったのだ。買うと言っても、十兵衛は代金を受け取らなかった。その金で、自分の刀を研いで欲しいという。だから貫左は、すべて十兵衛のいうとおりにしてやった。

そうしなければ、十兵衛が人との絆《きずな》を断ち切ってしまうような気がしたからだ。

〈人〉を簡単に捨ててしまうような危うさが、その時の十兵衛には確かにあった。〈人〉を捨てようが捨てまいが、自分で選んだ道なら別に良い。けれど、十兵衛の場合は無理矢理にその道を歩かされている。それはなんだか違うだろうと、貫左は強く思ったのだ。

歩く道を選べないのならば、せめて、最後に戻ってくる場所くらいは作っておいてやりたい。そう思い、貫左は十兵衛の願いを聞き入れた。

以降、その関係は今もずっと続いている。

ぼんやりと物思いに耽《ふけ》る貫左を尻目《しりめ》に、十兵衛は手にした荷物の包みを解《ほど》いた。中からは、刀が数本ばかり顔を出す。いずれも高級そうな拵《こしら》えだ。

故に、浪人のものではなく、明らかに身分のある武士のものだと、すぐにわかった。貫左はその刀を手に取ると、拵えには目もくれず、次々に目釘《めくぎ》を抜いて柄《つか》を外し、刀の銘《めい》を確かめる。

鞘《さや》や鍔《つば》というのは、大概《たいがい》が特徴的で悪目立ちする。そのまま売ったとしたら、出所がすぐにわかってしまうのだ。だから、貫左は足がつきそうな拵えは、勿体《もったい》ないが炉にくべてさっさと処分することにしている。

「中々良いな。無銘《むめい》の刀が二本と、これは長船《おさふね》か……。こっちは正宗の銘入りとは珍しいな。お、国広もあるのか」

「買い取って貰《もら》えるか？」

いちいち感心する貫左とは反対に、刀の銘には興味なさげに十兵衛が訊いた。貫左は少し頷《うなず》いて、今度は刀身を矯《た》めつ眇《すが》めつ観察する。

「正宗と長船はあきらかに贋作《がんさく》だな。その辺の数打《かずうち》に銘だけ彫ったものだろう。国広も良く出来てはいるが偽物《にせもの》だ。無銘のほうは両方とも良い刀だから、全部で五百文といったところか」

簡潔に説明する貫左へと、十兵衛は一つ頷いた。

「じゃあそれでいい。買ってくれ」

素っ気ない物言いに、貫左は少し呆れたようにいう。

「お前はあっさりしすぎだぞ。もし、俺がこれを証拠に役人の下に駆け込んで、お前を密告《さ》したらどうする気だ」

「貫左の旦那は細川嫌いだから、そんな真似はしないってわかってるさ」

淡々とした十兵衛の答えに、貫左は渋い顔になった。

確かに貫左は細川嫌いである。それは、貫左の一族が先代の加藤家の庇護を手厚く受けて発展した刀鍛冶だからだ。加藤家改易後に肥後《ひご》に入部した細川家は、幕府の目を恐れて、刀鍛冶への一切の援助を絶ってしまった。それ故、貫左の一族は見る間に衰退し、腕のあるものは故郷である玉名を捨て、全国各地に散ってしまっている。貫左もそれと似たようなもので、今では熊本城に近い村で、刀を打つ代わり、包丁や鋏《はさみ》に鍬や鋤《すき》などを作る野鍛冶をしていた。

しかし、貫左が細川に十兵衛のことを密告しないのはそんな理由ではない。少し憮《ぶ》然《ぜん》として言った。

「俺がお前を密告《さ》さないのはな、別に細川嫌いだからって理由だけじゃないぞ。俺はお前の兄貴分なんだ。弟を売る真似だけはしないと信じているって言って欲しいもんだな」

貫左の言葉に、ほんのわずか、明るい色が十兵衛の目に灯《とも》った。しかしその色は瞬きの間に消える。

「……わかってるよ、兄御《あにご》」

十兵衛は、貫左のことを旦那ではなく、兄御と言い直し、少し俯《うつむ》く。わずかに悄気《しょげ》たようである。鋭く削《そ》げ落ちたようなものがあるとはいえ、そういうところはやはり子供だ。そんな十兵衛の頭をくしゃっとひとつ撫《な》でてやり、貫左はやれやれ、と肩を竦めた。

「刀をよこせ、研いでやる」

その言葉に、十兵衛が黙って腰に差した刀を鞘ごと抜いて差し出した。よく手入れされた刀であるが、血脂《ちあぶら》に薄く曇りが出ている。その曇りを眺め、貫左が言った。

「今回は八人、ってところだな。しかも手練《てだ》れだ」

貫左の見立てに、十兵衛は黙って頷いた。

その言葉通り、十兵衛が街道を行く熊本藩の荷を守る一行を襲ったのは、つい先日のことだった。肥後という土地は、内海しかないために、江戸や大坂に荷物を運ぶためにはどうしても陸路を通る事になる。海路を使うとしても、一旦《いったん》は筑前や日向《ひゅうが》、豊後《ぶんご》に出なくてはならない。

藩主の紋がついた荷というのは、大概は高価なものと相場が決まっているが、だからこそ護衛の数も多く、山賊も襲うのを避けるというのが今までの常だった。

しかし、十兵衛の狙《ねら》いは荷ではなく、熊本藩の、それも主水殺害に関わっていた侍だけだ。己の怨嗟《えんさ》のためであり、また、熊本藩に殺された師の鎮魂のためでもある。山に入る侍が必ず神隠しに遭うという噂が流れているが、それはあくまでも噂に過ぎず、実際は何事もなく通過できる侍の方が多い。十兵衛が襲うのは、あくまでも主水殺害に関係している、新規召し抱えの侍がいるときだけだ。

今回の荷は、名物らしい茶器と太刀だった。どうやら江戸への献上品らしい。そのせいか、普段よりも護衛の数も多かったし、貫左のいうとおりに、皆、一様に手練れだった。けれど、十兵衛は護衛の八人すべてを殺し、荷を根こそぎ奪っている。八人とも、主水殺害の関係者であったからだ。

荷の方は、懇意《こんい》にしている行商人にすべて売り払っている。彼らは訳ありのものを秘密裏に捌《さば》くのが異様にうまく、口が堅い。だから、たとえ盗品であったとしても、安心して売ることができるのだ。

だから、今日、ここへ来たのは、別に金に困っているからではない。愛刀の血曇りがどう手入れしてもなかなか取れず、それが気になったからだった。

護衛達の刀を持っていったのは、あくまで貫左への土産のつもりだ。貫左は十兵衛の刀を快く研いでくれるが、頑《かたく》なに金を取らない。だから、十兵衛は、侍から奪った刀を貫左に渡し、それと引き替えに研ぎを頼む。

貫左は何も訊かず、手際《てぎわ》よく刀を研いでゆく。さすがに本業だけあって、血曇りが見る間に晴れていくようだ。自分のやり方と何処が違うのかと、いつも十兵衛は不思議に思う。

兄御の手は魔法のようだと、口には出さないが、しばし見惚《みと》れる。そんな十兵衛の思いを知ってか知らずか、ふと、刀を研ぎながら、貫左が言った。

「相変わらず良い刀だな。板目《いため》肌《はだ》流れで白《しら》け、そして小乱刃《こみだれば》。重ね厚く、刃肉豊かにつき、切先《きっさき》伸び、反り浅い。特に良いのはこの鋼だな……。一体何処で取れた鋼を使っているかはわからんが、この刀の青は凄《すさ》まじい。こういう刀は良く切れるし、折れにくいんだ。先々代は本当に良い仕事をしているよ」

十兵衛は黙って小屋の隅で膝《ひざ》を抱えるようにして座り込み、貫左の言葉を聞いている。

この刀は、慶長の頃に隆盛を誇っていた、貫左の先々代の刀匠が鍛えた物だと聞いていた。一族の中でも傑出した刀匠で、兄弟共々加藤清正に庇護されて、朝鮮出兵の折は、共に海を渡ったこともあるのだという。この刀の話をするとき、貫左はひどく誇らしげで、それの持ち主である十兵衛も嬉《うれ》しいような気になれる。この刀は、師の形見でもあるからだ。

貫左は研ぎの手を一旦休め、惚《ほ》れ惚《ぼ》れしたように刀身を眺めて言った。

「これは、斬るために生まれた刀だと、研がせて貰う度にしみじみ思うぜ。この刀は信ずるに足る刀だよ」

「信ずるに足る刀？」

「こいつに自分の命を預けても大丈夫、って事だよ。折れず曲がらずだけじゃない、こういう刀はな、いざって時に必ず主を守ってくれるんだ。大事にしろよ」

喋りながらも、貫左の目は刃の様子を鋭く見ている。十兵衛もまた、刀から視線を片時も離さない。妙な静寂が辺りを満たす。

十兵衛がぽつりと言った。

「そうだなぁ。これは、先生から貰った刀なんだ。だから、俺の剣はこの刀が信じられなくなったら、多分使い物にならないんだろうな」

狼のような気配が、ふっと緩んだような声だった。まだこの少年の心には、ちゃんと人が残っていると、貫左はこういう時に微かに思う。

「そうか。だったらずっと信じておけ。刀っていうのはな、信じていれば必ずそれに報いるもんだ。刀鍛冶がいうんだ、嘘じゃない」

「うん……」

貫左の言葉に、十兵衛は素直に深く頷いた。今の十兵衛は、普段の険がすっかり消えて、どこか頑是《がんぜ》無《な》い子供のようだ。忘れていたが、これはまだ十六なのだと、貫左は思う。十六なのに、随分と過酷な方へと自分を追い込む弟分が哀れだった。

——いっそ、里になんか下りてこずに、ずっと山で暮らしていた方が、こいつにとって良かったんじゃなかろうか。

胸の中で呟きながら、貫左は黙々と刀を研ぐ。

刀が研ぎ終わったのは、それから半刻《はんとき》ほど後のことだった。

二

研ぎ終わった刀を受け取って鍛冶屋を出た十兵衛は、どこかさっぱりとしたような顔をしていた。

十兵衛は、人を斬りすぎて心が妙に冷えてくると、いつも貫左に会うためにここへ来る。貫左と言葉を交わすと、なんだか昔に戻ったような、そんな気がするからだろうか。

——貫左の兄御には、俺はいつも甘えているなァ。

胸の内でそう呟くと、研ぎたての刀の柄を大事そうに一つ撫《な》でる。

里人と山人との境界線をふらふらしている十兵衛に対し、普通に接してくれるのは幼なじみの貫左だけだ。

十兵衛は、山人の女と里の男との間《あいだ》に生まれた子である。母親は十兵衛を産んだときに死んでいるので、顔も知らない。

父親の名は松山主水大吉という。正式な届け出をされた子ではなく、いわゆる隠し子というやつだ。

もっとも、十兵衛がその事を知ったのは、忘れもしない昨年の、松山主水が死ぬ、わずか半刻前のことだった。

市を歩きながら、十兵衛はぼんやりとあの日のことを思い出す。

その日、十兵衛は、剣の師である松山主水に呼び出され、光円寺を訪れていた。

主水は一月前から怪我のため床に伏せり、光円寺で療養をしていた。

松山主水大吉は熊本藩剣術指南役を務める、二階堂平法の遣い手である。

二階堂平法は、初伝を「一文字」、中伝を「八文字」、奥伝を「十文字」とする、三つの伝からなる剣術だった。「兵法」ではなくあえて「平法」としたのにはわけがある。これら「一」「八」「十」の各文字を組み合わせ、「平」の字をもって平法と称したのだ。

二階堂平法の祖、二階堂行村の一族は岐阜稲葉城と縁が深い。それ故、二階堂平法は美濃《みの》に伝承され、西美濃十八将の一人、松山刑部《ぎょうぶ》正定の一族が継承することとなる。

主水は、その松山一族の末裔《まつえい》だった。十二歳のときから祖父に師事して、これら秘伝のことごとくをその身に伝授されたのだという。

主水は、十兵衛の剣の師だった。十兵衛は七つの頃から彼に師事し、二階堂平法のすべてを継いだ。

十兵衛は天涯孤独《てんがいこどく》の身の上である。父は病で死に、母もまた自分が生まれたときに産褥《さんじょく》で亡《な》くなったと、祖父からずっと聞かされて育った。祖父は山人の長であるが、それ故に、いずれ里に戻る十兵衛には格段に厳しく接した。

山を下りればお前は里人になるのだから、山人とは無縁になるのだと事ある毎《ごと》に言い、皆もまた、他の子とは一線を画して十兵衛を扱っていた。

山人と里人の間には目には見えない境界線があり、それを侵してはならない、というのが暗黙の了解だったからだ。

日の本は地上の国と地下の国の二つに分かれている、という伝承が山人にはある。地下の国とは、地上の国の対蹠人《たいしょにん》が棲《す》む国だ。それは夜の国であり、昼の国である地上の国と似ているがまったく異なる、いわば魔の国だった。山人は、その地下の国に属する一族であり、また、門番でもあるという。地上の国の者とは様々な思惑で交わることもあるのだが、しかし、境界線から先へは、同胞となる者以外は決して入れない。

いずれ里に引き取られる十兵衛は、生まれながらにして、彼等にとっての異人であった。実際、山人に伝わるまじないの類いも、ほとんど何も教わっていない。

そんなわけで十兵衛は、幼い頃から妙な疎外《そがい》感の中にあったのだが、それでも貫左という里人の少年が遊んでくれたため、なんとかその孤独には耐えられた。

孫として接してやれない償いだろうか、十兵衛は、よちよち歩きの頃から、生き抜くためのありとあらゆる術《すべ》を、祖父自らの手によって、徹底的に叩き込まれた。

真冬の山中に、山刀一つを渡されて半月ほど放置されたこともあれば、深山に生える一本杉の頂に置き去りにされ、そこから一人で降りて帰って来いという、一つ間違えば死ぬような無茶をされたことも幾度もある。泳ぎを教えるために、滝に突き落とされた時は冗談抜きで溺《おぼ》れかけ、さすがに死んだと思ったものだが、それでもなんとか生き延びた。

無茶にも程があるが、それでも祖父は確かに孫のことを思ってやっていたようで、おかげで十兵衛は、どんな窮地《きゅうち》でも生き延びられるだけの知恵と体を手に入れた。

十兵衛が里へ下りたのは、七つの時のことだ。

七つになって、お前はやっと人になったと、そう山人の方の祖父は言い、それで里人の方の祖父に引き取られたのである。

里人の方の祖父は武人だった。かつては海を渡ったこともある歴戦のいくさ人《にん》だったそうだが、しかし、今ではすっかり老《ふ》け込んで、田舎のご隠居さんといった感じの好々爺《こうこうや》だった。いつ見ても険しい顔の山人の祖父とはまったく違う、優しげな風貌《ふうぼう》をしていたものだ。

里の祖父は、十兵衛に、主として読み書きと算盤《そろばん》を教えてくれた。それ以外には、かつて戦場を往来したいくさ人の話を寝物語にしてくれた。槍《やり》一本で戦場を渡り、生きることに長《た》け、そして死を恐れない古強者《ふるつわもの》の生き様は、幼い十兵衛の心にも深く刻まれた。

今になって思えば、里の祖父は、武士とはこうあれという、精神的なものを十兵衛に伝えたかったのかもしれない。

里に下りてから半年後、ある日、祖父が、家に身なりの良い長身の侍を連れてきた。鳶色《とびいろ》の昏《くら》い目を、半分ほど瞼《まぶた》が覆《おお》い隠していたのを覚えている。まるで値踏みするように、初対面の十兵衛を見るその侍こそが、松山主水大吉だった。

その日から十兵衛は主水に弟子入りし、二階堂平法のすべてを叩き込まれることとなる。

剣の修行は厳しかった。使うのは竹刀《しない》ではなく木刀で、隙《すき》があると容赦なく、すぐに打たれた。多少の手加減はあったのかもしれないが、それでも打たれた箇所は痣《あざ》になり、夜になると熱が出るくらいの打擲《ちょうちゃく》だった。初めの頃は、主水が稽古《けいこ》を付けた翌日は、高熱と痛みで晩まで寝込み、布団《ふとん》から出られない有様だった。

過酷な日々だったが、十兵衛は死にものぐるいで修行に励んだ。自分が連れてこられた理由は、おそらくこのためで、それしか生きる道がないというのは、七つの子にもわかる道理だ。

主水は、十日に一、二度、家を訪れては十兵衛に稽古を付けた。稽古というよりもむしろそれは実戦に近く、主水が訪れる度に十兵衛は毎回半殺しの目に遭ったが、それでも決して弱音を吐くことはしなかった。山での経験が役に立ったというのもあるし、純粋に剣術が肌に合ったというのもある。

幼い頃から山人の祖父に仕込まれた体術と、過酷な修行の甲斐《かい》あって、十兵衛はめきめき強くなった。十三の年には、通常の仕合では、師からも三本のうち二本は取れるようになっていた。

里の祖父が亡くなったのは、十兵衛が十四の年、寛永十一年の暮れだった。祖父の死後、十兵衛は山にも戻れず、再び天涯孤独の身となったが、それでもひたすら剣を続けた。生活の面倒は、何故か師が、月に決まった金を包んで渡してくれた。

何故こんなことをしてくれるのかと問うと、祖父がこうなることを見越して、あらかじめ財産を師に渡していたのだと説明された。

十兵衛はそれを信じ、ただひたすらに剣の修行に明け暮れたものである。甘さは一切ない師であり、容赦など一度もされたことはなかったが、それでも十兵衛は修行についていった。

二階堂平法の皆伝を受けたのは、寛永十二年の八月のことだ。その日、師は、はじめて十兵衛の剣を褒《ほ》め、そうして自分の差料を無造作にくれたのである。

「これは、さる神社に奉納された、御神刀《ごしんとう》の影打《かげうち》だ。御神刀を打つとき、必ず刀匠は二振《ふり》の刀を打つ。そうして見栄《みば》えの良い方を奉納するのだ。影打というのは、その選ばれなかった方なのだが、刀匠が心血を注いで、神のために打った刀には相違ない。お前はこの刀で、自分の剣を極めよ」

そう言われて手渡された刀は、常寸の刀よりかなり長いものだった。刃長など二尺七寸九分半もある。長身の主水だから扱えるような代物《しろもの》で、小柄な十兵衛には、正直扱いに困るような長さだ。しかし、十兵衛はそれを自分の身の丈に磨《す》り上げることはしなかった。これは師から継いだ刀で、それを丸ごと受け継ぐのが弟子の役目のような気がしたからだ。

実際、この刀は、確かに見栄えはあまり美しくはなかったが、切れ味や頑丈さは他の刀より群を抜いて凄まじかった。茎《なかご》に刀工の銘はなく、《狗《いぬ》》の一文字だけが彫ってある。

数多《あまた》の剣士達と死闘を繰り広げた主水の刀であるはずなのに、その刀身には刃毀《はこぼ》れ一つなく、また、異様に蒼《あお》い色をしていた。聞くところによれば、青みの濃い刀というのはひどく丈夫な物らしい。その気になれば、鉄の胴丸《どうまる》や、兜《かぶと》だって割れるだろう。以来、十兵衛の剣技はこの刀への信頼の上に成り立っている。この刀というよりも、師への信頼という方が正しいかもしれない。十兵衛は長すぎるこの刀を自在に操れるように、ひたすらに鍛錬をしたものだ。

一方で、その日以降、師はふっつりと十兵衛の家に現れなくなった。鍛錬が忙しく、初めはまったく気にしなかった。皆伝とはそういうもので、基本を習得して以降、あとは自分で研鑽《けんさん》し、独自の剣を編み出さねばならぬと思っていたからだ。

そうして剣の修行に明け暮れていたある日、光円寺という寺の寺男が、師の直筆の手紙を持って訪ねてきた。すぐさま封を開けると、元服について話がある、直ちに光円寺にこられたしというような内容が、素っ気なく書いてある。

そういえば、武士の子というものは、十三か十四で元服をするのだった。そのことにはじめて気付いた十兵衛は、何故師が自分の元服の話をするかも、さほど深くは考えず、手紙の通りに光円寺へ向かったのである。

光円寺で十兵衛を待っていたのは、床に伏せる師の姿だった。主水は暫《しばら》く見ないうち、大分変わり果てていた。偉丈夫だったその姿は、すっかり痩せこけ、青黒い肌へ変わっている。骨と皮だけになったようなその姿は、以前の主水を想像するのさえ難しい。

余りに変わり果てたその姿に、十兵衛はあっけにとられた。

何と声をかけて良いかわからず狼狽える十兵衛に、師は、九月に柳生《やぎゅう》十兵衛という男と立ち合って敗れたこと、その傷が原因で床についたことなどを簡潔に述べた。そうして次に、更に唖然《あぜん》とするようなことを告げたのである。

それは、十兵衛が松山主水の実の子であり、元服をすませたら、すぐに藩へ実子の届けを出す、というものだった。

それは、変わり果てた師の姿よりも衝撃的な一言だった。

十兵衛には、師が何を言っているのかがわからなかった。師と自分は血が繋がっているという、寝耳に水の話に十兵衛は呆然《ぼうぜん》とする。では、何故主水は親子だということを隠していたのか。

松山主水は、細川忠利の剣術指南役だったが、そのせいで、敵の多い男だった。剣術指南役というのは、少なくとも藩の中では最強でなくてはならない。一度でも負けたら、その座は勝者に奪われてしまうからだ。

主水は剣術指南役の座を守るため、片時も油断できない身となった。闇討《やみう》ちに遭い怪我でもさせられたら、それで全《すべ》てが終わってしまう。

通常なら、一度負けたくらいで剣術指南役の座を降ろされるわけはないのだが、しかし、主水の場合は事情が違った。主水はふるまいに傍若無人《ぼうじゃくぶじん》なところがあった為、人望が殆《ほと》んどなかったからである。かろうじて藩主の細川忠利は主水のそんな性格にも目を瞑《つむ》ってくれていたが、先代の細川三斎などは徹底して主水を嫌い抜いていた。それ故、三斎派の家臣達は、隙があれば主水を指南役から引きずり下ろそうと、虎視《こし》眈々《たんたん》とその機会を狙っていたのだ。そのせいで、主水は事ある毎に果たし合いを申し込まれ、命を狙われ続ける羽目に陥った。

そのため、主水は終生、妻《めと》を娶ることが出来なくなった。

守る者が増えれば増えるほど、それは主水の弱みに繫がる。敵に妻子を人質にでも取られて果たし合いを申し込まれたら、もうどうすることも出来ない。

自分の代で松山の家を潰《つぶ》す訳にもいかないが、さりとて、余所《よそ》から養子を取るわけにもいかない理由もまたあった。それは、主水が受け継ぐ二階堂平法の秘伝の秘、〈心の一方〉という技の特異性にある。

〈心の一方〉とは、異能の力だった。気合いで相手の動きを封じるという、どちらかといえば、仏法でいう魔道に近い。仏法で何故このような力を魔道というのかと言えば、行によって神通力を得た僧が、いたずらにそれを悪行に使うことを戒めてのことである。〈心の一方〉も、見る者が見れば魔道と映る。

それ故に、主水は〈心の一方〉を誰にも教えたことがない。ひとつには、覚えた者が乱用し、本当に魔道に堕ちることを怖《おそ》れたからだ。そしてもうひとつは、〈心の一方〉は、他人には決して伝えられない部類の技だからである。型というものは確かにあったが、使いこなすには天稟《てんぴん》が必要という、厄介きわまりないものだった。

〈心の一方〉の天稟とは松山の血族にのみ脈々と伝わるもので、故に主水は自分の子を作る必要があった。しかし、絶え間なく命を狙われている状態では、それもまた難しい。

そこで主水は、山人の娘と秘密裏に契《ちぎ》りを交わした。娘は、山で密《ひそ》かに男子を産んだ。その子こそが十兵衛である。

子を生《な》す相手に山人を選んだ理由は、万一それが露見しても、彼等には山中に居る限りは己で身を守る術が十分にあったし、また、天狗《てんぐ》とも称される程の異能の力は、松山の血に備わる天稟と馴染むと思われたからだ。

〈心の一方〉の天稟の方はともかくとして、子の秘密を守るという点では、この方法は最良だった。松山主水の隠し子は、ほとんど誰にも知られることがなかったからだ。

十兵衛を引き取った老爺は、松山家ゆかりの者だが、主水との血の繋がりはいっさいない。だから、十兵衛と主水を結びつけて考える者もいなかった。

そこへ極秘裏に主水が通い、剣術を指南するという形で、無事に二階堂平法は十兵衛へと受け継がれたのである。

今の十兵衛は若輩ながら、そんじょそこらの剣客に決して引けを取らない腕前に成長した。だからこそ、主水は十兵衛に総《すべ》てを話し、家禄《かろく》を継がせる決意をしたという。

その説明をされている間中、十兵衛は何も口がきけなくなって、黙って主水の顔を見つめるだけだった。

ずっと死んだと聞かされていた顔も知らない父親が生きていて、実は自分の剣の師だっただけでも驚くというのに、更には見たことも聞いたこともない、〈心の一方〉という技の継承までさせられる訳である。混乱するなという方が無理だろう。

病の床にある主水は、そこで十兵衛に〈心の一方〉を口伝した。なんとかそれを覚えた十兵衛に、主水は、翌朝前髪を落として元服の儀をすると言った。だから、その日はそのまま寺に泊まることになったのである。

襲撃があったのは、その日の夜のことだった。

松山主水は、寺の中に忍び込んだ、荘林《しょうばやし》十兵衛という男の手にかかって死んだ。十兵衛は、自分と同じ名の男の手で父を殺されたことになる。

布団の中で緋《ひ》に染まる主水の亡骸《なきがら》を見た十兵衛は、我を忘れて荘林十兵衛に斬りかかり、背中へと二太刀浴びせた。とどめを刺さずとも、死に至ることを確信出来るような手応《てごた》えがあった。

それが、十兵衛の最初の人斬りだった。

追っ手を廃寺におびき寄せ、皆殺しにした後、十兵衛は事件の輪郭をはじめて知った。父を殺すように図面を引いた者がいる。それは、熊本藩の中でもかなり上の地位にいる者だ。

自分の手を汚さずに、父を殺した者が赦《ゆる》せなかった。息子として可愛がられた記憶はなくとも、父親は父親である。どんな手段をとっても、追い詰めて殺してやると心に誓った。

そうして十兵衛は、復讐者《ふくしゅうしゃ》へと堕ちたのだ。

――でも、実際は、堕ちたというより、そのおかげで生かされた、という奴《やつ》なのかもしれないな。

当《あ》て処《ど》もなく市を歩きながら、十兵衛はぼんやりとそんなことを考える。あの日のことは、十兵衛にとっては決して抜けない痛い棘《とげ》のようなものだった。この痛みがあるからこそ、自分は未《いま》だに生きていられるとも言える。

これがなかったら、生きている意味が自分には何もないのだ。

そんな物思いに耽る十兵衛を現実へ引き戻したのは、嗄《しゃが》れた老人の声だった。

「もし、そこの若いの、いいかね？」

十兵衛は、最初、それが自分を呼んでいるとは思わなかった。里には貫左以外の知り合いはいないからだ。仮に自分に声をかける者がいたとして、それはせいぜいが客引きくらいだろう。

だから、市の端で店を出す辻占《つじうら》に声をかけられたのだと気付いた後も、十兵衛は足を止めずにそのまま行き過ぎようとする。

足を止めたのは、声が続けて言ったからだ。

「お主の後ろの正面に、鬼がいる」

鬼という言葉に反応し、十兵衛は思わず足を止めて辻占の方を振り返った。

そこには年老いた法師陰陽師《ほうしおんみょうじ》が床几《しょうぎ》の上にちょこんと座っている。薄汚れた狩衣《かりぎぬ》を着た、小柄な腰の曲がった老人だった。すっかり白くなった総髪と同じ色の長く伸びた眉《まゆ》と髭《ひげ》に埋もれて表情が何一つわからない、そういう風情《ふぜい》だ。

机の上には筮竹《ぜいちく》と算木《さんぎ》が無造作に置かれ、看板代わりの灯籠《とうろう》には、下手なんだか上手《うま》いんだかよくわからない字で『占い』とだけあった。法師陰陽師というよりも、異国の、例えば朝鮮や明《みん》の流れを汲《く》む呪者《じゅしゃ》かもしれない。

「……鬼だと？」

十兵衛は少しばかり眉間《みけん》に皺《しわ》を寄せて訊く。辻占は、わずかに首を傾《かし》げて言った。

「それだけではないな。お主には、女難、水難、火難に剣難、更には死相まではっきり出ている。方角も全方位が良くないようだが、特に悪いのは南西の方角じゃ。そっちにはまず、出歩かん方がいいぞ」

その言葉に、十兵衛は妙に光る下三白の目で辻占を見つめる。殺気という程ではないが、何処《どこ》か剣呑《けんのん》な目の色だ。それを見た辻占の老人が、ひらひらと右手を振って言う。

「いやいや、別にわざと不吉なことを言って見料をせしめようとしているわけではないぞ。ただ、若いのに死に急ぐというのは残念だと思ってのう。ま、ただのお節介じゃ」

「先に言っておくけど、金ならないぜ」

憮然として牽制《けんせい》する十兵衛に、老人は苦笑する。

「だからいうておるじゃろう。見料など要《い》らぬと。お主には、手相なんぞ見たところでどうすることも出来ないくらいにくっきりとした難が出ておる。死ぬにしても、真っ当に死にたかったら南西は避けろとしか儂《わし》には言えぬよ」

のんびりとしたその言葉に、十兵衛はますますくっきりと眉間に皺を寄せ、しばらくその場に立ち尽くしていたが、やがて、ふいとそのまま無言で立ち去った。その背を見送りながら、老人は、やれやれ、といった風情で首を振る。

「若いのに、随分と難儀《なんぎ》な星を背負っているのう。あれではまぁ、確かに長生きなどは出来ないだろうて」

そう口の中で小さく呟《つぶや》くと、辻占の老人はまた視線を市の方へと戻す。

その後も辻占の前を、旅の僧や近くに住む百姓らしき男達が幾人か横切ったが、老人は彼等を一瞥《いちべつ》もしなかった。

ただ、退屈そうに算木を眺め、時折欠伸《あくび》をするのみだ。

その欠伸につられるように、山の方から吹く風が、軽く地面に渦巻き消えた。

市を抜けてから、おおよそ二町も歩いた頃だろうか。十兵衛は、不意に背後から声をかけられた。

「あの占い師、中々見る目があるではないか。こんな田舎の市にしては珍しい」

その声に、十兵衛は一旦立ち止まり、面倒そうに振りかえる。

十兵衛の背後には、いつの間にか、背の高い、墨染《すみぞ》めの衣を着た僧侶《そうりょ》らしき男が立っていた。笠《かさ》をかぶっているため、人相はよくわからないが、項《うなじ》の辺りまで黒髪が伸びているのが見て取れる。昨今、有髪の旅僧というのも珍しかった。

「あんたか」

僧を見て、十兵衛が倦《う》んだように呟いた。その目からは、先ほどの剣呑な光は失《う》せている。どうやらこの僧と十兵衛は知り合いのようだった。

その言葉が合図のように、僧侶は笠を上げ、にこっと微笑《ほほえ》む。

「後ろの正面に鬼がいる、というのは好《よ》かったな」

笠の下から現れた顔は、まるで絵から抜け出たように美しかった。月の光が滴《したた》り落ちて人の形をとったなら、こんな風になるだろうというような姿をしている。『源氏物語』の主人公だって、ここまでの美形ではないだろう。妙に人離れした美しさだ。

今だって、単に笠を上げただけなのに、旅塵《りょじん》に汚れた僧衣が嘘《うそ》のように輝いて見える。並みの人間なら、一刻や二刻はこの顔に見惚れて動けない筈《はず》だった。

しかし、十兵衛はその顔を見ても眉一つ動かさない。むしろ、うんざりしたようにいう。

「うるせぇよ。ああいうのはな、わけありとみた客に、わざと怖がらせをいって、そうして見料をせしめようっていう手合いなんだ。いちいち気にしていられるか」

ぶっきらぼうにいう十兵衛を眺め、男はくつくつと愉快そうに笑った。

「そうかな？　あの男、俺には気がつかなかったようだが、ものの本質を見る目はあるようだ。女難、水難、火難に剣難、ついでに死相というのも案外本当かも知れないぞ」

他人事《ひとごと》のように面白そうに告げる男をじろりと睨《にら》み、十兵衛は少し怒ったようにいう。

「だったらどうした。人はいずれ死ぬ身なんだ。それが早いか遅いかの違いだろうよ」

「死ぬのなら、まぁ、念仏の一つも唱えてくれる者がいないと寂しかろうと思ってな。その時は俺がきちんと葬《ほうむ》ってやろうと思っているぞ」

十兵衛は、面倒そうな顔をして、呆《あき》れたように男を見つめる。

「あんたに人が送れるとは思えねぇな、大悲《だいひ》さん」

その言葉に、大悲と呼ばれた男が、いかにも面白そうな顔をして笑う。笑う度に白い歯が零《こぼ》れるが、綺麗《きれい》な顔に似合わず凶悪な程に尖《とが》った犬歯をしていた。それに違和感を覚えるかといえばそうではなく、綺麗な顔だからこそ、牙《きば》があるのがまた似合う。美というものには本当に善悪がない。

「形《なり》だけは僧体だからな、まぁ、経文くらいは唱えられるさ。人間は、経で成仏《じょうぶつ》するのだろう？」

のんびりと世間話のように告げる大悲に、十兵衛は肩を少し落として言った。

「だから、別にそんなの要らねぇって言ってるだろうが。あんたに送られる筋合いはないし、あんただってそうする義理もないんだぞ？」

「いやいや、成り行きとはいえ、お前の血で生き返った訳だからな。更に食い物まで世話して貰っているのだから、これはまぁ、礼をせねば気が済まぬよ」

大悲は美しい顔でにっこり笑うと、童子に向かってするように、わしゃっと十兵衛の頭を撫でる。口調や仕草は穏やかだが、言っていることは随分とまぁ、剣呑だ。

十兵衛は、ますます呆れて大悲を見つめる。

その脳裏には、この男と初めて会った日のことが明瞭《めいりょう》に浮かんでいた。それは、先ほど思い出していた記憶と見事なまでに直結している。


あの時、黒い影にのしかかられた十兵衛は、とっさに死を覚悟した。

元々死を覚悟してはいたのだが、化け物に喰われて死ぬというのは想定外だ。そのせいかは知らないが、こんな時に指一本動かせない自分に対して、はらわたが煮えくり返るような思いだった。

黒い影に乗られたためか、何故か、背の傷と、腹の傷、そして肩の傷が、かっと炙《あぶ》られるように熱くなる。

奇妙なことに、目を凝らしても、そこに重さも気配もあるのに、黒い影の正体がどうしても十兵衛には見えなかった。ただ、濃い闇の重さが傷の辺りを這うのだけを感じる。

怒りのせいか、今、ここで死ぬことに特に恐怖はない。ただひたすらに無念だった。実際に師を……いや、父を殺した男は討てたにしても、それを命じた元凶は、未だ無傷であるからだ。

この場にある十五人の屍《かばね》だけでは、父の鎮魂にはまだまだ足りない。父の鎮魂というよりも、単に自分の気が済まないだけかもしれなかった。

今まで、山人でも里人でもなく、ずっと境界線でふらふらしていた自分が、はじめて《何者》かになれたかもしれなかったのに、それが永遠に奪われたのだ。やはりどこかで納得出来ないものがあった。

父の命と同じくして、十兵衛は、手に入れられたのかもしれない自分の居場所をも奪われたのだ。

幼い頃のあの疎外感は、今も尚《なお》、十兵衛の胸の中に燻《くすぶ》っている。仲間はずれというならまだしも、その場にいないかのように扱われるというのは、幼い十兵衛の心をひどく傷つけたものだった。自暴自棄にならずに済んだのは、貫左という里人の少年のおかげだった。貫左が実の弟のように可愛がっていてくれたおかげで、十兵衛はかろうじて自分が誰かに必要とされている気がして、それで生きて来られたと思う。

　今回の元服の話は、正直、何かの天啓のように十兵衛の心に響いた。聞いた当初こそ戸惑いはしたが、自分がただの孤児ではなく、松山家の継嗣であるという境涯《きょうがい》は、はじめて自分が生きる意味を与えられたように思えたのだ。しかし、そんなはじめての希望めいたものは、暗殺者の手によって一瞬で粉々に砕かれてしまった。

　一度見せられた希望を壊された怒りは大きい。

　自分には居ないと思っていた《父親》というものを奪われた哀《かな》しみも、また大きい。

　それらを奪った者、総《すべ》てを殺してやりたかった。

　しかし今、こうして死にゆく身では、もはやどうすることも出来ないということもわかっている。父を殺した黒幕は、今も涼しい顔で何処かに居るのに、自分はそれに対して一太刀も浴びせることが出来ないのだ。それが悔しく、情けなかった。

　傷の熱さのせいなのか、どんどん薄れる意識の中で、十兵衛に出来ることは、成仏を否定し、ただひたすらに、悪鬼になれるように祈ることくらいだ。生きて復讐が叶《かな》わないのなら、せめても怨霊《おんりょう》となって相手を呪《のろ》い殺してやりたかった。自分は地獄に堕《お》ちようと、必ずや一矢《いっし》報いたい。

何故《なぜ》、たった数刻前に父だと知った男のために、これほどまでに執念を燃やすのか。十兵衛は、それが自分でもよくわからない。今、まさに直面している死の恐怖を紛らわせる為《ため》、というのも少し違う。

松山主水という男は、自分にとっては、父というより、剣の師である認識の方が遥《はる》かに強い。師としては尊敬していたが、特に親愛の情など感じたこともなかったし、また、可愛がられた記憶もない。

それなのに、胸の奥に灯った火は、確かに肉親の死を悼《いた》んで激しく身を焦《こ》がすように、痛みを伴い燃えていた。その痛みは幻ではなく、確かに体の中に存在し、だからこそ、敵を呪うことでしかその熱さに耐える術がない。

一切の希望が絶たれた時に可能なことは、自分を理不尽な運命に突き落とした神と、生きた敵とを呪うことしかないのだという。だとすれば、十兵衛に出来ることもそれだけだ。

——魔王様達も、こういう熱に耐えていたのか。

刀傷の痛みのせいなのか、それとも心の痛みのせいなのかわからない猛烈な熱さに耐えながら、十兵衛は、山人の祖父に聞かされた、愛宕山《あたごやま》の魔王達の話をぼんやりと思い出す。それは、一族の起源に連《つら》なる昔語りだ。

山人の祖は、天狗の眷属《けんぞく》であると祖父は言った。『聖財集《しょうざいしゅう》』という書物に拠《よ》れば、天狗の正体とは〈オニ〉であるらしい。この〈オニ〉は一般に言われる〈鬼〉ではなく、「隠」という字がなまったものだという。何らかの事情で住処《すみか》を追われ、山中に隠れ住むようになった存在が〈オニ〉、すなわち天狗ということだ。

例えば、愛宕山には天狗となった崇徳上皇《すとくじょうこう》らが集い、そうして世を乱す為に呪いを発しているという伝説がある。世に裏切られて非業《ひごう》の死を遂げた怨霊には、世を呪い災いを撒《ま》き散らす力があると言われていた。

祖父は、山人は、そんな彼等を慰め、そして鎮《しず》めるために流浪《るろう》していた祭司達の末裔だと言っていた。例えば崇徳上皇を慰めていた相模坊《さがみぼう》は、いつしか崇徳上皇の眷属の天狗となって大権現《だいごんげん》に祀《まつ》られている。

このように流浪の祭司も山神の眷属となって、山人と呼ばれるようになったのだという。

山人は天狗のことを『高鼻長喙《こうびちょうかい》で翼のあるもの』だと言い伝えていた。天狗には様々な鳥の姿があるが、特に鷲《わし》の姿を元にしたものが多いらしい。崇徳上皇もまた、死後に鳥の姿になったと林羅山《はやしらざん》が『本朝神社考』にも記している。

何故、天狗が鳥の姿を取るのかはわからない。しかし、強い念を持って亡くなった者が、死後に鳥に変化して飛び立った、という伝承は、ヤマトタケルの例を引かずとも、古来そこかしこにある。また、山人の間では、古くから、山伏の果ては鵄《とび》になるとも伝えられていた。

山に住むには鳥の姿が良いのだろうか、と幼い頃の十兵衛は呑気《のんき》にも思ったものだが、今となってはその理由がはっきりわかる。

鳥ならば、敵の元へと真《ま》っ直《す》ぐに飛んで行けるからだ。その喙《くちばし》で怨敵の目を抉《えぐ》り、鉤爪《かぎづめ》でその身を八つ裂きに出来る。

こんな地べたに這《は》いずって、得体の知れない炎に身を焼かれる苦しみに藻《も》掻《が》くよりも、人を捨てて鳥になった方がずっといい。

無残な死に方をすればするほど、人は、強い怨霊になれるという。その伝承の通りであるのなら、黒い影には頑張って、せいぜい惨《むご》たらしく自分を殺して貰《もら》わないといけないと、十兵衛は心からそう願う。それは死への諦念《ていねん》ではなく、絶望という別種の希望だ。

だから、十兵衛は、掠《かす》れきった声で小さく呟く。

「……俺を喰いたかったらとっとと喰え。極楽往生に望みはないから、念仏供養《くよう》も一切不要だ」

　そういうと、どことなく気分が楽になった。死んだ後、成仏を拒めば、あとは怨霊になるしか道はないはずだ。怨霊ならば、父を殺した連中を、一人余さず殺せるだろう。それだけが、死にゆく我が身への、ほんのわずかな慰めだった。しかし――。

「やめておけ、やめておけ。怨霊というのはな、王にならんとする者でもないと、中々つとまらんものだ。敵に対して容赦せず、無関係の者を害《そこ》なっても後悔せぬものでなければ怨霊にはなれん。並みの人間ではな、死後に意識も保てぬわ」

　十兵衛の呟きに呼応するよう、若いのんびりした声が間近で響く。穏やかな微風のような声だった。どことなく、日だまりのような妙な暖かささえ感じる。

　その声の出所が自分の上にのしかかる、黒い影からだとわかった瞬間、十兵衛は、不意に傷からの出血が止まっていることに気がついた。痛みはあるし、傷口も一切塞《ふさ》がってはいないのだが、何故だか血だけは止まっている。

体力も特に回復はしていないのだが、血の流れが止まったせいで、死からは遠くなっているようだ。途端に現金にも、生きるという感覚が甦《よみがえ》る。

　それを見越したかのように、黒い影が、すっと十兵衛の上から退《ど》いた。

　それと同時に十兵衛は、全ての力を振り絞り、刀を構えて体を起こす。全身がひどく痛んで、涙が滲《にじ》むほどだったが、しかし、十兵衛は気力だけでそれを堪《こら》える。立ち上がる程の力は無いため、膝《ひざ》をついて構えるのがやっとだった。

滑稽《こっけい》なほどに足ががくがくと笑うのは、失血のせいだけではないらしい。得体の知れない畏《おそ》れの為だ。

灯明の光は、微《かす》かにここまで届いていた。

その光は、黒い影の姿を明かす。黒い影の正体は、若い、襤褸襤褸《ぼろぼろ》の衣を纏《まと》った僧形の青年の姿だった。僧のくせに剃髪《ていはつ》はしておらず、柔らかな黒髪が秀麗な額にかかっている。

僧の顔は、異様なまでに美しかった。

形容し難いというよりも、形容できない美しさだ。こんな暗い場所なのに、男がいる場所だけ、何故か光り輝いているようにも見える。闇色の光、というものがあったなら、正しくこの男のことだろう。

ただひたすらに美しい、としか言いようのないその姿に、十兵衛は一瞬あっけにとられた。見惚《みと》れるというのとはまた違う、もっと他の感覚だ。

見ているだけで魂が吸い込まれそうになる妖《あや》しさ、というものだろうか。

運良く我に返れたのは、傷の痛みのせいだった。痛みがなければ、下手をすれば本当に死ぬまでこの男を見つめていたかもしれない。

痛みで戻った正気の頭で、十兵衛は、まったくこの男は美しすぎて、だからこれは人ではないと、そう思った。魔性というには神々《こうごう》しいが、神聖というには禍々《まがまが》しい、そんな姿だ。なんというか、境界線の上に立つ美であろうか。

男の纏うその衣には見覚えがある。本堂の隅に転がっていた、乾涸《ひか》らびた屍が着ていたものだ。当の死体の上に暫く覆い被《かぶ》さる羽目になったのだから、見間違う筈がなかった。

しかし、あの屍が甦ったにしろ、別物にしろ、どの道これが人外のものには相違ない。妙に気が張って声も出ない十兵衛とは裏腹に、その男は呑気そうに話を続ける。

「確かにお前の中にも、瞋恚《しんい》の火群《ほむら》が赤々と燃えているのが見えるのだがな、怨霊とはまた、怒りの質が違うのだ。だから、お前では怨霊には届かぬよ」

「……怒りの、質？」

呑気な声につられて、思わず十兵衛は訊《き》き返す。妙な圧力があるくせに、この男は妙に何かがずれていて、だから、尋常でない状況なのに、ついつい会話をしてしまう。なるべく見ないようにしているのに、気がつくと男の顔を目で追ってしまう自分が信じられない。

そんな十兵衛の葛藤《かっとう》には気付かぬように、場違いなほど呑気な声で男は続けた。

「そうさ。怨霊になれる者というのはな、仇敵《きゅうてき》に復讐することを怖れず、且《か》つ、己の悪念に引け目を感じることのない者のことをいうのだ。自分の恨みを晴らすためなら、誰を犠牲にしても良いという、そういう身勝手極まりない者だけの特権だ。お前は仇敵だって憎かろうが、しかし、自分のことも責めている。だから、怨霊には向かんのさ」

のんびりとしつつも、きっぱりとした物言いに、十兵衛は思わず言い返す。

「なんでそんなことがお前にわかるんだ!」

警戒心よりもむかっ腹が先に来た。男は、うん、うんと二度頷《うなず》き、他人事のような口調で告げる。

「さっき、お前の血をたっぷり浴びているからなぁ。その血の半分以上が、怒りのふりをした悔恨《かいこん》だった。お前、父親の事を、一度も父と呼んでやれなかった自分を許せんのだろう?」

その言葉に、何故か十兵衛は一瞬で激昂《げっこう》した。反射的に、手にした刀を男の首筋へ、叩《たた》きつけるようにして振るう。迷いも何もない、殺意の塊のような太刀筋だ。

男の首を刎《は》ねた手応えは、確かにあった。

項にかかる黒髪も、床にはらりと落ちている。

それなのに、刀を振り抜いても、男の首は相変わらず前と寸分違わぬ場所にあった。その白い膚《はだ》には毛ほどの傷も付いていない。

瞠目《どうもく》する十兵衛に、男は首のあたりを撫《な》でながら、にこにこと、愉快そうに笑っていう。

「まったく乱暴な童子だな。鎌《かま》を掛《か》けてみただけだのに、やはり図星か」

にこにこと邪気なく笑うその姿は、相変わらず美しいのだが、どちらかと言えば禍々しい方に天秤《てんびん》が傾いたようだった。なんとはなしに、影が濃くなった気がする。

「その刀、テンコウとは珍しい。こんな田舎で拝めるとは思わなんだ。お前の気力がもう少し充実しておれば、きちんと俺まで届いただろう」

男はのんびりそういうと、また改めて首のあたりをするりと撫でた。

「化け物が……」

思わず呟く十兵衛に、男は少しばかり眉を顰《ひそ》めた。心の底から心外そうに抗議する。

「ちょっと待て。化け物というのはな、人や物が転じたモノだろう。俺は別に、何かが転じたモノではないぞ」

「化け物じゃなかったら、何なんだ」

「知らん。鬼と呼ぶ者もいたし、魔と呼ぶ者もいた。大昔には、神と呼ばれたこともある。ただ、俺は、この世に現れたときからこの形《なり》なのだ。人外と呼ばれることはあっても、化け物の類《たぐい》ではないことだけは確かだな」

言葉はちゃんと使えと、男は微かに白い歯を見せて言った。どことなく、面白がっているような物言いだ。

目の前の男が、鬼だろうが化け物だろうが、十兵衛にとってはまったく差がない。しかし、男には妙なこだわりがあるようで、頑として化け物と呼ばれることを拒否する。こんなことで言い争いをする気がない十兵衛は、男に向かって改めて訊く。

「……その偉い鬼様が、一体俺に何の用だ。どうしたかは知らないが、俺の血を止めたのはお前だろう」

片時も油断せずに、刀を構えて問う十兵衛に、男は呑気な声で言った。

「ああ、これか。何、ただの礼だ、気にするな」

「礼？」

意外な答えに鸚鵡返《おうむがえ》しに訊き返す十兵衛へ、男が上機嫌にまた言った。

「お前の血で、十年ぶりに元に戻れた。その礼だ。しかも、食い物まで用意してくれた恩人でもある」

「食い物」

意味がわからず、またも鸚鵡返しに単語を繰り返す十兵衛に、男はにこにこしながら本堂の床を指差してみせた。つられるようにその先を見た十兵衛は、その光景に、膚《はだ》を粟立《あわだ》て青ざめる。

視線の先では、男から伸びた影の先が、まるで獣の口のような形を取り、十兵衛が殺した男達の屍を、がつがつと貪《むさぼ》り喰っていた。ぶちぶちと肉の千切れる光景が、時折瞬《またた》く雷光に照らされるのは、中々悪趣味な見世物だ。嵐《あらし》の音で掻き消されていたが、さっきから骨の砕ける音や肉の裂ける音が絶え間なく続いている事に、十兵衛は今更ながらに気がついた。

この男のいうとおり、確かにこれは人ではない、人を喰う鬼なのだと痛感する。既に半数以上の屍が影の中へと消えていた。

「死にたてはやはり違うな。おかげでだいぶ潤《うるお》った。中途半端《はんぱ》に目覚めさせられただけなら文句をいうところだったが、飯まで用意してくれたのだから、礼をせねばと思ったのさ」

美しい顔で恐ろしいことをさらりと告げ、男は唇の端を吊《つ》り上げ笑った。白い歯が零れるが、犬歯がまるで獣の牙のように尖っている。

「礼なんか……」

不要だ、と続けられないのが十兵衛の妙に素直なところだろう。実際、こんな所で死ぬわけにはいかなかったのだ。無駄死にを免れて良かったと思う。怨霊になれないのなら猶更《なおさら》だ。

だから、十兵衛は深々と頭を下げ、男に向かい、至極《しごく》素直に礼をする。

「いや、確かに血止めをしてもらって助かった。こちらこそ礼をいう」

その言葉に、男が一瞬ぽかんとしたようだった。二、三度瞬《まばた》きをしていたが、次の瞬間、腹を抱えて弾《はじ》けるように笑い出す。

その様子に十兵衛は憮然《ぶぜん》としたが、冷静になれば、実に馬鹿《ばか》な事をしたというのがわかる。それが妙に面白くて、傷の痛みに耐えながら、こちらも腹を抱えて爆笑する。

嵐の夜、死体が転がる本堂で、鬼と人が爆笑し合うという光景は、悪夢なんだか滑稽なんだかわからない、そんな間《あわい》にあるようだった。一切《ひときり》笑いあったが、やがて、おかしさよりも傷の痛みの方が上回ったため、十兵衛は笑うのを一旦《いったんや》止めて、呻《うめ》く作業にまた戻る。

男もそんな十兵衛を見て笑うのを止めるが、しかし、愉快そうな目つきは変わらない。相変わらず美しいことは美しいのだが、先ほどとは空気が違う。どことなく人なつっこいものがある。

男が愉快そうに笑って言った。

「お前は面白い小僧だな。気に入った。助けてくれた礼に、お前が死ぬまで憑《つ》いてやろう」

「憑く？」

十兵衛の問いに、男はにこにこしながら頷いた。世にも美しい顔がすっと近づき手を伸ばすと、柔らかく十兵衛の頬に触れる。骨まで凍えるような冷たい滑らかな手に、確かにこれは人ではないと、そう感じた。

男がゆっくりと顔を近づけてくる。あまりに美しいものが近寄る恐怖に、十兵衛が思わず眼を瞑った途端、首筋にちかっと鋭い痛みを感じた。どうやら、首の脈から血を吸われているらしい。それは一瞬のようでもあり、無限の間《あわい》のようでもあった。奇妙にふわふわとした、まるで極楽のような妙な陶酔《とうすい》がそこにある。

十兵衛が正気に戻ったのは、何故だか胸の奥がひどく痛んだからだ。その痛みは、十兵衛が安穏と幸福に浸《ひた》ることを決して赦さないかのように激しく疼《うず》く。

──駄目だ。

胸の痛みに従って、十兵衛は咄嗟《とっさ》に男を突き飛ばそうとしたが、その腕は空を切る。

気がつけば、男はとっくに離れていた。男は血の付いた口を軽く拭《ぬぐ》い、ふむ、と頷く。

「お前の業は案外深いな。普通の者なら、あの幸福に永遠に揺蕩《たゆた》うことを選ぶだろうに、それを拒否して修羅を征《ゆ》くかね」

その言葉に、思わず十兵衛が首に触れると、小さな穴が二つ開いていた。血は止まっているらしいが、この男に血を吸われたのは確かなようだ。

「一体、何を……」

微かに震える声で問うと、男が妙に真面目《まじめ》くさっていう。

「嚙《か》み付き、というのはな、神憑き、という意味だ。憑く代償として、少しばかり血を貰ったのさ」

「勝手に憑くのに、代償まで取るだと？」

「まぁ、そういうな。鬼というのはな、人と関わるのにはある種の契約が必要なのだ。血を貰う代わりに、俺はお前を助けるというような、そういう風な契約だ。悪い話ではないだろう」

いけしゃあしゃあと言い放つ男に、十兵衛は今までとは違った感情――凄《すさ》まじい脱力感を覚える。直前までの緊迫感は失せていた。

「俺の同意もなしに、勝手に契約なんか結ぶなよ」

呆れかえって文句をいうと、男は満面の笑みで手を振った。

「なに、お前が死ぬまでのわずかな間の付き合いでも、暇つぶしくらいにはなるだろう。特に気にしなくても良いぞ」

そっちが気にしなくとも、こっちは気にする。十兵衛が思わず言った。

「勝手に憑かれたところで迷惑なだけだ。そもそも、あんたに憑かれたところで、一体俺に何の得があるんだ」

得だとか損だとか、そういう話では到底無いのだが、何故か十兵衛はひどく間の抜けたことを言ってしまった。自分でも、何を呑気なことを言っているのだという呆れがある。だが、何故か、毒気を抜かれたように、ずれたことしか話せない。男の顔があまりにも美しすぎるため、まともな感覚を取り戻せないからなのだが、十兵衛には、そんなことはわからない。

しかし、男は妙に上機嫌で、にこにこしながら返事をした。

「俺が憑くと、まぁ色々と便利だぞ。例えば、傷は癒《い》やせぬが、血止めくらいはしてやれるし、お前が知りたいことの手助けくらいはしてやれる」

「……手助け？」

「そうさな、お前は、誰が父を殺せと命じたか、その黒幕と理由を知りたいのだろう？　ちょっと待て、探ってやる」

そういうと、男は、少し記憶を探るような仕草をした。やがて、どことなく面白そうな声でいう。

「なるほど、こやつらが松山主水を殺したのは、仕官する為だったらしいな。命じたのは、名前はわからぬが、《御方《おかた》さま》という者らしい。松山主水がその《御方さま》にとっては邪魔者で、故《ゆえ》に暗殺を仕組んだようだ。お前は、その松山某の隠し子だな。父を殺され、その仇《かたき》を取るために、あえて成仏を否定して怨霊になろうと思ったか」

さらりと告げられたその言葉に、十兵衛は飛び上がるほど驚いた。何故そんなことを、この男は知っているのかというのもあったが、それより、自分でさえ、ほんの数刻前まで知らなかった松山主水と親子だったということを言い当てた事に驚愕《きょうがく》したのだ。

「……あんた、心を読むのか」

険しい声で詰問《きつもん》する十兵衛に、男はゆるく首を振る。

「サトリでもあるまいし、そんな器用な真似《まね》が出来るか。俺は、喰ったものの考えていた事が、ほんの少しばかりわかるだけだ。今喰った屍と、先ほど貰ったお前の血で、まぁ、大体の事情がわかっただけさ」

　それだって十分器用な部類だ。十兵衛が思わず影の方を振り向くと、死体は全《すべ》て喰われた後のようだった。闇に溶け込む男の影は、今はすっかり大人しく沈黙している。

　十五の屍をすべて腹の中に収めた男は、上機嫌で更に続けた。

「こんな具合に、俺が憑くと便利だぞ。それに、お前がどういう死に様をするかは知らんが、まぁ、一人で逝《ゆ》くことだけは避けられる。よかったな」

　何がいいのかはさっぱりわからないのだが、断る理由も特にない。

　父親の死に、《御方さま》とやらが関わっているというのもはじめてわかった。誰に復讐すれば良いかさえまったくわからなかった十兵衛にとって、敵の手がかりがあるだけでも、一筋の光明のように思えた。

　この鬼の力に頼れば、いずれ、父親の殺害に関わった、全ての者の名もわかるだろう。それだけでも、鬼に憑かれる甲斐《かい》はある。

　男は自分を『大悲』と名乗った。鬼のくせに、観世音菩薩《かんぜおんぼさつ》の慈悲を名乗るとはどういう了見かと問うと、大悲は自分で付けた名ではないからなぁ、と笑う。

　その様子は鬼にも仏にも見えない至極呑気なものだった。

　そういうわけで十兵衛は、大悲と名乗る、この妙な鬼に憑かれたのである。

胸に閃《ひらめ》く過去のことを振り払うよう、十兵衛はいささか憮然として言った。

「俺は別に、あんたのために侍を斬《き》っているわけじゃない。父の仇をあぶり出すために、連中を殺してるだけだ」

そう吐き捨てると、十兵衛は、一度止めた足を再び動かし、山へ向かって歩き出す。

そんな十兵衛と肩を並べて歩きながら、大悲は、わかっている、というふうに頷いた。

「うむ、知っている。だが、結果としては、お前が殺した侍は、すべて俺の餌《えさ》になる。この世界というのはな、所詮《しょせん》は結果がすべてなのだ。過程なぞ、自分以外の他人には、まったく関係ないものよ」

大悲はそういうと、にこっとまったく邪気のない顔で微笑んだ。見慣れているおかげで、十兵衛はもはや平気だが、年頃の娘が見れば、一瞬で恋に落ち、病の床に伏すような、そんな色気のある笑みだ。

「屍の始末は感謝してるよ。埋める手間が省《はぶ》けて良い」

呆れつつも一応は礼をいう十兵衛に、大悲はまた、面白そうにころころと笑った。

「そうやって、いちいち礼をいうところが、お前の面白いところだな。妙なところで義理堅い」

この鬼は、本当に良く笑う。憑かれてから一年と少しだが、十兵衛は、大悲が怒ったり泣いたりするところを一度も見たことがない。いつでも大抵が上機嫌で笑ってい て、おかげで十兵衛は大悲の顔を間近で見ても平気になった。

美人は三日で見慣れるという言葉通り、しょっちゅう笑いかけられていれば、それはいつの間にか慣れてしまうものらしい。

「あとは二十も人を喰えば、この牙を抜くだけの気が満ちる。そうすれば、まぁ、多少はお前の役にもたてるだろうから、それまでは我慢して、俺を養っていてくれ」

まるで紐《ヒモ》のようなことを悪びれもせずに言い放つと、大悲は襟元をくつろげて、鎖骨に刺さった牙を指差し笑う。

鎖骨というのは、聞くところによれば、妖《あやかし》の力の源であるらしい。そこを苦手とするもの、例えば鉄や獣の骨で貫くと、人でも容易に魔物を退治出来るという言い伝えもある。

その事を知ったとき、だったら鬼もそうなのかと訊くと、違う、と大悲は笑って答えた。なんでも、大悲に刺さったその牙は神蟲《しんちゅう》とかいう、鬼を喰う蟲《むし》の牙なのだそうだ。天敵の牙が埋まっているおかげで気が乱れ、今では往時の一割ほどの力も出せないらしい。

その折、大悲が語ったことによれば、大坂夏の陣で出た屍を喰い終わり、京の都をうろついていたところ、ある寺の僧侶によって鬼の正体を見破られ、そうして力を封じるために神蟲の牙を鎖骨に刺されてしまったのだという。

『虎《とら》の牙ならいざしらず、神蟲の牙があるとは思わなんだ故、ついついうっかり油断をした』と、まるで他人事のように大悲は笑ったものだが、それで力が封じられ、あんな所で行き倒れていたのだから、笑えない。

その話を最初に聞いた時、随分間抜けな鬼もあったものだと、十兵衛はすっかり呆れた。正直にそういうと、大悲は笑いながら、うっかり墓参りなんぞをしたから悪かったのだ、と、答えにならない返事をしたのを覚えている。

「養うっていうけどな、あんた、鬼なんだから、勝手にいくらでも人なんか喰えるんだろう？　その牙には、人を殺せなくするまじないでもかかってるのか」

憮然としたまま十兵衛が訊くと、大悲はまた笑っていう。

「まさか、神蟲の牙にそんな力があるわけもない。これはな、ただ、鬼の気を乱す程度の力しかない代物《しろもの》だ。俺が人を喰わないのはな、以前に博打《ばくち》に負けて、生きた人間は金輪際《こんりんざい》、決して喰わないという約束をしてしまったからさ」

「博打ィ？」

意外な単語に、十兵衛が思わず鸚鵡返しに訊き返す。大悲は悪びれもせず言った。

「鬼というのは博打が好きだ。大概が自分の思い通りになる中で、唯一《ゆいいつ》、賽《さい》の目だけは己の思い通りにならないからなぁ。それで勝負をして負けたのさ」

上機嫌な様子で笑う大悲を横目に、十兵衛は不機嫌そうにいう。

「鬼ってのは、随分とうらやましいご身分なんだな。俺なんざ、自分の思い通りになったことなんて一度もねぇよ」

幾分か棘《とげ》の含まれた物言いだが、大悲は一向に気にもしない。むしろ、より機嫌が良くなったようで、まるで童子にするように十兵衛の頭を撫でる始末である。

「よしよし、それがわかっているだけでも、お前はほんに良い子だな。気にするな、それが人と鬼との差というやつさ」

撫でられて毒気をすっかり抜かれたというよりも、この鬼には何を言っても無駄だと悟った十兵衛は、むっつりと黙りこくって歩みを早める。

黙ってしまった十兵衛の事なぞ一切気にする様子もなく、大悲がふと、思い出したように言った。

「そういえば、先ほど市で、天目《てんもく》を一つ喰ったのだがな、そこで面白い話を聞いた」

「天目？　市で俺から離れたと思っていたら、茶碗《ちゃわん》なんぞを喰ってきたのか」

十兵衛が、思わず呆れたように大悲を見る。大悲は微笑みながら、こくりとひとつ頷いた。

大悲という鬼は、まったくもって変わっている。

実は、この男の好物は、人や肉ではない。器物だった。正確には、器物に宿る精気や魂だ。刀でも茶器でも書物でも何でも良いが、使い込まれたものが特に美味《うま》いと言っていた。

喰うといっても、器物を丸ごと喰らうのではなく、大悲は鬼の力で、その器に宿った魂を喰うという。

だから、その魂を喰ったとしても、器の形はそのまま残るし、壊れもしない。その代わり、器物は長年その身に蓄えた、人の想《おも》いや天地の精気とやらを無に帰されて、凡庸なただの道具へと戻ってしまうと言っていた。

十兵衛には、大悲が喰う前と喰った後の器の違いなど、まったくもって区別が付かないが、器物喰らいの鬼曰《いわ》く、見る者が見れば、どこか精彩を欠いた姿に気がつくそうだ。魂を入れるまでの仏像がただの木っ端《こぱ》と変わらないのと同じだろうか。

曰く、『また百年もすれば魂が宿るから、繰り返し喰うことが出来る。喰ったら終《しま》いの人と違って、器物はそういうところが健気《けなげ》で良いし、また、健気なところが格別美味い』とのことではあるが、自ら健気と褒めるものを喰らって平然としていられるのは、やはり大悲が普通ではない証《あかし》かもしれない。

呆れる十兵衛を意に介さず、大悲は話を続ける。

「小西家が滅んだときに流れてきた茶碗らしく、そういう悲哀もあってまぁ美味かったぞ。ま、それはさておき、その店で主が客と話しているのを小耳に挟んだのだがな。なんでも、荘林十兵衛の子、半十郎という男が、今年の七月に槍《やり》で突き殺されたそうだ。下手人は未《いま》だ見つからないらしいぞ」

大悲の口から出たその名前に、十兵衛は表情を引き締めた。

「荘林十兵衛の子が、殺された……？」

荘林十兵衛が松山主水殺しの張本人だという話は、あの事件を知るものにとって、もうとっくに周知の事実だ。荘林十兵衛は主水の小姓に背後から斬られて死んだという事になっている。主水に隠し子がいるとは夢想だにされていなかった、ということだろう。荘林十兵衛には嫡子《ちゃくし》がいたため、荘林の家はそのまま続き、今でも熊本藩に仕えているはずだった。

主水の死後、済《な》し崩しに消えた松山家とは大違いだ。半十郎の死は、普通なら、主水と関わりのある者の仕業と考えるのは当然であるが、しかし、十兵衛は彼を殺《や》ってはいない。

十兵衛が、この一年余の間に殺した侍は優に三十人を超える。最初の十六人の記憶から、主水殺しに関わった者の名前を割り出し、そうして一人一人を殺していったのである。山に入ったものだけでなく、町中や、屋敷に忍び込んで殺した者も多く居る。死体は全て、大悲がその場で喰っている為、殺人ではなく、行方不明として処理されている筈《はず》だった。

しかし、たとえ彼等と血縁関係にあっても、主水殺しに直接関係のない者は、十兵衛は誰一人殺していない。それをやったら、ただでさえ堕ちている自分が、更に転落してしまうような気がするからだ。だから荘林半十郎を殺した下手人は十兵衛では決してない。

呆然《ぼうぜん》とする十兵衛に、大悲が言った。

「荘林十兵衛の死から一年も経《た》たぬうち、その息子がわざわざ槍で突き殺された、というのも妙な話だ。七月と言えば、神隠しの『噂《うわさ》』が城下に広まりはじめた頃だろう。どことなく、焦臭《きなくさ》い話だとは思わんか」

十兵衛が絞り出すような声でいう。

「誰かが、神隠しの下手人、つまり俺をおびき寄せるために殺したっていうのか」

「さぁなぁ。そこまでは考えすぎだと思うが、松山主水殺しに関係した事柄であるのは間違いあるまい。ま、糸が一本増えたのは確かだろう」

そう言って、大悲は面白そうにまた笑った。

一連の神隠しは、事情を知らない者にとってはただの奇怪な事件だが、真相を知る者にとっては恐怖の筈だ。行方不明になる者は、全て、松山主水殺しの現場に立ち合っていた者達だからだ。故に、主水殺しに関わった者は必ず犯人をさがそうと躍起になっているはずだった。

そういう者を片っ端から当たっていけば、いつかは《御方さま》とかいう人物に行き当たるだろうと十兵衛は踏んでいた。そんな折、いかにも曰くありげな荘林半十郎殺しという事件の裏には、もしかすると《御方さま》が絡《から》んでいるのかもしれない。

「……この糸も、《御方さま》へと続いているというわけか」

そう呟《つぶや》く十兵衛に、笑いながら大悲が言った。

「まったく、松山主水の死から、どうもこの藩は騒がしいようだ。お前の父が殺されねばならなかった理由というのも、案外根が深いのかもしれぬな」

その言葉に、十兵衛は黙って頷いた。探ってみてわかったことだが、父の死に関わる者の数が多すぎる。

父のいうとおり、傲岸不遜《ごうがんふそん》な振る舞いで敵が多かったというにしろ、ただ一人を殺す為だけに、五十人もの討ち手が集うものだろうか。幾ら藩主の庇護《ひご》があったとはいえ、単に剣術指南役の座から引きずり下ろすだけならば、殺さなくても可能だと思う。

父の死には、何か隠された秘事がある。

荘林半十郎の死も、その秘事と関係があるのかもしれない。これは、事態が動き出したとみるべきか、それとも、更に謎《なぞ》が増えたというべきなのか。

悩む十兵衛の足取りは、何処《どこ》か酷《ひど》く重かった。

三

山の中は、町中とは異なり、静謐《せいひつ》の気に満ちている。夏の頃は獣たちのざわめきや虫の聲《こえ》がうるさいほどだが、冬になればその逆に、川の水音や、木々のささめきくらいしか音がない。

里から三里は離れた山の中は、夜ともなれば明かり一つなく、あるのは獣の気配くらいだ。空には太りはじめた月が浮かび、冴《さ》え冴《ざ》えとした光を放っている。

　昼間でも、狩人や杣人《そまびと》さえも通わない山の奥深くに、小さな荒ら屋《あばらや》が一つあった。軒《のき》さえ傾きかけた、壁の朽ち目が雨を含んで苔生《こけむ》している、そんな粗末な外見だ。しかし、近くによれば、穴はすべて補修され、意外にしっかりした作りなのがわかる。朽ちかけているように見える屋根も、実際には雨風を凌《しの》げるような工夫がきちんとしてあった。人が住むに、なんとか耐えうる小屋である。

　ここは、十兵衛が塒《ねぐら》にしている場所だった。小屋の周囲は竹藪《たけやぶ》で、裏手は少し行けば崖《がけ》になっている。見ようによっては竹林に編まれた庵《いおり》のようだ。

　三間四方に満たない小屋の中には、一応粗末な囲炉裏《いろり》が切られ、古い五徳の上に置かれた薬缶《やかん》がちんちんと微かな音とともに湯気を立てている。部屋の隅には、獣の皮の山があるが、それが寝床の代わりであろう。

　荒ら屋の中で、十兵衛は、囲炉裏に薪《まき》をくべ、無言で燃え上がる赤い炎をじっと見ていた。火というものは不思議なもので、常に変幻するその姿を見つめていると、なんとはなしに気分が落ち着く。

　赤い火は、時折ぱちっと弾けながら、何かの託宣のように、不思議な形に変化する。その形はどことなく、胸の奥でちろちろと燻《くすぶ》る悔恨と憎悪《ぞうお》に重なるようで、十兵衛は、己の恨みの形を改めて認識するような心持ちでそれを見ていた。

里から戻ってから数刻、十兵衛は飯も食わずに、こうしてただ、炎を見つめ続けている。

なんとなく、胸が騒ぐような予感があった。父の死から一年余、今までずうっと停滞していた十兵衛の《時》が、ほんのわずかだが動き出すというような、そんな灼《あらた》かな予感である。

半十郎の死を聞いたからというだけではないし、あの占い師に不吉な予言をされたからというわけでもない。なんとなくの勘働きだ。

十兵衛には、こういうふうに、勘が異常に働く時がたまにある。あの、襲撃の夜もそうだった。妙に目が冴えて眠れなかったため、十兵衛は用意された寝巻きに着替える事もせず、布団《ふとん》の上で正座して、ただ朝が来るのを待っていたのである。そのおかげで、十兵衛自身は凶刃《きょうじん》を避けることが出来たのであるが、肝心の父は殺された。それも悔いの一つだった。

あの時、何故《なぜ》、自分は父の傍にいなかったのか。

胸騒ぎがするのなら、父の部屋の前で不寝番《ねずのばん》でもするべきだった。過ぎたことを悔やむから後悔というのだが、十兵衛が仇討《あだう》ちに執念を燃やすのは、心の中に悔恨が文字通り根を生やし、真っ赤な花を咲かせているからだ。己の胸の悔恨の花は、炎のように燃え上がり、群生する蘭蕉《かんな》に似ていた。

あの時、自分が巧《うま》く立ち回っていれば、父は死なずに済んだのではないかと、そればかりが胸を嚙む。

大悲のいうとおり、最後まで父と呼んでやれなかった事が、その悔いの根元だ。一言くらい呼んでやれば良かったと今更思う。

父の死から一年余、十兵衛の心にもいささか変化が出てきたようで、やみくもに恨みを晴らすというよりも、何故、殺されたのか、という真相の究明の方へと心の天秤が傾いているようだ。

実際、松山主水の死には、不可解な点が多すぎた。

一つには、何故主水が柳生十兵衛と立ち合ったのか、ということだ。剣客たるもの、戦いを挑まれたらそれを拒否する訳にはいかないのはわかる。回国修行中の人間が、その土地の剣豪と戦うのもわかるのだが、なんだか違和感が残るのだ。こういう場合、最初は弟子に相手をさせ、そうして太刀筋を見極めてから師範が出る、というのが定石だった。しかし主水は、いきなり柳生十兵衛と立ち合って、そうして負けたものらしい。

一度でも負けたら最後という立場なのだから、慎重でなくてはならないのに、それがどうにもおかしいのだ。

二つ目は、何故、わざわざ寺で療養をしていたのか、という点である。なにせ、主水は千石取りの大身なのだ。自分の屋敷の中ならば、女中や用人や中間《ちゅうげん》達もいただろうし、住み込みの弟子だっていたはずだ。何より町中であるのなら、襲う方だって、人目を気にしてあんな大勢で徒党を組んで押し寄せてはこられなかった筈である。奴《やつ》らは庫裏《くり》に火まで付けた。そのせいで主水の屍《かばね》は見つからず、墓さえもない。

そして三つ目は、何故、たった一人を殺すために、五十人もの加藤家浪人を用意したのか、という点だ。

人数が多いのは、寺の住人もすべて始末するためだったとも言えるだろうが、そもそも何故、無関係の人間も始末せねばならなかったのか、という話である。

徳川の世になってから、幕府は藩を潰《つぶ》すことに心血を注いでいる節がある。本当に些細《ささい》なことで難癖を付けて改易されたり、あるいは領地を没収されたりした大名は数え切れない。細川家は、関ヶ原では徳川についているが、元は豊臣恩顧の大名である。それ故、幕府の動向にはよりいっそう敏感であるはずだった。

こんな折、藩内で一人の人間を殺すのに五十人もの襲撃者が使われたなどという醜聞が幕府にばれたら、どんなことになるか想像に難くないだろう。

《御方さま》がどうやら高い身分の者で、かつ、熊本藩の政治に口出し出来る者だ、ということはわかっている。御方さま、というくらいだから、おそらくは女性《にょしょう》には違いないのだが、それが何者なのかがわからない。考えられるのは、細川家に連なる女性なのだろうが、そういった女性と松山主水との間には、まず接点が何もないのだ。

松山主水は熊本藩の剣術指南役にすぎない。他にも御鉄砲頭衆としても扶持《ふち》を貰《もら》っていたのだが、いずれにしろ、そんな奥にいる女性とは関わり合うような立場でもないだろう。

武辺一辺倒の者が、何故、こういった殺され方をしなければならないのか、という点が、十兵衛にはどうしても腑《ふ》に落ちない。

死ぬ直前の語らいで、父が傍若無人な性格故に、周囲から疎《うと》まれていた、というのは聞いている。しかし、それだけで、あんな殺され方をするものだろうか。

大悲が喰った中には、〈心の一方〉は魔剣だから、この世から消さなければならないと命じられた記憶を持つ者もいるそうだが、それにしたって、わざわざ藩の重鎮が動くことでもなかろうと思う。

父の死には、何かもっと他の、隠された理由があるに違いなかった。その理由を突き止めない限り、たとえ復讐《ふくしゅう》を果たしたとしても、この身に咲く悔恨の花は散らない気がする。

悔恨の花と言うよりも、きちんと父が死んでくれない、と言う方が正しいのかも知れなかった。息子として、松山主水が何故殺されたかの理由を知って、そうして納得しない限り、父を送ることは出来ないとそう思う。

悔恨の花とは、きっとそうした花なのだ。

少し小さくなった炎の中に、改めて薪を投げ入れ、十兵衛は微かに溜息《ためいき》をつく。

以前は胸の奥には悔恨の花ではなく、こんなふうに復讐の炎が燃えていた。それは灼かな痛みを伴っていて、十兵衛はその痛みに耐えるため、闇雲《やみくも》に剣を振るって来たのだ。

しかし、今はその痛みがすっかり根を張り、花の姿へ変わってきている。恨みが花に変わるというのがどういうことかはわからないが、ただ一つ、人を殺す、ということに、自分は段々慣れてきていることだけは確かだった。そのことに、十兵衛はほんのわずかに戸惑いを覚えている。

はじめて人を殺したときは、ただひたすらに、怒りに突き動かされて刀を振るった。無我夢中で、やらなければこっちが殺されるという、ひどく切迫したものがあった。

しかし、二回目以降はそうではない。

大悲は、約束通り、十兵衛に松山主水殺しに関わった人間の名前を教えてくれた。実際に襲撃に加わった人数は全部で五十人であるらしい。皆、加藤家浪人ばかりで、はじめに殺した荘林十兵衛を含む十六人を除けば、残りは全部で三十四人。十兵衛は、その三十四人のうち、既に二十人余りを斬っている。

ある者は山中で待ち伏せし、またある者は、町中で斬り捨てた。死体は皆、その場で大悲が喰らっているので、彼等は文字通り、骨も残らず消えたことになる。

人を一人斬ると、一年修行するのに匹敵するほど強くなる、というのが真実なのかはわからないが、少なくとも、殺しの手際《てぎわ》は良くなっていくようだった。八人もの人間を、同時に山中で屠《ほふ》ったのは、ついこの間のことだ。

十兵衛は、父親の敵を討ちたいというよりも、もしかしたら、自分は単に血に酔っているだけなのかもしれないと、そんな畏《おそ》れを感じることがある。人を斬った夜は、血が騒いで、まるで酒に酔ったような、頭がぽうっとした心持ちになるからだ。

そんなとき、胸の中の悔恨の花は、よりいっそう鮮やかに咲き誇るようで、それが、最近、ひどく応《こた》える。

父の仇討ちという言い訳で殺しを正当化しているだけだとしたら、己はただの化け物だろう。

だが、胸には、恨みと悔恨の花が確かにあって、それは父の死に直結している。この花が散らない限りは、まだ自分は父のことを思っているのだろうか。

こんな時、あの得体の知れない鬼がいれば、この花の正体を教えてくれるのかもしれない。しかし、大悲は、山奥にある巨木の精気を喰いに行ってしまった。

その巨木は、樹齢千年を優に超える代物らしく、甘露《かんろ》この上ないそうだ。樹齢百年を超えると、木々の精気も甘くなる。そう大悲は言っていた。

人の血肉は濃いが諄《くど》いものらしい。だから、人を喰った後、大悲は口直しと称しては、ふらりと骨董《こっとう》や神木の精気を喰いに行く。

あの鬼は、本当に得体が知れない。取り憑いているというわりに、二六時中《にろくじちゅう》傍にいるわけでもなく、気まぐれに何処かへふらっと行ってしまう。そもそも、助けてくれた礼で取り憑く、というのもよくわからない。

力を封じられているせいだかなんだか知らないが、基本ひどい怠け者で、一度寝転がってしまったら、縦のものを横にもしない。大喰らいのごくつぶしで、さりとて言うことは偉そうだ。碌《ろく》な者ではない。強《し》いていうなら、長生きなだけあって物知りで知恵が回るのと、顔が良いのが取り柄なくらいだ。大悲というより、ものぐさ太郎、という方がしっくりくる。

しかし、やはり鬼と名乗るだけのことはあり、死体の始末と、喰ったものの思いがわかる力は確かに役に立っていた。

大悲が教えてくれなければ、十兵衛は、父を殺した男達の、最初の手がかりにさえ辿《たど》り着くことは出来なかっただろう。大悲のおかげで、十兵衛の目の前には道ができたのである。

道がある以上は、その先へ進むしかない。その果てが地獄だろうが修羅だろうが、はじめてしまった以上は、最後まできっちりと終わらせなければ、殺された連中だって浮かばれまい。

火を見つめながら、そう、十兵衛は心の中で改めて決意を固める。自分はもう、立ち止まるわけにはいかないのだ。

その耳に、風に乗った叫びが届いたのは、多分、何かの偶然だった。

その叫びは、まるで女の断末魔のようだった。

こんな夜中に山中へ人が入ることなど稀《まれ》である。それが女人ならば猶更だ。

妙な胸騒ぎに突き動かされ、とっさに十兵衛は、傍らにある刀をひっつかんで外へと飛び出す。

夜の山はひたすら暗い。冬ならば猶更だ。わずかな月明かりだけが、木々の隙間《すきま》から辺りを照らす。

だから、頼りになるのは音のした方角と、己の勘働き一つである。十兵衛は、その勘だけで駆けている。

山人の祖父に散々鍛えられたせいで、十兵衛は夜目が利《き》く。更には枯れ葉が厚く積もった地面であっても、足音一つ立てずに走る術も叩き込まれていた。姿勢を低く保って足音を消して走るその姿は、まるで野生の獣を思わせる。

やがて、十兵衛は声の聞こえてきた場所――肥後から筑後へ抜けるための山越えに使われる、少し開けた道に出た。七塚峠と呼ばれる道だ。この道は、表だって街道を歩けぬ者が、どうしても隣国へ抜けなくてはならない時によく使う。道は険しく、昼間でも薄暗い。昔、七人の巡礼がこの峠で行き倒れたため、七塚峠と呼ばれるようになったとかいう、そんな曰くのある道だ。だから、こんな夜更《よふ》けにこの道を使う者がまっとうであるはずがないと十兵衛は知っている。

十分用心して、道ではなく、その脇《わき》の草むらを進むうち、十兵衛は、そこで奇妙なものを見た。

道のど真ん中、少し開けたその場所で、十人ほどの男達が、抱き合うようにして倒れている。周囲に人の気配がないのを確認し、そっとそこへ近づいて見てみれば、各々《おのおの》に短刀や脇差を持ち、向かい合う相手の心の臓を抉《えぐ》っているのが見て取れた。全員が一人残らず事切《こと き》れている。どうやら即死のようだった。大量にこぼれている筈の血は、地面にでも吸い込まれたのか、黒い滲《にじ》みばかりで見当たらない。明日にはどす黒い霜柱が立つのだろうと、十兵衛はふと思った。

皆、納得ずくで死んだのか、争った形跡も特にない。

新手の心中にしては、死んでいるのが皆、屈強な男ばかりだというのが妙だった。男達の格好もおかしい。普通の旅人らしい格好をしたのも数人いるが、半数以上は柿《かき》色《いろ》の揃《そろ》いの装束であったからだ。どう見たって、旅人とそれを襲った賊だろう。それなのに、こんな形で抱き合うように死んでいるのはどうにも妙だ。相打ちにしたって、もう少し争うような形跡はあるだろう。中には仲間同士で相対し、胸を抉り合っているのもいる。

こんな時に大悲がいれば、この死体を喰わせる事で、あらかたの事情はわかるのだが、こういう時に限ってあの鬼はいなかった。

――まったく、肝心な時に役に立たねぇ鬼だな……

舌打ちをして周囲を見渡した十兵衛は、その集団から離れた場所に、転倒した荷車と、蓋《ふた》の開いた長持が転がっているのを見つけた。荷車の下には大きな穴が穿《うが》たれており、それが原因で倒れたらしい。

荷車の位置から察するに、どうやら筑後の方から山を越えてきたようだ。長持のそのすぐ傍には女の死体が一つあり、声の主はこれだったかと合点した。女の死体を改めると、他の連中とは異なって、これだけ一刀のもとに斬り捨てられている。

しゃがみ込んで屍を見分していた十兵衛は、ふと、女の傍らに転がる大きな長持の中を見た。人一人が入れるほどに大きな長持は空っぽだった。底の方に、高価な綿と絹布とが敷き詰められているのだが、それ以外は何もない。

絹布と綿はとても高価な代物だし、売れば良い金になるだろう。しかし、これらが荷物だったというよりも、むしろ何かを傷つけないように、それで包んで大事に運んでいたようにも見える。

長持を調べるうちに、ふと十兵衛は、道の上に、何かが這《は》いずったような微《かす》かな跡があるのを見つけた。長持の中身だろうか。

その跡を慎重に追っていくと、現場から少し離れた草むらへと入っていったらしいのがわかる。十兵衛は、十分に用心しながら、鞘《さや》に入ったままの刀で、そっと草むらを掻《か》き分けた。草むらが大きく動く。人の気配が確かにあった。そうして草の中に隠れていたものを見た十兵衛は、思わず息を呑《の》んだ。

「……！」

そこには、妙に虚《うつ》ろな目をした少女がぽつんと座り込んでいた。どんな過酷な来歴によるものか、可愛《かわい》らしい顔には斜めに深い傷が走り、ひどく痛々しい。細い両方の手首には、鉄鎖の付いた手枷《てかせ》がつけられている。それが擦《こす》れて血が滲んでいるのが哀れだった。

少女は、旅にはまったく向かないであろう、薄い単衣《ひとえ》を身に纏《まと》い、目の覚めるような色の紅絹《もみ》を緩めの頭巾《ずきん》のようにして被《かぶ》っている。

深い海のような色をした大きな瞳《ひとみ》が、茫《ぼう》として十兵衛を見上げてきた。吸い込まれるような深い目で、見ているだけで、なんだか頭の芯《しん》が痺《しび》れるようだ。

少女の虚ろな目に見つめられた十兵衛は、何故かひどく慌《あわ》てふためき、言い訳のように慌てていう。

「違う、大丈夫だ、何もしない」

その言葉にも、少女は不思議そうに首を傾《かし》げて十兵衛を見つめるだけだ。首を傾げた途端、被っていた紅絹がするっと落ちた。するとそこから豊かで美しい、輝くような長い金の髪が現れる。髪に触れた月の光が砕けるように、そこから小さな輝きがこぼれ落ち、妙なる音がするようだ。美しいな、と自然に思った。

その時、十兵衛は、何故あの連中が、冬の夜中にこの道を通っていたのかを不意に察した。

連中は、この少女を運んでいたのだ。もう片方の連中は、それを襲った追い剝《は》ぎか、或《あ》るいは追っ手であるかもしれない。

福岡や長崎の金持ちの中には、悪趣味なことに、異国の少女を輸入して『飼う』者がいるという。公儀の目が届きにくい九州という地では、こうしたことは良くある。売られたのか、あるいは盗み出されたのかは知らないが、この少女もそういう所から連れてこられたのだろう。

顔の傷も、おそらくは、そう言った悪趣味な連中の道楽によってつけられたものに違いない。自分と同じくらいか、あるいはもっと年下だろうに、この少女も随分と過酷な生を歩んできたようだ。

少女の表情からは、感情らしいものがほとんど読み取れないことからも、余計にそれを連想させた。人は過酷な状況に置かれると、段々と心を失うものだから。

十兵衛は、基本、他人に同情も深入りもしない質《たち》だ。業《ごう》など皆、背負っている。そんなものにいちいち関わり合っていたら身が持たない。

しかし、この少女だけは助けてやらなければ、と、何故か十兵衛は強く思った。この感情は、少女の碧《あお》い目が、海の青さに似すぎているからかもしれない。

気がついたときには、十兵衛は、少女に向かって手を差し伸べていた。自分でも意識しない言葉が口から零《こぼ》れる。

「……助けてやる、俺と来い」

自分の口から出たその言葉に、十兵衛はある意味で愕然《がくぜん》としていた。父の仇を討つ身でありながら、更に余計なものを背負い込むつもりかと、心の何処かが強く警告を発する。しかし、十兵衛はそれを無理に押さえ込んだ。今、この娘を助けなければ、自分は人ではなくなるような、そんな気がする。

実際、異国の少女に自分の言葉が通じているのかはわからない。しかし、その言葉を聞いた少女は、柔らかく、どこか夢の中にいるような風情《ふぜい》で微笑《ほほえ》んだ。安堵《あんど》したようにも見えるし、嬉しそうにも見えるのに、どこか悲しそうな笑みだった。

その笑みを見た途端、何故だか一瞬、躰《からだ》が、震えた。

少女は、ゆっくりと、差し伸べられた十兵衛の手を掴《つか》む。鉄の鎖がじゃらり、と鳴った。白い手は、冬の寒さに凍えているのか、ひどく冷たく、そして今にも折れそうな程に頼りない。

こんな細い躰で、たった一人、冬の山で震えていたのかと思うと、たまらなかった。この少女を助けなければ、という思いが、耐えがたいほどに強くなる。

十兵衛は、少女の手を取って、ゆっくり立ち上がらせようとするが、足にも鎖の付いた枷《かせ》があるのを見つけて止《や》めた。代わりに、少女を静かに抱え上げる。

少女は随分軽かった。細い肩が震えているのは、寒さのためだけではないだろう。十兵衛は、その肩を抱くようにして、元来た道をゆっくりと戻っていく。

会話は一言もないのだが、少女は安堵したように、目を閉じて十兵衛に身を預けている。長い睫毛《まつげ》がまばらに生えているのが視界の隅にちらっと見えて、十兵衛はなんとはなしに落ち着かない気分になった。

考えてみれば、十兵衛は、女体というものに触れたことがほとんどない。薄い単衣だけを通して密着する躰はひどく柔らかく、そうして仄《ほの》かに熱を感じる。

頼りないその熱に、この娘を守らなければ、という決意はますます強くなった。自分でも、奇妙なほどに、この少女に対して特別な思いというものを抱きはじめているらしい。

十兵衛は、足跡を辿られぬように極力用心して歩く。普段からの用心だが、今回は、更に慎重にした方が良いと、心の何処かで囁《ささや》く声がある。

塒に戻るまでの道のりは、何故か永遠のように長く感じた。


荒ら屋の戸を開けると、中には外に背を向けて、自堕落に寝そべっている大悲がいた。どうやら戻っていたらしい。

囲炉裏の薬缶は五徳ごと脇に除《よ》けられていて、自在鉤《じざいかぎ》には大きな鍋《なべ》が掛けられている。美味そうな匂《にお》いがそこから漂い、どうやら飯の支度をしていたようだ。

この鬼は、鬼のくせに料理が巧い。どうせ喰うなら美味く喰った方が良いという理屈だそうだが、その割に人を喰うときは丸呑みだ。そういう意味でこの鬼はひどく矛盾しているのだが、鬼にとっては矛盾ではないのかもしれなかった。どちらにしろ、鬼の理屈は人にはわからぬ。

ちなみにこれは、出かけていた十兵衛の為《ため》に作っていたというわけでは決してない。大悲が自分で喰うために、勝手に用意しているものだ。

十兵衛が喰うというなら分けてはくれるが、いわない限りは、大鍋一杯分の汁がすべて大悲の腹に収まる。この鬼は異常なほどの大食いで雑食だ。人も喰うから、如何《いか》物《もの》食いも入っているのかも知れない。

「帰ったか」

こちらを一瞥《いちべつ》もせず、大悲が寝転がったままでいう。そのままごろんと寝返りを打って振り返り、戸口に少女を抱えたまま突っ立っている十兵衛の姿を認めると、ほんのわずかに目を細めた。まるで揶揄《やゆ》するようにいう。

「なんだ、また、妙なものを拾ってきたなぁ。猫の子でもあるまいし、気軽にそんなものを拾って来るとは豪儀なものだ」

異国の少女など、確かに変わった拾いものには違いなかったが、鬼にいわれる筋合いはないだろう。十兵衛は大悲を無視し、少女を囲炉裏の傍に置く。

「冷えただろ？　少し暖まると良い」

十兵衛がそういうと、少女は茫とした顔で、囲炉裏の火を見た。炎と鍋を眺め、不思議そうに首を傾げている。もしかしたら、囲炉裏が珍しいのかもしれない。

これからどうしたら良いか、まったく想像だにできず、手をこまねいていると、その様子を見た大悲が面倒そうに起き上がり、うん、と一つ伸びをした。のんびりと、どこか面白そうにいう。

「何があった、話してみろ。聞いてやる」

　その言葉に促されるように、とりあえず十兵衛は、手短に事情を説明したが、訊《き》いてきた割に大悲は特に興味がないようだった。

　試しに死体が転がっている場所を伝えても、『残り滓《かす》など喰らったところで意味もない』とだけいって、見に行こうともしない。あそこで一体何があったか知りたいのだ、というと、大悲は一言『死んでから半刻《はんとき》もすれば、記憶なんか飛んでしまう。死にたてだから、思念が残っているのだ』と、やけに鹿爪《しかつめ》らしい口調でいった。しかし、すぐに真顔に戻ってあっさりいう。

「ああ、でも喰わないというわけではないぞ。後できちんと喰いに行くから気にするな。ただ今は、鍋の方を煮てしまったのでな」

　飯を喰った後で屍を喰いに行く気で、その言い訳にずらずらと理由を告げたものらしい。つまり、これは役に立たないということだと判断し、十兵衛も大悲を促すような真似《まね》はやめる。この鬼は冗談はよくいうが、嘘《うそ》だけは決してつかない。死体を喰っても無駄だから、そっちは後回しにするということだろう。

　大悲は少女にも特に興味はないようだったが、しかし、十兵衛がこの娘を助けた経緯は執拗《しつよう》に訊いてくる。なんとなく、そうしなければならないような気になった、と伝えると、大悲は「ふぅん」と考え事をするようにちいさく唸《うな》った。

とりあえずは、何か喰わせてやらねばと、十兵衛が食器を取るため立ち上がると、少女ははじめて怯《おび》えたような目になった。何かを訴えかけるような目で、震えるように口を開くが、そこからはどんな声も聞こえてこない。大悲が少女の傍まで近寄ると、ひょい、とその口の中を覗《のぞ》き込む。ほんの少し、眉《まゆ》を顰《ひそ》めて呟いた。

「なんだ、この娘、声を取られているのか。これでは喋《しゃべ》れん」

「……喉《のど》が潰されてるのか」

少女が顔を傷つけられているだけでなく、喉まで潰されていると知り、十兵衛は内心ひどく憤《いきどお》る。そんな十兵衛を大悲が何か言いたげに見ていたが、結局何も言わなかった。

ふと気がつくと、少女は大悲をじっと見つめている。普通の者は、大悲を見ると、その美しい顔に思わず見惚《みと》れてしまうのだが、少女にはそういう気配はまったくない。見惚れるというよりも、どこか警戒しているような面持ちで、十兵衛はなんとはなしに安心した。少女に言い聞かせるようにいう。

「これはまぁ、大丈夫だ。害はない」

それを聞いた少女が、不思議そうに首を傾げた。やっぱり言葉が通じていないらしい。その様子を見て、『これ』扱いをされた大悲が、不意に口を開いた。十兵衛が聞いたことのない言葉で、二言三言、少女に向かって語りかける。

少女は依然として無反応だ。

暫《しばら》く喋って反応がないと、大悲はすぐに違う言葉に切り替える。最初の言葉は、意味はともかく、どうやら明《みん》語らしいというのが十兵衛にもわかったが、以降の言葉はさっぱりだった。大悲は次々と言語を替えているようだ。

すると、幾つめかの言葉で、少女が不意に反応を見せた。大悲の服を掴み、口をぱくぱくと開けて、何か喋ろうとしているような仕草を見せる。

それを見て、大悲がまた何やら話し掛けた。少女がこくりと大きく頷《うなず》く。

大悲が、やれやれ、と言ったように首を竦《すく》めた。十兵衛を振り向き、いう。

「葡萄牙《ぽるとがる》だな」

「ぽるとがる？」

この少女の出身地のことだろうか。そう問い返す十兵衛に、大悲が否定とも肯定ともつかない顔で、歯切れ悪く告げた。

「葡萄牙人とはいささか違うが、まぁ、この言葉が通じるようなものではあるらしいな。英吉利《いぎりす》か阿蘭陀《おらんだ》あたりかと思ったのだが、そうか、葡萄牙か……」

暫く腕を組んで考え込んでいた大悲が、また、異国の言葉を二、三語話すと、少女がこくこくと何度も頷く。

「今、なんて言ったんだ、大悲さん」

十兵衛が焦《あせ》ったように訊くと、大悲が微かに首を振る。

「お前は海の向こうから来たのか、と訊いただけだ」

「海の向こう……」

鸚鵡《おうむ》返《がえ》しに繰り返す十兵衛に、大悲がやれやれ、と肩を竦めた。

「以前に喰った書物の中にな、通辞が使う辞書が幾つかあったのだ。知る限りを片っ端から試してみたら、葡萄牙語に引っかかった、それだけだ。しかし困ったな、唐や朝鮮、天竺《てんじく》あたりの言葉ならある程度は喋れるが、葡萄牙ともなれば、単語くらいしかわからんぞ」

「天竺？　なんでそんな言葉がわかるんだ」

「経というのは、元々は天竺の言葉だ。一応は坊主《ぼうず》の形《なり》をしているのだ、その程度はな……。しかし、葡萄牙とは厄介だ。辞書一冊くらいしか弾《たま》がない」

大悲の言葉に、十兵衛が感心したように大きく頷く。普段は老成《ねび》た風情のくせに、こういう時は年相応の少年らしい。

「それだって大分凄《すご》い。あんた、普段はまったく役に立たないくせに、妙なところでは役に立つな」

　褒《ほ》めているのだか貶《けな》しているのだかわからないような物言いだったが、大悲は特に気にしたふうもなくいう。

「俺といれば便利だと、最初に言っておいただろうが。しかし、お前も妙なものに好かれる質だな……。前世で一体何をしでかしたのだ？」

　妙なものの筆頭に言われ、十兵衛はいささか鼻白む。何か言い返そうかとも思ったが、時間の無駄なので止めておく。

　ふと、大悲が少女に何かを訊いた。少女は少し、困ったように俯《うつむ》いた。

「何を訊いたんだ？」

　十兵衛の問いに、大悲が事も無げに答える。

「これからどうする、と訊いたのだ。お前が面倒を見るにしろ、結局はこの娘の意思が優先されるものだしなぁ」

　のんびりとした物言いだったが、十兵衛は、その言葉にはっとした。彼女の意思を何一つ確認しないまま、勝手に此処《ここ》へ連れてきてしまったことに気付いたからだ。

　助けなければ、と思ったことは事実だが、これは、彼女の助けになっているのか、とわずかに不安になる。

少女が不意に、にこっと笑った。十兵衛の手を取り、頭を下げる。手枷の鎖が、じゃらり、と鳴った。

少女は、十兵衛の手を取ったまま、大悲の方へと向き直る。大悲が少し笑って何かをいうと、少女が、こくん、と小さく頷いた。

「何て、何て言ったんだ？」

ことのほか繊細な手に急に触れられて、狼狽《うろた》えた十兵衛が慌てて訊くと、大悲が面白そうにいう。

「何、『この小僧にすべて任せる、ということか？』と訊いただけだ。この娘はな、何故かは知らんが、会ったばかりなのに、お前のことをひどく信用しているようだ」

「え……」

「つまりは、生かすも殺すもお前次第、ということらしいな。まったく責任重大ではないか」

戸惑う十兵衛に、大悲は腕を組んだまま、からからと笑う。心底面白がっているようだ。

「一目会ったその日から、という訳でもあるまいが、まぁ、この娘はお前に頼るしかないようだ。まぁ、それくらいしか選択肢はなかっただろうが……」

面白がっている割に、妙に含みのある口調だ。しかし、それに気付かず、十兵衛は弱り切って、少女を見た。

少女は邪気のない顔で、十兵衛の手に触れる。そうして小さく微笑んだ。冷え切って強張《こわば》っていた山中とは違い、今の少女の手は血が通って柔らかい。豊かな金の髪と、白い肌に映える桜貝のような爪《つめ》が、なんとはなしに目に染《し》みた。

この娘は、この国では目立ちすぎる。しかし、山に隠棲《いんせい》したとして、彼女が幸福かと言えば、そうではない気がした。どうしたものかと悩むうち、ふっと少女と目が合った。

深い海のような碧い目は、真《ま》っ直《す》ぐに十兵衛を見つめてくる。

その瞬間、十兵衛の脳裏に、凍えた月の浮かぶ、何処かの海が不意に過《よ》ぎった。ひどく冷たい鈍色《にびいろ》の水と、遥《はる》か遠くに浮かぶ大きな帆船。そうして風の中に混じる、微かな歌声。

それは、少女の瞳の色からの連想というには妙に生々しく、十兵衛は、慌てて二、三、頭を振った。それに気付いた大悲が、実に面白そうにいう。

「どうした、顔色が随分悪いぞ。お前と初めて会った時のようだ」

その問いかけに、十兵衛は何も答えられなかった。ただ、顔を掌《てのひら》で強く拭《ぬぐ》うだけだ。ほんの一瞬の間なのに、額には玉の汗が浮いていた。

——なんだ、今のは……。

改めて少女の目を覗き込むが、しかし、そこにはただの碧があるばかりで、先ほどのような映像は、二度と頭の中へ訪れない。しかし、どこかでふっと閃《ひらめ》くものがあった。

それは何かの郷愁だった。この娘は故郷へ帰りたいのだろうと、何故だか察する。

十兵衛が、ぽつんと言った。

「俺はこの娘を、長崎へ連れて行こうと思う」

その言葉に、大悲が少し意外そうに訊いた。

「長崎？　大分遠いぞ」

「この娘を故郷に帰してやりたいからだ。長崎には外国の船が沢山来るだろう？　中には、この娘の故郷の船もあるかも知れない」

この年、長崎には出島が出来て、阿蘭陀との貿易が本格的に始まっている。元々島原や長崎近郊には南蛮船が多く寄港していたが、公儀は九州の大名が好き勝手に諸外国と貿易を行って私財を蓄えないように、南蛮船の寄港を出島に限定することにしたのだ。そのため、今では長崎だけに各国の船が集うようになっている。

甘い考えかも知れないが、その中には、少女を乗せてくれる船もあるかもしれない。

十兵衛の言葉に、大悲が、ふむ、と首を捻《ひね》った。

「確かに甘い考えだな。金もないのに、気軽に乗せてくれる船があるとも思えんし、よしんばそんな物好きがいたとして、そもそも、声を取られた娘だ。長旅には、どうしたって身の回りの世話をする者が必要になるだろう。見ず知らずの娘をただで船に乗せる上、身の回りの世話までするような、そんな奇特な者がいるとは思えんぞ？」

正論だった。普段なら、十兵衛も素直に諦《あきら》めるものだが、今回は何故か違った。ここで引き下がるわけにはいかないような、そんな奇妙な心持ちが強くする。

それに引き摺《ず》られるように、十兵衛は少し意固地になっていう。

「そんなの、行ってみなくちゃわからないだろ。故郷に戻れなくても、こんな山の中で隠れ住むより、仲間の異人が多い場所の方が、まともな救い主だって現れるかも知れない」

いいながら、確かにその通りだと十兵衛は頭の隅でぼんやり思う。父の仇討ちとはいえ、血塗られた道を歩む事を決意した自分は、どのみち少女の救い主にはなれないのだ。そもそも何時死ぬかわからない身が、責任を持って誰かを救うなんて、到底無理に決まっている。

その様子を眺めていた大悲が、腕組みをようやく解いて、さくい風情でぬらりという。

「まぁ、俺はお前に、ただ憑《つ》いているだけだしな。お前がそうしたいというのなら、そうすれば良い。止めはせんよ」

十兵衛が拍子抜けするほどに、実にあっさりした物言いだった。次いで大悲は、十兵衛に訊く。

「ところで、この娘、名は何という？」

「名前……」

大悲に問われ、はじめて十兵衛は、この少女にも名前があるということに気がついた。この少女に出会ってから、妙に頭の芯がぼうっとして、いろんなことが後手になる。

そんな奇妙な感覚に戸惑っている十兵衛を見て、大悲がさっさと少女にまた声を掛ける。

どうやら、名前を訊いたものらしい。

しかし、少女は微かに頭を振るだけだ。大悲が十兵衛を見て言った。

「さて、困ったな。この娘、名前がないようだぞ」

「名前がない、って事はないだろう。多分、名前を教えたくないんだろうけど……」

十兵衛の呟《つぶや》きに、大悲が答える。

「異国にも真名というものがあるのかね？　まぁ、だとしたら、こちらで名前をつけねばならぬな。呼び名がないのは割合不便だ。何か良い案でもあるか？」

その言葉に、十兵衛は黙って首を横に振った。十兵衛は女人とは縁がない。だから、女の名前など、まるで見当も付かなかった。

そんな十兵衛を眺めた後、大悲が少女へ視線を向ける。そうして、少女の肩に掛けられた、紅絹の布を見て言った。

「とりあえず、紅絹《もみ》と呼ぶのはどうだ。いささか安直だが、まぁ、娘らしい名ではあろう」

娘らしい名など、元から何一つ思い浮かばない十兵衛は、黙って一つ頷いた。了承の意を示したつもりだ。それを見た大悲が、少女に向かってまた二、三、言葉をかけた。少女はその大きい目を瞬《しばた》かせたが、しかし、静かに頷いてみせる。

大悲が十兵衛を振り返って言った。

「この娘は、今から名無しの娘ではなく、『紅絹』という娘になる。このままだと、俺が名付け親になってしまうが、それでもいいか？」

「なんでそんなことを訊く？」

妙に真面目《まじめ》くさっていう大悲に、十兵衛が訝《いぶか》しげに問う。すると大悲は、更に真面目くさった顔で言った。

「名前というのは、そのものを縛る呪《のろい》のようなものなのだ。名付け親になるということは、この娘をその名で縛る元になる、ということだからな。そこはそれ、慎重にもなる」

真剣そうにいう大悲だが、十兵衛には、それがさして重要なこととは思えなかった。

鬼の道理と人の道理は色々異なる。

「別にいい」

短くいうと、大悲が少し焦臭《きなくさ》いような目をしたが、十兵衛はそれを見ていなかった。

ただ、紅絹という名は、妙にこの娘に似合うとだけ思う。

大悲が、お前は今から紅絹だ、というような内容を少女に向かって言ったらしい。

少女は一つ頷いて、大悲と、そして十兵衛に向かってはじめて花のように微笑んだ。

途端に、ぱあっとあたりが一気に明るくなったような気がした。

その笑みに、十兵衛は阿呆《あほう》のように一瞬見惚れる。それは、今までの愁《うれ》いを帯びたそれとは違い、なんというか、混じりっけのない、芯から嬉しそうな笑みだった。

大悲が満足そうに十兵衛にいう。

「どうやら気に入ってくれたようだな」

その言葉に、十兵衛は黙って一つ頷いた。声を出したら、きっと腑抜《ふぬ》けているのがばれてしまうと思ったからだ。

腑抜けている事が大悲にばれても特に問題はないはずなのだが、しかし、なんとはなしに気が引けた。からかわれるのが嫌だというより、この思いを気付かれるのが嫌だった。これは、なんだか大事なもののような気がしてしまう。

この少女と出会ってから、自分は何処か、妙におかしい。おかしいというか、奇妙に浮かれているようだ。少し、夢見心地な気がする。

十兵衛は、困惑したまま、ほんの少し俯いた。紅絹が小首を傾げ、不思議そうに十兵衛を見つめる。

そんな二人を面白そうに見て、大悲が小さく笑った。十兵衛の耳に届かない程度の声でいう。

「まず一つ、女難の方は当たったな」

呟きは、囲炉裏で爆《は》ぜる炎に消えた。

第二章　山風蠱《さんぷうこ》——傾城《けいせい》、老将へ淫《みだ》らに戯化《たわむ》れ、《荷》を欲して《猟犬》を放つこと

一

実に豪奢《ごうしゃ》な寝間《ねま》だった。明かりはない。しかし、金箔《きんぱく》をちりばめた蒔絵《まきえ》の天井や、玉を惜しみなく使った調度品は自ら光を放つふうで、闇《やみ》の中であるのに、なんだか少し明るいようだ。

とろっとした闇の中には、香の匂《にお》いが漂っていた。艶《なま》めかしさの中に、何処《どこ》か粘質のものが混じった匂いだ。

まるで闇そのものから薫《かお》るようなこの匂いは、どうやら、床の間に置かれた豪華な香炉から薄く棚引《たなび》いているらしい。鮮やかな白磁の香炉は、闇の中で猶《なお》、ぼんやりと輝いている。

閨《ねや》の中では、老人が、まるで若者のように激しく女と情を交わし合っていた。獣の

ような激しい呼気と、交合時の瑞々《みずみず》しい音が衣擦《きぬず》れの音と共に耳朶《じだ》を打つ。

女が甘く呻《うめ》いて身をくねらせる度、老人の獣性は高まるようで、吼《ほ》えるような声があたりに響いた。

女もまた、白い足を老人の胴に巻いて、老人自身を、己の中のもっとも深い位置まで引き込んでいくようだ。女の嬌声《きょうせい》に引き摺《ず》られるように、老人は汗もしとどに腰を使う。なんとはなしに、人というより、獣同士の交わりを連想させた。荒々しいというよりも、奇妙に人らしい尊厳がないのである。まるで人から違う何かに立ち替わったようにも思えた。

やがて、精を放ったものか、老人は短く声を漏らすと、女の上にくたくたっと倒れ込む。息が異常に荒かった。このまま心臓が破れてしまうのではないかと思うほどに、額に浮かぶ血管が膨れて小さく瘤《こぶ》になっている。闇の中に不揃《ふぞろ》いな鼓動が響くようだ。

老人の大きく上下する体の皺《しわ》だらけの肌には、幾つもの古い刀傷が刻まれ、若い頃は歴戦の武士だったというのがわかる。結構な老齢なのに、存外逞《ぞんがいたくま》しい体付きだ。

女の手が、愛《いと》おしげにその傷を撫《な》で、老人の耳朶に舌を這《は》わせた。その婀娜《あだ》っぽい仕草に、老人が微《かす》かに呻く。女が、艶然《えんぜん》と笑って言った。

「今日は一段とお元気なご様子。可愛《かわい》がって頂けて、誠に嬉《うれ》しゅうございます」

鈴を転がすような可憐《かれん》な声に、老人がぶるっとその身を震わせる。
少し血走ったような目で、闇を透かすように己が組み伏せる女を見た。
それは、妙にあどけなさを残した顔だった。女というにはあどけなく、少女という
には成熟している。その顔は、どことなく公家《くげ》の娘のような旧《ふる》い血を思わせる顔立ち
だった。とはいえその顔は十分に美しく、そして闇に浮き上がるほどに肌が白い。ぽ
ってりとしてどこか妖《あや》しく微笑《ほほえ》む唇は、紅も差していないのに、艶《つや》めいてぬらぬらと
朱《あか》かった。
大きな瞳《ひとみ》はまるで露でも宿しているかのように潤《うる》み、そうして朧《おぼろ》な光を放っている。
老人は、女に導かれるままにその唇を吸い、陶然として名を呼んだ。
「……安珠《あんじゅ》」
安珠、と呼ばれた女は、優しく微笑み、老人の頭を掻《か》き抱く。濡《ぬ》れたような声で返
事をした。
「はい」
短い返事であるのに、魂が震えるような陶酔がその声にはある。老人は、豊かな乳
房に顔を埋め、大きく深呼吸をした。感極まったようにいう。
「お前は、儂《わし》のものじゃ。何があっても、儂はお前を手放さんぞ……」

その言葉に、娘が艶然と微笑んだ。

「はい。安珠は未来永劫《えいごう》、御前様のお側におりますよ」

安珠と呼ばれた女は、そう言いながら手を伸ばし、老人の会陰《えいん》を指の爪先《つまさき》でそろり、と掻いた。老人が縒《よ》るような声を喉《のど》から漏らす。安珠はその耳元で小さく囁《ささや》いた。

「御前様は本当にお若いですわ。この道でも、忠利様にひけをとりますまい」

それを聞いた老人が、いきなり安珠の白い乳房へがぶりと噛《か》み付く。

「あれ」

安珠が、喉を仰《の》け反《ぞ》らせた。しかし、それは演技のようで、女の顔はどこまでも笑みを崩さない。老人が不機嫌に言った。

「倅《せがれ》のことはいうな。儂があと十年若ければ、あんな奴《やつ》にむざむざと家督を譲ることもなかった」

愚痴るようなその言葉に、安珠が宥《なだ》めるように小さく笑う。

「その通りでございます、御前様。あと十年若ければ、未《いま》だこの熊本は御前様のものだったのに。こんなところに押し込められることもまたなかった筈《はず》」

宥めるような口調だが、しかし、内容は明らかに煽《あお》っているものだった。その間も、安珠は会陰への愛撫《あいぶ》をやめない。陰囊《いんのう》をやわやわと揉《も》み上げながら、そっと老人の口に舌を差しいれる。くちゅり、と淫らな音が闇に響く。老人が、恍惚《こうこつ》の呻きを漏らした。

一旦《いったん》口を離した安珠が、その耳朶に、更に囁く。

「御前様。長崎より《荷》が届けば、妾《わらわ》と御前様は、ずうっと一緒に居られますよ。戦に勝てば、忠利様から、この家を取り戻すことも叶《かな》いましょう。それどころか、この九州を足がかりに、御前様の義父《おとう》様の悲願も叶えられるはず」

「《荷》……。そうだ、あれさえ手に入れば……」

老人が、虚《うつ》ろな目で呟《つぶや》いた。黄色く濁りかけている白目に、わずかに火が灯《とも》ったようだ。

安珠がそっと老人を仰向けにさせた。精を放ったばかりで萎《しお》れているそれを、白い指で軽く扱《しご》くと、やがて隆々と首を擡《もた》げる。安珠が艶然と微笑んだ。

「そう。あれさえ手に入ったら、そうすれば……」

語尾を濁し、安珠は老人に跨《また》がった。白い裸身は、闇の中でうっすら光を放っているようだ。無毛の秘所が、勃《た》ったばかりの陽根をするりと呑《の》み込む。老人が仰け反って、大きく呻いた。安珠が腰をゆっくりと動かすと、老人は恍惚と苦悶《くもん》の両方の表情で、だらしなく大きく喘《あえ》いだ。

「人手が要るのなら、昨年召し抱えた加藤家浪人どもを使え……。金が必要ならば、糸目をつけるな……。必ず、必ず、あれを手に入れるのだ……」

激しく責められ、息も絶え絶え命じる老人へ、安珠が薄く笑って返事をする。

「御意にございます。必ずや、《荷》を手に入れてみせますわ……」

その表情は何処までも可憐で、また淫らだ。腰をうねらせ、安珠が言った。

「もうじきですよ、御前様。それまでは、どうぞ、耐えて下さいましね……」

安珠の動きに、老人が、まるで絶息するような声を漏らす。

香の匂いが、更に強くなっていくようだ。老人にとっては快楽と苦痛が混然となった交合は、それから約一刻《とき》も、長く続いた。

長い情事がようやく終わると、老人はぽかっと口を開け、死んだように眠っていた。その体は、一回りほど小さくなったように見える。俗にいう、すべての精を絞り尽くされた、という表現は、この老人に限っては、まるで誇張ではないらしい。

安珠は、先刻《さっき》とは打って変わった冷たい目で、無言で老人を見下ろしていた。酷薄そうな笑みが唇に浮かんでいる。

だらしなく開けられた老人の口から、何か這い出てきたのはその時だ。

それは、厚ぼったい翅《はね》を持つ、一匹の蛾《が》であった。三角形の、見窄《みすぼ》らしい茶色の蛾が、老人の隙間《すきま》だらけの歯の間から出てくる姿は悍《おぞ》ましい。

安珠が、ふっと笑ったようだ。白磁の指を静かに伸ばし、汚らしい色のその蛾の頭を軽く押す。

「この体から離れるには少々早いぞ。これにはまだまだ保《も》って貰《もら》わねばならぬのだから」

氷のような声に押されるように、蛾は、ぶるっとその身を震わせると、また改めて老人の口の中へと戻っていった。己の下腹部を優しく撫でて、独り言のように安珠が呟く。

「これ、暴れるでない。こんな汚らしいものよりも、もっと旨《うま》いものを喰わせてあげる。もう暫《しば》くだけお待ち」

その声は、まるで慈愛に満ちている。目付きさえ穏やかで、潤んだように優しいものだ。

ふと、外から控えめな声が掛かった。

「御方《おかた》さま。あの男が参りましたぞ」

その声に、女は微かに笑った。艶然とした顔で言う。

「わかった。奥の間へ通せ」

その声は、何処までも可憐だった。

太りはじめた月が既に出ていた。時刻は亥《い》の刻を回ったあたりか。

その屋敷は、町から少し離れた丘の上に建っている。昨今珍しい、唐破風《からはふ》を持つ主《しゅ》殿造《でんづくり》だ。屋敷というよりも、まるで城のようにも見える。

植木は整然と手入れされ、庭には大きな池まである。屋敷中に、強い香の匂いが満ちていた。

榧《かや》の油で灯された仄白《ほのじろ》い明かりが随所に置かれ、それだけで、この屋敷の主《あるじ》がどれだけの財力を蓄えているかが見て取れる。

夜中にもかかわらず、そんな屋敷の門を叩《たた》く、一人の若者の姿があった。

六尺を超える堂々たる長身の、眉目《びもく》秀麗な、匂うような男振りの若者だ。いかにも御曹司か貴公子かといった面持ちである。真《ま》っ直《す》ぐに前を見据える切れ長の黒い目は、自信に満ち、そうして強い光を湛《たた》えていた。

若者が暫く待つと、やがて、門脇《かどわき》の戸が小さく開き、中から用人らしき男が提灯《ちょうちん》を掲げて現れる。

光の中に青年の姿を認めると、用人は慌《あわ》てて中へ招き入れた。その顔には、ほっとしたような気配がありありと浮かんでいる。

「槙田《まきた》殿、お急ぎください」

その言葉に小さく頷《うなず》き、青年は黙ってその門を潜った。

青年の名は、槙田儀《ぎ》右衛《え》門政尚《もんまさなお》という。熊本藩に近習《きんじゅ》として仕えている若者だ。

槙田は、半年ほど前に熊本藩城代家老の推挙《すいきょ》により、代官から近習に迎えられた秀才である。近習に迎えられるというのは、いずれ家老や藩の重要な役職に就くことを意味していた。前途洋々たる未来を約束されたこの若者が、自信に満ちあふれているのも無理はない。

槙田家は元を辿《たど》れば戸次《べっき》氏に連なる一族で、古くから国人として肥後を治めていた家柄である。かつては大友家に仕えた家柄であるが、大友家衰退後は、小西家、加藤家と主を転々としていた。

機を見るに敏であり、そして領民からの信頼も厚いため、仕えていた家が没落しても路頭に迷うことはなく、すぐに次の支配者に召し抱えられるという、そんな家だ。

実際、細川家にも、即座に代官として召し抱えられている。

槙田自身、学問に優れ、また、柳生《やぎゅう》新陰流の皆伝としても聞こえていた。松山主水《もんど》大吉の死後、熊本藩では、二階堂平法ではなく、柳生新陰流の師範が剣術指南役の座についている。そのせいか、柳生新陰流の達者である槙田は、道場でも若者から絶大な人気があった。徒党を組むことは禁じられているのだが、槙田が一声かければ、道場の門下生や彼を慕う若者が一斉に集う。

しかし、槙田はそれに驕《おご》ることもなく、あくまでも穏やかな物腰で、且《か》つ公明正大だった。相談には親身になって応じていたし、困窮している者がいれば、直ぐに救いの手を差し伸べる。若いのに高潔な人柄だと、藩主である細川忠利の覚えもめでたい。

槙田家の御曹司は非の打ちどころのない若武者だ、というのが周囲の評価だった。

そんな選良《せんりょう》の若者が、供も連れずに深夜に一人出歩くというのも奇態な話だが、それを微塵《みじん》も感じさせない程に、この若者は夜に良く合う。

やがて槙田は、長い廊下のその先にある主殿の前に辿り着いた。部屋の前の廊下には、侍女と思《おぼ》しき女が二人、畏《かしこ》まって座っている。何故《なぜ》だか平伏する様が異様に似合う。

「御方さま、槙田様が参られました」

平伏したまま、低い声で侍女が室内にむかって声をかけると、すぐに中から返事が返った。重々しい老婆《ろうば》の声である。

「入れ」

その言葉に従って、侍女が音もなく障子を開けた。槙田は軽く一礼し、部屋の敷居《しきい》を静かに跨いだ。背後で、また静かに障子が閉まる。

その部屋は、城の大広間よりも広かった。柱には美しい蒔絵がふんだんに施され、天井には金箔の上に巧みな筆で描かれた、四季の花々が咲き誇る。武家の間というよりは、公家の間といった方が合うだろう。

しかし、そんな豪奢な部屋なのに、何故だか廃墟《はいきょ》のようにも見える。そう見える理由は明瞭《めいりょう》で、天井や柱に、分厚い蜘蛛《くも》の巣が張っている為《ため》だった。埃《ほこり》ひとつない間に蜘蛛の巣だけが残っているのは、やはりどうにも異様である。

一段高くなった奥には天井より御簾《みす》が垂らされ、誰かがそこに坐《ざ》しているようだった。御簾の隅で一匹、蜘蛛が巣を張っている。

御簾の傍らには、癇《かん》の強そうな老尼《ろうに》僧《そう》が背筋をぴんと伸ばして座っていた。尼の癖に、随分と気性が荒そうだというのがその顔からも見て取れる。老尼僧が、じろっと怖い目で槙田を睨《にら》んだ。

「遅い」

老尼僧の叱咤《しった》にも、槙田は涼しい顔だ。申し訳程度に老尼僧に向かって会釈をすると、広間の中程まで歩みを進め、その場で躰《からだ》を縮めて平伏する。

「顕生尼《けんしょうに》様にはご機嫌麗《うるわ》しゅう」

慇懃《いんぎん》にそう挨拶《あいさつ》をする槙田へ、顕生尼と呼ばれた老女が刺々《とげとげ》しく言った。

「挨拶は良い。それより、火急の事態が起こったぞ」

随分性急な物言いだった。槙田はさっさと頭を上げて、無言でその続きを聞いている。顕生尼はその事にも苛立《いらだ》ったように言葉を続けた。

「筑後からの隠し道にて、例の《荷》が消えた。約束の刻限になっても《荷》が届かぬ故《ゆえ》、様子を見に行かせたところ、そこで空になった長持と大八車を見つけたとのことだ」

「長持と大八車……。《荷》を運ぶ人足と護衛、そして世話係の端女《はしため》で、全部で六人が付いていた筈ではございませんか？」

訝《いぶか》しげな槙田の声に、顕生尼が癇性に首を振る。

「六人とも影も形もないという。おそらく公儀の手の者に消されたと考えた方が良いだろうな。連れ去られたにしろ殺されたにしろ、戻ることはないだろう」

「公儀……。やはり松山主水の……」

多少驚きをもって呟かれたその言葉に、顕生尼が苛立ったように言った。

「死して猶、我等に仇為《あだな》すとは、やはり忠利の懐刀《ふところがたな》、侮《あなど》れぬ。殺すのが少々遅かったようだ」

顕生尼はさも忌々《いまいま》しげに手を揉み絞る。槙田が鋭い眼で訊《き》いた。

「……《荷》の行方は？」

「わからぬ。逃げたか、或《あ》いは公儀に奪われたか……。まぁ、公儀に奪われていようが、結局あれは海を目指す。それに代わりない以上、取り戻す術《すべ》がないわけではない。それだけはまぁ良かった」

忌々しげに吐き捨てられたその言葉に、槙田が小さく息を吐く。安堵《あんど》というより、悍ましさに吐かれた息だ。

「結局、用心して海路ではなく、陸路を通らせろと厳命されたのが仇になりましたな。海路ならば、一日程度の行程故、公儀に襲われるという事態にはならなかったはず」

慇懃な口調であるが、槙田の言葉には何処か鋭い棘《とげ》がある。その棘を聞き流し、顕生尼は言った。

「万一、海に逃げられたらおしまいだからな。陸でなら、あれは無力だ。故に、あれが海へと出る前に、一刻も早く探す必要がある」

その言葉に、槙田は肩を竦《すく》めてみせる。

「手がかりもなく探す、というのはさすがに無茶というものではございませんかな？　海に出る前と申されましても、海岸すべてを見張ることは出来ません」

熊本藩は領土の半分が内海に面している。槙田のいうとおり、海岸一帯を見張ることなど到底無理だ。

しかし、顕生尼は、何処か得意げに槙田に向かっていった。

「案ずるな。その為に姫様が《犬》を作って下さる。あれの匂いは残っておるでな、それを辿れば良いだけよ」

「《犬》……でございますか」

槙田の整った顔が一瞬嫌悪《けんお》に歪《ゆが》んだが、顕生尼は気付かなかった。相変わらず得意げに言い放つ。

「左様。最近、この屋敷の側にも頭の黒い鼠《ねずみ》が潜んでいるのでな。《犬》の素材はたんとある。十匹も放てば、直ぐに匂いを辿るであろうぞ」

くつくつと笑う顕生尼に、槙田が醒《さ》めた声で言う。

「で、あるのなら、我等の力など必要ありますまい。ご隠居の手勢だけで十分ではございませぬか」

　幾分憮然《ぶぜん》としたその言葉に答えたのは顕生尼ではなかった。御簾の奥から鈴を転がすような声がする。

「あれらは駄目だ。《あれ》に抗《あらが》う術がない。その点貴様達はその術を心得ておる。だからこそ、お前を呼んだ」

　その言葉に、槙田が一瞬だけなんとも言えぬ複雑な顔をする。しかし、直ぐに元の表情に戻った。

「御方さまは約束通り、八代《やつしろ》でお前達を庇護《ひご》してやった。この地では、この三年間、吊《つ》るされる人間は皆無であろう？　その恩義、今こそ返せ」

　嫌味のように言い放ち、くつくつと笑う尼に、槙田は一礼して恭順の意を示す。どことなく、言いたいことを飲み込むような風情《ふぜい》である。

　老尼僧は、威圧的な態度を終始崩さず、得意げに御簾の奥に居る誰かを見た。まるでそれは、忠犬が飼い主に褒めて貰いたいような様子に見える。

　その様子が大層無様で槙田は鼻白むが、しかし、それを表に出すことはしなかった。ふと、御簾の奥で微かに影が揺れ、鈴を転がすような美しい女の声がする。それは、間違いなく安珠の声だ。

「槙田、苦労をかけるが、何卒《なにとぞ》よろしく頼む。事が成った暁《あかつき》には、約束通り、お前をこの国の《はつは丸し》にしてやろう。この地を好きなように治めるがよい」

可憐なのに、聞く者の官能を震わせるような妙な色気のある声だった。

その言葉に、槙田は再度深々と一礼した。御簾越しに安珠が微笑む気配がする。その間に、顕生尼はすっと立ち上がると、するすると室外へと消えていく。音もなく障子が閉まる。

顕生尼の姿が消えるのとほぼ同時に、安珠が御簾の奥から槙田を手で招いた。衣擦れの微かな音が耳朶を打つ。

「近うよれ」

その声に、槙田が立ち上がり、御簾のすぐ傍まで進む。顕生尼の座っていた位置まで来ると、そこでまた平伏した。

ほんのわずかに揶揄《やゆ》するように、美しい女の声が言う。

「聞いての通りだ。折角《あれ》を高い金を出して南蛮より買ったのに、不手際《ふてぎわ》があって逃げられた。加藤家の連中も役に立たぬな。わざわざ仕官の機会を与えてやったというのに、荷運び一つ満足に出来ぬとは」

槙田はその言葉に、少し苦笑して言った。

「長崎からわざわざ佐賀回りの陸路で八代まで運ぶ、ということ自体に無理があるのです。海路を使えばわずか一日で済んだ道程を、陸路で十日もかける羽目になるのなら、それは不測の事態もおきましょう」

「不測の事態か、確かにな。最初の不測の事態は、御前様の異変を松山主水に気付かれた事だろうな。まさか、松山めが剣士としての誇りより、忠義を貫くとは思わなんだ」

少し癇性に言う安珠に、槙田は少し頭を振った。

「それが武士、というものですから。松山殿は、命より大事なものを貫かれた。天晴《あっぱ》れと褒めるべきでは」

槙田の言葉に、女は少し笑ったようだ。笑みを含んだ声で言う。

「忠義を貫いた結果、松山主水は剣客としての評判を地に落としただけでなく、命まで失うことになった。それを天晴れととるか、愚かととるかは人それぞれ、という奴であろうな」

言葉こそ中庸だったが、言い方は明らかに侮蔑《ぶべつ》に傾いた言い方だった。実際、御簾の中からは、低く忍び笑いが漏れている。槙田は平伏し、無表情を保ったままだ。

一頻《ひとしき》り笑い終え、安珠が吐息のように呟いた。

「あとわずかで時が満ちる。千三百年余の屈辱を晴らすのももうじきじゃ。その時こそ、奴らに目に物見せてくれるわ」

可憐な声なのに、その物言いには、何処か寒気を催すような禍々《まがまが》しさが滲《にじ》んでいる。

槙田が平伏していると、女が禍々しい可憐な声で囁いた。

「来《こ》よ。老人の相手ばかりでは、冬の褥《しとね》は冷えるばかりで巧《うま》く寝付けぬ」

「……御意のままに」

従順にそう告げる槙田の表情が、ほんのわずか動いたが、微かすぎて、その真意は一切うかがえない。槙田はゆっくりと立ち上がり、御簾をくぐり、奥へと向かった。

女の白い腕が更に招く。

その夜は、明けるまでが随分と長かった。

二

寅《とら》の刻になったあたりか。

唐突な来客で朝一番に叩き起こされた貫左は、正直、呆《あき》れかえって言葉もない。朝一番というよりも、まだ夜も明けていない頃合いだ。

控えめに戸が叩かれて目が覚めたと思ったら、心張り棒がいきなり外れた。そうして、音もなく戸が開き、気がつけば、勝手に二つの影が家の中に入り込んできたのである。

盗人《ぬすっと》か、と思い、とっさに枕元《まくらもと》に置いてある大脇差を摑《つか》んで起き上がると、そこに立っていたのは、十兵衛ともう一人、やけに背の高い坊主《ぼうず》だった。

つい昨日会ったばかりだというのに、日を置かず十兵衛が訪ねてくるのは珍しい。馴染《なじ》みの顔に、貫左は安堵し刀を下ろした。

十兵衛は、貫左が大脇差を下ろすのを確認してから、けろりとした様子でいう。

「不用心だな、兄御《あにご》。こんな心張り棒の掛け方じゃあ、外から簡単に外せちまうよ」

勝手に押し入ってきたくせに、態度には悪びれたところは一切無い。むしろ、貫左の不用心を責めるような口ぶりだ。

貫左は寝巻きのまま、布団《ふとん》の上に胡座《あぐら》をかくと、完全に呆れかえって呟いた。

「……そりゃあ悪かったな。まぁ、何はともあれ、さっさと入って戸を閉めてくれ。寒くてかなわん」

その言葉に、そそくさと二人が室内に入ってくる。十兵衛が、慎重にしっかりと戸を閉めた。その間に、貫左は行燈《あんどん》の火を大きくして、改めて二人の闖入者《ちんにゅうしゃ》をじっくり眺める。

十兵衛は、やけに大きな葛籠《つづら》を背負っていた。人一人は余裕で入りそうな葛籠だが、しかし、重そうな様子はほとんどない。一方の坊主は、家の中だというのに笠《かさ》を目深《まぶか》に被《かぶ》ったままだ。

「坊さんなんか連れて来て、一体どうした。葬式の必要でも出来たのか？」

仕方なしに訊いてやると、十兵衛がはじめて困ったように頭を下げた。

「兄御に頼みがあって来た。ちょっと手伝って貰いたいことがある」

長いつきあいではあるが、十兵衛が貫左にこんなふうに助けを求めるのははじめてだ。貫左は少し驚いて、けれども他でもない、弟分の頼みだからと、一つ頷く。

「俺に出来ることならな」

その言葉に、十兵衛は微かに安堵したようだった。背負っていた葛籠を丁寧に下ろす。

「ちょっと待ってくれ」

そう言って、十兵衛は葛籠の蓋《ふた》を静かに開ける。葛籠の中身を目にした貫左の動きが一瞬止まった。

「こりゃあ、また……」

葛籠の中には、異人と思しき金髪の少女が入っていた。年の頃は、十四、五歳といったところか。まだ幼さを残す可愛らしい顔立ちなのに、顔面を斜めに断ち切るような深い傷が入っているのが痛々しい。

少女は青い目で茫《ぼう》として貫左を見つめ、ほんのわずかに首を傾《かし》げた。十兵衛が少女にいう。

「大丈夫だ、紅絹《もみ》。この人は、俺の兄貴みたいな人だから、信用できる」

紅絹と呼ばれた少女は、暫《しばら》く首を傾げたままだったが、やがて、にこっと微笑んだ。まるで花の咲いたような笑顔だった。十兵衛が釣られたように微笑むのを見て、貫左が思わず目を見張る。十兵衛がこんなふうに笑うことなど、滅多にないことだからだ。

驚く貫左を尻目《しりめ》に、十兵衛が、紅絹の体を持ち上げて、ゆっくり葛籠から引き出してやる。紅絹の手足に取り付けられた無骨な枷《かせ》を見た途端、貫左は、何故十兵衛が自分の元へこの娘を連れてきたのかを理解した。

十兵衛は、少し気が引けたような顔で訊く。

「この枷を外して貰いたいんだが、出来るだろうか」

その言葉に、貫左は少しばかり首を捻《ひね》った。

「こりゃあ中々頑丈そうな枷だなぁ……。外すのは可能だが、鑢《やすり》で削るにしろ、鋸《のこ》で切るにしろ、チィとばかし時間がかかるぞ」

その言葉に、十兵衛が安堵したように頷いた。

「外れるならそれでいい。力仕事になるんだったら、教えてくれたら、俺がやる」

「力仕事というよりも、根気の要る仕事だなぁ。これだけ丈夫な枷だと、一つ切るのにもだいぶ時間がかかりそうだ」

鉄が擦れて血が滲《にじ》む紅絹の手に触れないように、慎重に枷を調べて貫左がいうと、十兵衛は、それでもいい、とだけ言った。

一体どこでこんな異人の娘なんかと関わり合いになったのかと、そう尋ねたくて仕方がなかったのだが、なんとなくそれをいうのもはばかられ、結局貫左は何も訊かなかった。

作業の前に、とりあえずは腹ごしらえでもしようかということになり、貫左は十兵衛に飯を炊《た》くようにいう。

どうせただ働きなのだから、それくらいはやってもらっても罰は当たるまい。貫左の言葉に十兵衛は頷いて、米を研ぎに外へと出て行く。

紅絹が、それを心細そうに見送っているのが不憫《ふびん》というか哀れだった。十兵衛の姿が消えた途端、紅絹が、ふっと貫左を見る。二人の目が、一瞬合った。

微かに、くぅ、と、少女の喉が鳴ったようだ。

その音に貫左は何故か背筋に冷たいものが走ったが、それが何かを考える事がどうにも出来ない。まるで海のような深い碧《あお》に見つめられ、貫左は頭の芯《しん》がくらくら揺れた。何も考えられぬまま、思わず紅絹の手を引き寄せようと手を伸ばす。その瞬間、土間の方で何かが倒れる音がした。貫左は、はっと我に返る。

音のした方に首を巡らせると、笠を被ったままの坊主が、土間に並べた鍛冶《かじ》の道具の間を、物珍しそうにうろうろしていた。坊主の足下に、大槌《おおづち》が転がっている。どうやら坊主がたった今、蹴倒《けたお》したものらしい。

その時はじめて、貫左は十兵衛が連れてきたもう一人の存在を思い出した。そういえば、この坊主もいたのである。一応は客人なのに、土間に突っ立たせたままでは気の毒だ。貫左は、何の気なしに声をかけた。

「おい、坊さん。そんなとこに突っ立ってないで、ここへ来て座ったらどうだい？立ちっぱなしは疲れるだろう？」

その言葉に、坊主がすっと笠を外した。嬉しそうにのんびりという。

「ああ、すまないな、では、そうさせてもらおうか」

声と同時に、笠の下から世にも美しい顔が現れる。その顔が、にこっと微笑んだ途端、貫左の思考は完全に止まった。

紅絹の目を見た時よりも、ずっと深い思考停止だ。

大悲《だいひ》の顔を見た者が、あまりの美しさに見惚《みと》れて木偶《でく》の坊《ぼう》になるのはいつものことだが、今の貫左は、少々それとは異なるようだった。まるで、魂を抜かれたかのように呆然《ぼうぜん》として動かない。

ふっと、大悲が独り言のように呟いた。

「やれやれ、こっちはなんとか間に合ったか」

紅絹が不思議そうに大悲と貫左を見比べる。硬直する貫左を尻目に、大悲は紅絹に微笑みかけた。そのまま、優しげな口調でいう。

「紅絹や、この男は止《や》めておけ。十兵衛に嫌われるぞ」

それを聞いた紅絹が、きょとんとした顔で首を傾げる。やはり、日の本の言葉そのものが通じないらしい。それを見た大悲が、くつくつと喉の奥で笑う。

「まったく、あれは、つくづく厄介なものと縁がある男だな。この娘とて、多分悪気はないのだろうが、だからこそ質《たち》が悪い」

そう言いながらも、大悲の目は穏やかでひどく優しい。その目に、紅絹が幽《かす》かに微笑んだ。ほんのわずかに、不穏な何かが大気に満ちる気配がする。

その緊張が破れる寸前、大悲が右の袖《そで》をのんびり捲《まく》った。肘《ひじ》の辺りまでが露《あら》わになる。骨格や肉の付き方は明らかに男の物なのに、その膚《はだ》は何処までも滑らかで透き通るように真っ白だった。

その膚を、大悲が己の左手の人差し指で軽く擦《こす》る。一筋の赤い糸が出来たと思った瞬間に、そこからぷつっと玉のように血が湧《わ》いた。

紅絹の瞳孔《どうこう》が大きく広がる。

次の瞬間、紅絹は食いつくように、がばっとその腕に覆《おお》い被さる。じゅうじゅうと、何かを吸うような音がした。

大悲は表情一つ変えずに、のほほんと笑ったまま、その血を吸われているようだ。空いている左手で紅絹の頭を撫でながら笑って言った。

「俺はお前の名付け親でもあるからな。親の真似事《まねごと》くらいはしてやろう」

神憑《かみつ》く側が嚙み付かれるのも面白いと、一人で笑う大悲の姿は、如何《どう》してもひどく異様だ。

米を研ぎ終えた十兵衛が戻ってくる寸前まで、この光景はしばらく続いた。

十兵衛は、貫左に言われたとおり、家の真横にある井戸の傍にしゃがみ込んで、一人で米を研いでいた。

夜明け前が一番暗いという言葉の通り、周囲は静まりかえって、闇の中に沈んでいる。米を研ぐ音だけが音らしい音だった。

誰か近くを通りかかったら、妖《あやかし》の類《たぐ》いと勘違いされそうだと、十兵衛はそんなことを考える。確か、備中《びっちゅう》の山中には、小豆洗いとかいう怪が出るのではなかったろうか。

夜も明けぬうちからしょきしょきと、何かを研ぐ音が聞こえてきたら、それはそれでさぞや気色が悪かろう。近頃は天草や島原の圧政に耐えかねて肥後の地まで逃げてくる者も少なくない。そういう者達と勘違いされても面倒だった。

貫左に迷惑はかけられないから、十兵衛はなるべく音を立てずに米を研ぐ。冬の井戸水は、手が千切れそうになる程冷たいが、その冷たさが却《かえ》って良かった。なんとなく、朝特有の、頭の芯に残るぼんやりしたものがすっきり晴れていくようだ。

十兵衛は、その冷たさにしばらく浸った。

紅絹を拾ってから半日も経《た》たぬが、十兵衛には、どうにも尻の据わりが悪いような、そんな気分が続いている。

何故だかはわからないが、とにかくあの娘を助けなければ、と思ってしまうのだ。

基本、十兵衛は他人に関わり合うことを厭《いと》う。それなのに、父の仇討ちよりも紅絹を優先するということに、どこかひどい違和感があった。

ただ、その違和感は、存外心地良いもので、誰かのために何かをしてやれるというのは、なんだか自分がまだ人であるという証明のように思える。

はじめて人を殺した日から、十兵衛は、自分が人ではなくなったような、そんな虚ろなものを感じていた。

心の有り様が、なんとなく、以前とはまったく異なるのだ。

別に人を斬《き》ったということを悔やんでいる訳ではない。刀というのは人を斬るためのもので、それを腰に帯びている以上、人斬りを厭うのは矛盾である。だから、十兵衛の中には、ただ、自分が変わってしまったという実感だけがあった。

父から伝えられた〈心の一方〉を、十兵衛は一度しか遣っていない。正確には、あの嵐《あらし》の夜以降、まったく遣えていなかった。

あれから何度試しても、あの時のようにうまくはいかない。それは、なんとはなしに、この『自分が何かに変わってしまった』という実感と関係があるような気がするのだ。

胸の奥に、何かが棘のように刺さっていた。〈心の一方〉を遣おうとすると、奇妙に疼《うず》く、そんな棘だ。それは、躊躇《ちゅうちょ》とはまた異質な、確かに棘としか言いようのないものだった。

紅絹と最初に目を合わせたあの時に、その棘がひどく疼いたのを十兵衛ははっきりと覚えている。紅絹を助けなければと思う心持ちと、その痛い棘は確かにどこかで繋《つな》がっているようで、だからこそ、十兵衛はあの少女に手を差し伸べたのだ。

その行為は、思いやりと似ているが、しかし、もっと汚いものだった。利他的なものではなく、利己的な別の何かだ。紅絹を救うということで、自分が救われるような、そういった不純な行為に似ていた。

自分は一体何なのかと、十兵衛は良く思う。今はとりあえず《復讐者《ふくしゅうしゃ》》として生きているが、復讐が終わった後、自分は何になるのだろうか。山にだって戻れない。里にだって住むことも出来ない。十兵衛はもはや、山人でもなく、里人でもなく、侍でもないのだ。いつも流され、結局自分は何者でもない。

あの少女を救いたいと思うのは、あの娘が寄る辺ない異国の娘であるからだろうか。あらゆる領域からはみ出している部分が、なんだか自分と似ている気がする。

つまりは、そういうところで利己的だった。

十兵衛は、そこまで考えると、一つ息を吐《つ》いて立ち上がる。このままでは自分が迷い出す、と感じたからだ。

そもそも、十兵衛は迷うのが嫌いだった。迷ってなんとかなることなら、とっくになんとかなっている。迷うことは、結局は結論に到達するのが嫌だからという、ただの先送りにしかならない。

結論は、変わらないから結論というのである。だったら、迷うより、他の何かに思考を費やした方が余程良かった。

不純であれなんであれ、紅絹を長崎に連れて行くというのが十兵衛の結論だ。だったら、迷うより、どうしたら効率的に長崎まで行けるかを考えた方がずっと良い。

米の入った笊《ざる》を抱えて戻る途中、十兵衛は、ふと、視線の先に何か白い物を見つけて立ち止まる。

それは、大きな女郎蜘蛛の巣であった。赤と黒の良く肥えた雌の蜘蛛の直ぐ側に、小さく枯れ果てたような雄がいる。

蜘蛛の糸には、冬だというのに白い蛾が引っかかっていた。翅を広げれば四寸はある大きな蛾なのに、こんな細い蜘蛛の糸に絡《から》まって動けないでいるらしい。

「真冬に、蛾?」

十兵衛は小さく呟き、微かに首を捻った。いくら九州が暖かいとはいえ、十二月に蛾が飛ぶのは奇妙である。あきらかに季節外れだ。

巣から逃すかと悩んだが、結局止めた。なんとなく、触れるのも嫌だったからだ。それに、これを取ってしまっては、蜘蛛の方が飢えて死ぬ。

真冬の蛾には、どことなく不吉なものがあった。十兵衛は、その蛾が雌の蜘蛛の糸に搦《から》め捕られる前にその場を立ち去る。わざわざ蛾が食い殺されるのを眺めるほど悪趣味ではなかったし、助ける気が無いのなら、立ち去った方がましだからだ。

女郎蜘蛛も白い蛾も、両方共に不吉だと、なんとなくそう思う。

ばたばたという重い翅音が、耳の奥に暫く残った。

研ぎ終わった米を抱えて家の中に戻った十兵衛は、目の前の光景を見て溜息《ためいき》をついた。

貫左は阿呆《あほう》のように大悲の顔を見つめて微動だにしないし、大悲と紅絹は仲良く肩を並べて、そんな貫左を眺めている。

自分は慣れているので忘れていたが、そういえば、大悲の顔を初めて見た者は大抵がこうなるのだった。美しすぎて魂を抜かれたようになってしまう。

十兵衛は米の入った笊を竈《かまど》脇に置き、近づいて貫左の肩を揺さぶった。

「兄御、兄御」

途端に貫左の目に正気が戻り、夢から覚めたような顔になる。大悲が紅絹に何か囁くと、紅絹がこくりと頷いた。

貫左が呆然としていう。

「俺は、一体……」

「大悲さんの顔に見惚れてただけだ。腹が立つことに、顔だけはいいんだ、この坊主」

苦々しく十兵衛がいうと、顔だけとは心外だ、と大悲が笑った。貫左は大きな掌《てのひら》で、つるりと顔を一撫《ひとな》でずると、幾度か目を瞬《しばた》かせ、十兵衛に訊く。

「こんな綺麗《きれい》な坊さん、初めて見たぞ。なんでお前がこんな人と連《つる》んでんだ？」

その問いに、十兵衛は一瞬言葉に詰まった。この坊主が人食いの鬼で、紆余《うよ》曲折あって、今では自分に憑いている、と言ったところで正気を疑われるのが落ちである。さりとてそれ以外、どうにも説明のしようがない。

言葉に詰まった十兵衛の代わりに、大悲が言った。

「なに、行き倒れていたら、これに助けてもらってな。以降、養ってもらっている」

いろんなものを端折《はしょ》っているが、とりあえずこれはこれで嘘《うそ》ではない。なるほど、こういう説明をすれば良いのかと感心しつつ、十兵衛は大悲に乗っかる形で頷いた。

こんな杜撰《ずさん》な説明でも、貫左は納得したらしい。しみじみと、昔を懐《なつ》かしむように言った。

「お前は昔っから、たまに鳥の子だとか獣の子を拾ってきてはまめに面倒みてたもんなぁ。三つ子の魂百までってのは真実《ほんとう》なんだな」

「なるほど、これは、昔からそういう質か」

大悲の問いに、貫左はその顔を見ないようにして答える。

「こいつは愛想が無いくせに、案外優しいんだよ」

貫左の言葉に、十兵衛が露骨にそっぽを向いた。十兵衛は、自分のことを話題にされるのが苦手である。幼い頃から周囲に無視されて育てられていたせいか、注目されることにどうにも不慣れだ。だから、十兵衛は、土間に降りて竈に火を入れながら唐突に話題を変える。

「なぁ、兄御。ここから長崎に行くには、どの道が手っ取り早いか知ってるか?」

貫左が少し不思議そうに十兵衛を見た。首を傾げつつ、それでも丁寧に答えてくれる。

「長崎? そりゃあ、天草まで行って島原へ渡り、そのまま向かうのが一番早いな」

「天草から島原には船があるのか？」

船旅となればこの三人は至極《しごく》目立つ。どうしようかと思っていると、貫左があっさり教えてくれた。

「なに、訳ありでも金さえ払えば船を出してくれる連中がいるから大丈夫だ。そういう奴《やつ》らは口だって堅いしな。島原から長崎までは地続きだし、のんびり行っても、二、三日で着くはずだ。ただ、あの辺は今、少しばかり焦臭《きなくさ》いぞ」

「焦臭い？」

十兵衛が聞き返すと、貫左が「市で聞いた話だが」と前置きし、島原藩と唐津藩の現状を手短に語る。

島原藩のある肥前島原半島は、かつて、長崎も含めて有馬家の領地であった。もとより有馬晴信は切支丹《きりしたん》大名として名高い。そのため彼が治める地は日本の切支丹の中心地でもあったのだ。

しかし、慶長十八（一六一三）年の伴天連《ばてれん》追放令により、キリスト教を棄《す》てた有馬家が日向《ひゅうが》に転封したことで、この地の事情が一変する。

代わりに入部した松倉重政は徹底して圧政を行う大名だったのだ。重政は領民に対して容赦のない年貢《ねんぐ》の取り立てを行い、そうして一方では切支丹に棄教を迫り、転ばぬ者には徹底した弾圧をした。

例えば手足を縛って蓑《みの》を着せ、それに火を付ける蓑踊りだの、雲仙岳の熱湯に突き落とすだの、妻や娘を赤裸にして逆さに吊るして辱《はずかし》めるだの、目を背けたくなるような拷問《ごうもん》や刑罰を当たり前のように行うのだという。恐ろしいことに、切支丹だけでなく、年貢を滞納した者にもこれは行われているらしい。

この圧政は、寛永七（一六三〇）年に重政が死に、子の勝家に代替わりしても猶《なお》、変わることなく続けられている。近年はこれに飢饉《ききん》の被害まで加わり、今や領民の不満は爆発寸前にまで高まっているという。

そんなようなことを簡単に説明したあと、貫左は少し声を潜めるようにして言った。

「まぁ、一揆《いっき》が起こるのも時間の問題、っていう話なんだけどよ、そこでもう一つ、妙な噂《うわさ》も聞いた」

「妙な噂？」

「ここ一、二年ほどの話だが、天草と島原の間の海にな、時折すさまじい数の蛾《が》だか蝶《ちょう》の群れが出るらしい。群れが現れたときは、空一面が虫で一杯になって、陽も差さん有様だそうだ」

「蛾の群れだって？　なんでそんなもんが海に出るんだ？」

余りに意表を突いた噂なので、十兵衛は素《す》っ頓狂《とんきょう》な声を上げてしまう。貫左が困ったような顔で言った。

「そんなこと俺に訊かれてもわからんよ。耳に挟んだだけで、見たわけじゃないしなぁ。何か不吉な前触れじゃないかって事で、近頃は長崎に行くのには遠回りして陸を行く奴が多いんだ。あっちは金も時間も掛かるけど、その分安全と言えば安全だしな」

貫左は顎《あご》に手を当てて、考え考えそう言った。蛾の話は兎《と》も角《かく》として、長崎行きの道筋の参考として、十兵衛はその言葉をしっかりと頭に入れておく。

領主の圧政といい、天草の海に出る蛾の大群の話といい、内海を隔てた隣国では、随分奇妙なことが起きているらしい。なんとはなしに妙な予感がそこにあった。

考え込む十兵衛に、貫左が訝しげに訊いてくる。

「しかし、急に長崎の話を訊くなんて、お前、あっちに何か用でもあるのか?」

貫左の問いに、十兵衛はわざと答えなかった。そのまま黙って飯を炊く作業に戻る。答えれば貫左を巻き込むことになるだろうし、嘘を吐くのもまっぴらだった。そういうときは黙るに限る。

その後ろ姿を眺め、貫左は、やれやれ、と肩を竦めた。十兵衛は、隠したいことがあるときは、嘘を吐くのではなく、頑として何も言わない方を選ぶ癖がある。強情というよりも、そういう質だ。

十兵衛が口を閉ざした以上、何があったか訊き出すのは絶対に無理だった。この少年は頑固で、一度決めたら梃子《てこ》でも動かない。貫左は、それを、長年の経験から知っている。

十兵衛が喋《しゃべ》らなくなったら、大悲と紅絹を話し相手にするしかないが、このまま初対面の坊主と異国の少女を一人で相手にするというのもなんとなくしんどくて、貫左は立ち上がって袴《はかま》を着けた。布団を畳んで隅へ置くと、「ちょいと顔を洗ってくる」と告げて外へ出て行く。

貫左の姿が消えたと同時に、大悲が面白そうに言った。

「お前の知り合いにしては、随分とまっとうな男だな。巻き込んで良かったのか？」

竈の火加減を調節しながら、十兵衛が短く答える。

「兄御を巻き込む気はない。枷さえ外して貰《もら》ったら、すぐにここを出て行くつもりだ」

きっぱりとした物言いだった。大悲がふむ、と軽く頷く。

「まぁ、それがいいだろうな。しかし、天草に蛾の群れか……」

どことなく、含むような物言いだった。何かを思い出すようにしきりに首を傾げている。ついさっき見た真冬の蛾の事もあり、十兵衛は思わず訊いた。

「その蛾が一体、どうかしたのか？」

「昔の話だ。京の都に夥《おびただ》しい蝶の群れが現れたことがあってな。それは、平将門《たいらのまさかど》が反逆を企てたとの噂を聞いて、己の死を予感した人間どもの魂が蝶と化した姿だったのだが、それと同じことが天草と島原でおこるのは、けだし妙だと思っただけだ」

大悲の口から漏れた平将門という名前に、十兵衛は目を瞬《しばた》かせる。数百年も昔の反乱と同じ事が天草でおこっているのは確かに妙だが、それよりも、蝶の群れが人の魂だという言葉の方が気になった。

「なんで蝶の群れが人の魂なんだ？」

思わず訊くと、大悲が意外そうな顔をした。

「なんだお前、人は死ぬとき蝶になって口から出ていく、ということを知らんのか」

そんなの知るわけがない。初耳だった。正直にそういうと、大悲は少し考えるようにする。

「まぁ、近頃は戦の方もとんとないし、死んだら埋めるか荼毘《だび》に付すのが普通だしな。見たことがないのも当然か」

独り言のようにそういうと、大悲は十兵衛に簡単に説明をしてくれた。

「人の魂というのはな、死んでその肉体から離れる折に、蝶だの蛾だのの姿に変わる。スクナビコナがヒムシの皮を纏《まと》って波を越えて来たように、まぁ、魂は蝶に馴染む、ということだろうな。南蛮でも、ぷしけ、という言葉は蝶と同時に魂を意味する言葉だ。魂は抜け出やすい反面、戻りやすくもあるため、死んだ後、一昼夜おくのはそういう理由だ。戦が終わった後というのは大概が野ざらしなのだが、その場は実に壮観だ。色取り取りの蝶や蛾が、真夜中なのに飛び交って、中々に面白い」

怖いことをさらりと言うが、しかし、戦場に飛ぶ蝶の話はなんだかよかった。死体ばかりの野であるのに、どこかそれは極楽じみた光景だ。里人の祖父から聞いたいくさ人も、最後は戦場の空、蝶に変わって舞ったのだろうか。

それは、畳の上では味わえない往生の仕方だろう。いくさ人の醍醐《だいご》味《み》といって良いかもしれない。そんな景色の中で自分も死ねたら良いだろう、と思ったが、この太平の世に戦などあるわけがない。だからこれは、見果てぬ夢だ。

白昼夢のような幻想を振り払うため、十兵衛は少し焦《あせ》ったように大悲に訊いた。

「将門の乱の時は、戦が始まる前だったんだろう？　なのになんで、蝶の群れが現れたんだ？　別にまだ誰も死んでない筈《はず》だろうに……」

戸惑うような十兵衛の問いに、大悲がにこっと笑って言った。

「言ったろう、死の予兆を覚えた人間どもの魂、と。人間は、死を先取りするところがある。生きているのに勝手に彼岸へ魂を飛ばしてしまうのだな。まったくそこが人の面白いところだ。物事の底の底が通じているというべきだろうか」

「物事の底の底……？」

その意味を訊く前に、貫左がさっぱりした顔で戻ってきた。貫左を巻き込みたくない十兵衛は、大悲にまだまだ訊きたいことがあったが、ひとまず黙る。

そんな十兵衛に、貫左が手拭《てぬぐ》いで顔を拭いながら、少し不思議そうに告げた。

「今、外で蛾が飛んでいるのを見たぞ。この寒いのに珍しいことだな」

貫左の言葉に、十兵衛は少し驚いた。慌《あわ》てて告げる。

「俺も見た。白い、厚ぼったい翅《はね》の、大きい蛾だった。蜘蛛《くも》の巣にかかっていたけど、あんまり見ていて気味のいいもんじゃないな」

「俺のは茶色い、目玉模様のやつだ。目が赤く光っていたな……。ってことは、二匹も出たのか。珍しいな」

真冬に二匹も蛾が飛んでいるのは確かに珍しい。珍しいというよりも、ほとんどあり得ないことだった。口々に自分の見た蛾の話をする二人へ、大悲が首を傾げるように訊く。

「この近くに蛾が出たのか。この辺りは冬に飛ぶ種類の蛾でもいるのか？」

大悲の問いに、貫左が苦笑するように手を振り答える。

「まさか。真冬に飛ぶ蛾なんて聞いたことがねぇや。夏はうんざりするほど出るけどよ、冬は滅多に……いや、まず見ねぇなぁ」

貫左の言葉に、大悲がわずかに目を細めた。

「なるほどな。で、あるのなら、蝶ではなく、蛾というのは由々しいな」

「不吉ってことかい？」

「まぁ、そんなところだ。不吉というより、災いの方かもしれんがな」

訊き返す貫左に向かってそう答えると、大悲はまた、ふむ、と少しだけ唸《うな》る。本当に低い声で独り言のように呟《つぶや》いた。

「真冬の蛾というのは、まぁあまり褒められたものではない。死者の魂ならば、猶更だ」

呟かれたその言葉は、妙に十兵衛の耳に残った。貫左と違い十兵衛は、蝶や蛾は魂が転じたものだと教えられている。だから余計に大悲の言い方が引っかかった。

なんだか少し、背筋が冷える気がする。

紅絹だけが、普段と変わらぬ茫とした目で外を見ていた。何故《なぜ》だかこくりと喉《のど》が動く。なんとなく、生唾《なまつば》を呑《の》み込むような仕草に似ている。

気がつけば、辺りには米の炊ける前の良い匂《にお》いが漂い始めていた。空《す》きっ腹には染《し》みる匂いだ。十兵衛は竈の火を調節しながら、米の蒸らしの作業に入る。

だから、十兵衛は気がつかなかった。紅絹の視線のその先には小窓があって、例の蜘蛛の巣と蛾が見えているということを。

大悲だけがただ、何かを考え込むように、じっと天井を見つめていた。


半刻後《はんとき》。

とりあえず炊きあがった飯と漬け物だけで腹ごしらえを済ませると、貫左は早速仕事場へ一同を案内した。大悲は他人の家だろうが何だろうが一切気にせず、釜《かま》一杯にあった飯を一粒残らず喰い尽くしている。

さすがに喰い過ぎだと十兵衛が窘《たしな》めると、大悲は「これくらい喰っておかねば間尺《ましゃく》に合わぬ」と意味不明なことを言い、まったく悪びれることがない。

その物言いに、なんとなく悪い予感はあったのだが、その意味を訊《き》くよりも、とりあえずは紅絹の枷を外すのが先だった。

仕事場の炉の火はすっかり落ちている。炭を節約するためらしい。

紅絹の手を、鍛冶に使う大きな石の上に置き、貫左は枷を結んだ鎖を詳しく調べる。

「先《ま》ずはこっちから切った方が早いだろうな」

そう呟くと、貫左は紅絹の頭を一つ撫で、優しく言った。

「大きい音がするかも知れんが、すこし辛抱してくれ」

貫左の言葉を大悲が訳すと、紅絹はこっくり頷《うなず》いた。ぎゅっと目を瞑《つぶ》っているのがいじらしい。

貫左は大きな鏨《たがね》を取り出すと、紅絹の手枷に繋がる鎖の中程へと、その先端を静かに置いた。鈍い音と共に鎚が振り下ろされ、鎖は容易《たやす》く断ち切られる。

断ち切られた一拍後に金属がぶつかる大きい音と、次いで、はじけるような音が響いたのが不思議だった。その音に、紅絹の躰《からだ》が、びくっと震えたが、しかし、健気《けなげ》にも目を閉じて耐えている。どうやら紅絹は、甲高い大きな音が苦手なようだ。

貫左は、同じようにして足枷の鎖も断ち切る。

躰を硬くして音に耐えていた紅絹の頭を再度撫でると、貫左は十兵衛に向かって言った。

「これで少しは動きやすくなったろう。次はいよいよ枷の方だが、これは鑿を使うと、この嬢ちゃんが怪我《けが》をする。鑢で切っていくしかなさそうだ」

「ありがとう。やり方を教えてくれたら、あとは俺がやるよ」

「一人で四つも枷を切るのはさすがに時間が掛かりすぎる。だから、俺も手伝うさ」

そう笑っていうと、貫左は鑢の使い方を十兵衛に教える。鑢の持ち方から力の入れ方まで、職人らしい丁寧な説明ぶりだ。

十兵衛がなんとかその方法を呑み込むと、貫左はゆっくり作業を開始する。

「鑢で鉄を切るには少々こつがあってな。それがわからないと、幾ら頑張っても線の跡くらいしかつかない。まずは俺がやってみせよう」

そういうと、貫左は試しに紅絹の左手の枷に鑢を入れる。ぎこぎこと前後に鑢を動かすと、まるで鋸《のこぎり》で木でも切るように、容易く五分ほどの切れ目が入った。

「……すごいな」

感心した十兵衛が呟くと、貫左が胸を張るような仕草をした。わざと剽《ひょう》げて、師匠ぶったふうにいう。

「さ、お前もやってみろ。言っておくが、難しいぞ」

貫左のいうとおり、十兵衛が右の手枷を試しても、一切《ひときり》かけても一分がやっとだ。

難しいというよりも、むしろ、難しすぎた。

十兵衛が四苦八苦している間にも、貫左は容易く左の枷を切り取っている。

枷が外れた紅絹が、ほうっとひとつ溜息をついた。心なしか安堵《あんど》したような表情だ。貫左は手首についた擦り傷に膏薬《こうやく》をしっかり塗り込んで、綺麗な布を巻いてやる。

紅絹が、礼のように頭を下げると、貫左が、気にするな、と軽く手を振って笑った。

その間にも十兵衛は片時も休まず手を動かしていたが、やはりなかなか鉄は切れない。線がいささか太くなったという程度だ。それを見て、何もしていない大悲がのんびり言った。

「お前は案外不器用だなぁ。力任せでは、切れるものも切れまいに」

自分は何もしていないのに、口だけは偉そうな大悲に、十兵衛はいささか腹を立てる。鑢を押しつけ、短く言った。

「じゃあ、あんたがやってみろよ」

そんな二人を貫左が面白そうに見つめている。紅絹はなんとなく、茫とした目だ。

「では、試しにやってみようか。《目》を合わせれば、こんなものは容易に切れる」

そういうと、大悲が、十兵衛とは違った箇所に鑢をあてて、枷をゆっくり削り出す。

すると、貫左と同じく……、いや、それ以上に滑らかな切り口で、鑢が鉄に沈んでいった。まるで豆腐を切るがごとし、といった鮮やかさだ。一切後《ひときり》には、紅絹の右手の枷があっさり外れた。

「坊さん、あんたなかなかやるなぁ」

貫左が感心したようにいうと、大悲はにこっと微笑《ほほえ》んだ。

その笑みをまともに見てしまい、貫左が、また硬直して動かなくなった。そんな貫左を戻すため、軽く背をどやしながらも、十兵衛が悔しそうにいう。

「なんだよ、切れないのは俺だけか」

珍しく、拗《す》ねたような物言いだった。久しぶりに年相応の顔が見えたというべきか。

そんな十兵衛に、大悲と貫左が代わる代わるこつを教える。

「いいか、この坊さんのいうとおり、物には《目》っていうものがある。例えば布だって、《目》とは逆に裁てば切れにくいし、木だってそうだ。鋸の入れる方角が合わなければささくれて、切りにくくなるばかりか、切り口だって汚くなる。要は、どの方向に刃を入れるか、ってことなんだ」

そういうと、貫左が切ったばかりの枷を持ち上げて、それを明かりに透かすようにして見せた。ほんのわずか、縦に筋が入ったような箇所を指差し、十兵衛にいう。

「この枷の《目》はここになる。試しに軽く切ってみな」

言われるとおり、十兵衛がそこに鑢をあてがい引くと、今度は簡単に刃が沈む。驚いたように目を見開く十兵衛に、今度は大悲が解説をする。

「この世界の物にはな、大体どんな物にも《目》があるのだ。鉄や木は勿論《もちろん》、人の躰もそうだし、風にだって同じように、目に見えぬ線がある。その線に沿って斬れば、どんな物だって斬れるのだ。まぁ、武芸者のいう観法という奴にも、こういうことは含まれるから、知っておいて損はないぞ」

試し切りや兜割《かぶとわ》りの達人というのは、その線を観《み》る事が出来て、かつ、そこに正確無比に刀を当てられる技量を持つ者なのだ、と続けると、大悲はちらっと貫左を見る。

さすがに三度目は見惚れずにすんだ貫左が、大悲の言葉の後を引き取っていう。

「武芸のことは俺にはわからんが、まぁ、鉄の《目》を観る方法なら教えてやれる。まずは俺のいうとおりにして、この娘の足の枷を切ってみな」

貫左はそういうと、十兵衛に鉄の《目》を見極める方法を簡単に教えた。枷の上に指先を置き、滑らせるように指示する。

「人の指先ってのはたいしたもんでな。たとえ目には見えない微《かす》かな凹凸でも、指先だとそれがわかるんだよ。その凹凸が流れる方向が、いわゆる《目》の方向っていうやつなんだ」

貫左に言われたとおり、鉄の枷を指の腹で幾度か撫でると、妙に引っかかるような気配を感じる。それは本当に微かなもので、よくよく注意しなければわからないものだ。

「……ここか？」

十兵衛は、促されるまま、指先が感じた見えない線の上へ、そっと鑢の刃を当てた。半信半疑で引いてみると、すっと、先ほどの手応《てごた》えとはまるで違った感触がある。幾度か往復するだけで、面白いように鑢が鉄の中に沈んでいくのがはっきりわかった。驚いた。

「本当だ」

感心したように十兵衛がそういうと、貫左がいささか得意げに笑ってみせた。

「俺みたいに、二六時中《にろくじちゅう》鋼《はがね》を触っていると、一瞥《いちべつ》するだけで《目》がわかる。まぁ、お前は鉄をこうして切ることなんざ、そこまで多くはないだろうから、やり方だけ覚えておけばいいだろう」

「なるほどなぁ……。助かったよ、兄御。ありがとう」

素直に貫左に礼をいうと、十兵衛は、一切ばかりの時間で、紅絹の足枷を難なく切った。ゴトッと音がして枷が外れると、無残に紅く擦りきれた足首が現れる。

もう片方を切る前に、貫左と同じく、足首の擦り傷に膏薬を塗ってやろうとした十兵衛は、その時触れた紅絹の踵《かかと》の感触に驚いた。

――柔らかい。

まるで、赤子のような踵だった。女子《おなご》の足というのはこんなに柔らかなものなのかと心底驚く。

紅絹が、そんな十兵衛を不思議そうに見た。その目線に、今、自分が不躾《ぶしつけ》にも女子の足に触れているということを思い出し、十兵衛は慌ててその踵から手を離す。

赤面しているのを気付かれぬよう、俯《うつむ》いて、無言で紅絹の足首に優しく膏薬を塗り込んだ。耳が妙に熱かった。

同じようにもう片方の枷も外してやると、ようやく紅絹も人心地がついたらしい。

軽くなった手足を少し動かして、安堵したように微笑した。

どこかほっとしたような空気が流れる。

「ありがとう、兄御。助かった」

十兵衛が素直に礼をいうと、貫左がさっぱりと笑う。

「気にするな、このくらいのことならなんでもない。お前は大体遠慮しすぎだ。お前の刀を研ぐのだって、先々代の技に触れさせて貰ってるようなもんなんだから、変に他人行儀に金なんか払おうとなんてしなくて良いんだ」

それを聞いた大悲が、十兵衛と貫左の会話にふと口を挟んだ。

「お前、てっきり野鍛冶かと思ったが、なんだ刀鍛冶の方だったのか」

割合に不躾な言い方なのだが、のんびりした口調のせいで棘《とげ》はない。この鬼は大体が不遜《ふそん》で図々しく失礼なのだが、妙な徳でもあるのか、まったく嫌味に聞こえない。

貫左も特に気にするふうもなく、あっさりと一つ頷く。

「ああ。今は鍬《くわ》だの鎌《かま》だののばっかりだがな、歴《れっき》とした刀鍛冶だ。いつか必ず、先々代を超える刀を打ってみせるぞ」

胸を張るような気分の良い物言いに、大悲が愉《たの》しそうに、にこっと笑った。その笑みを見てまた貫左が硬直するが、すぐに十兵衛に背を叩《たた》かれて正気に戻る。ひどく疲れたように、貫左はばつの悪い声を出す。

「……ほんとにあんたの顔はいかんなぁ。うっかり見ると、途端に何もわからなくなる。そんなんじゃ色々不便だろう」

つるりと顔を撫でて嘆息する貫左に、大悲が呵々《かか》と笑って言った。

「生まれたときからこの顔だからな、毎度のことで慣れっこだ。しかしお前も面白い男だな、俺なんぞに同情するか。あんまり面白いから、特別に良いことを教えてやろう」

「良いこと？」

どことなく意味ありげな大悲の物言いに、思わず貫左が訊き返す。大悲は十兵衛の刀を指差して、あっさり言った。

「先々代の刀というのがこの刀のことならば、まずは材料となる鋼を見つけることだな。この刀は丸々テンコウで出来ている。それがこの刀の切れ味の秘密なのだ」

「テンコウ？」

聞き慣れない言葉に、貫左と十兵衛が同時に問う。そういえば、大悲と初めて出会ったときも、この鬼はテンコウがどうたらと言っていた。

二人の問いに、大悲が少し笑う。なんだか懐かしむような声で言った。

「テンコウというのはな、空から落ちてくる鉄のことだ。天狗《てんぐ》と書いてテンコウだ。アマツキツネとも読むな。そういう鉄で打った刀は、まぁとにかく強いのだ。ただ、テンコウを鍛える為《ため》には相当の腕がいる。刀の《かたち》にするのは容易いが、刀として《在る》ようにするのは驚くほどに難しい。《かたち》だけはご立派なのに、実際はただの鉄の棒というような物のいかに多いことか。そういう意味で、この刀はしっかり《刀》だ。この刀を打った者は尋常の腕ではないな。こんな田舎にこれほどの名人がいたとは思わなんだ」

しみじみと呟かれた言葉に、貫左が何か閃《ひらめ》いたような顔になる。顎に手を当て、妙に納得したようにいう。

「天狗……。そうか、この刀の茎《なかご》の銘は、天狗《てんこう》の《狗《こう》》か。名前が狗《いぬ》ってのはどういうことかと思っていたが、なるほどなぁ」

貫左の言葉に、十兵衛も感心したように呟いた。

「先生は、この刀をくれたとき、これは影打だって、そう言ってた。神社に奉納する御神刀の、選ばれなかった方だって。俺はてっきり戌年《いぬどし》にでも作ったものかと思ってたけど、そういう意味があるんだな……」

それを聞いた貫左が、ますます納得したような顔になる。感動したように言った。

「なるほど、じゃあ、真打《しんうち》の茎には多分《天》と刻まれているんだろう。先々代は、御神刀だから普通の刀ではなく、敢《あ》えて流星剣にしたわけか……」

流星剣というのは、隕鉄《いんてつ》を鋼に混ぜて打った刀の総称である。隕鉄は見つかる量も少なく、何故だか加工も難しいために、普通の鋼と混ぜて使われることが多い。だが、大悲の言葉が真実ならば、十兵衛の刀は、すべて隕鉄で出来ているということになる。

貫左の言葉に憧憬《しょうけい》が強いのはその為だ。

大悲がのんびりと補足するように言った。

「空から落ちる鋼だからな、供物《くもつ》としては最高だ。どの神社に奉納されたかは知らんが、真打はさぞかしうまいことだろうな」

なんだかうっとりするような物言いだ。十兵衛には、大悲が明らかに味のことを言っているというのがわかるが、貫左はそれを『美味《うま》い』ではなく『巧《うま》い』と取ったらしい。

「なるほど、空から落ちた鋼だけで打たれた流星剣か……。そんなもんが二振りも打てるなんて、やっぱり先々代はすごいな。俺にはとても出来ない芸当だ……」

独り言のように呟きながら、貫左は感心したように何度も何度も首を捻《ひね》る。そんな貫左に大悲が言った。

「そんなことはないだろう。誰かが為《な》せたことならば、お前にだって出来るに決まっている」

慰めや励ましではなく、当たり前のことを言っているような口調だった。ぽかんとする貫左に、大悲はむしろ不思議そうな顔で言う。

「人間は、自分が出来ると信じさえすれば、勝手にそれが出来る生き物だろう。信じるというのは選ぶことだ。たとえば、今の己は何であれ、今まで自分がそうなるよう

に選んできたものだろう。だったら、お前は、先々代を超える刀鍛冶になることを
『選べ』ばいい。それだけのことさ。無理だと勝手に決めつけて、選ぶことを止《や》めたら、それは一生叶《かな》わぬぞ」

口調はまったく違うのだが、内容は珍しく坊主《ぼうず》らしい説教だった。真面目《まじめ》な顔で語る大悲に、貫左が少し苦笑する。

「あんたくらい説教が似合わない坊さんもいないよなぁ。でも、ありがとうよ。あんたのいうとおり、諦《あきら》めて何もしなかったらそれで終《しま》いには違いない。だったら俺は、流星剣が打てるようにならないと。今のままじゃあ、腕が足りねぇ」

「うむ、その意気だ。お前が望みさえすれば、いずれ先々代も超えられる。望むことこそ始まりだ。しぶとくあれば、道はどうにも開けるものさ」

貫左の言葉に、大悲が大きく頷いた。二人して声をあわせて呵々と笑う。

どうにもこの鬼は、人と笑うのを好むらしい。元から大悲は変わっているが、一番変わっていると思うのはこういう時だ。

そんな二人の様子を見ながら、十兵衛はようやく一息ついた。とりあえず、貫左のおかげで厄介ごとの一つ目は片付いたのだ。肩の荷が一つおりた気がする。

用が済んだ以上、あまり長居しては貫左の迷惑になるだろう。人目に付く前に、早

くここを出て行った方が良い。

そんな十兵衛の思いを代弁するかのように、大悲がのんびりとした風情《ふぜい》で言った。

「さて、用も済んだことだし、長居しては迷惑になろう。一旦《いったん》山へ戻るとしようか」

「もう出て行くのか、慌ただしい連中だなぁ」

苦笑するように貫左が言ったが、引き留めることはしなかった。訳ありだと知っているからこそ、余計なことは言わないのだ。ありがたいと十兵衛は思う。

「必ず恩は返すから。ありがとう」

改めて頭を下げると、貫左が莞爾《かんじ》と笑って言った。

「そうだなぁ、期待しないで待ってるよ」

くしゃっと頭を撫でられて、十兵衛はぎこちなく笑う。

「またな、兄御」

そういうと、紅絹を葛籠《つづら》の中に入れ、十兵衛は貫左の家を出た。貫左と会うと、いつもどことなく胸の奥が暖かい。凍えた何かが解けるような気持ちになるのだ。自然と足取りも軽くなり、十兵衛はさっさと歩く。

そんな十兵衛を大悲が追おうとしたとき、貫左が小声で言った。

「なぁ、坊さん。あんた、なんで十兵衛の側にいるんだ？　行き倒れて助けて貰った、とか言ってたけど……」

少し案ずるような声である。大悲は顔色も変えずに言った。

「ああ。山道で行き倒れたところを、あいつに食い物を貰って助けて貰った。一宿一飯の恩義ではないが、借りは返さんといかんからな」

「借りを返す？　どうやって」

真剣な貫左の問いに、大悲も同じくらい真剣な声音で答える。

「仇討ちが終われば、あれは途端に空になるだろう。そうなったとき、何か助言でもしてやろうかと思ってな」

それを聞いた貫左が少しほっとしたような顔をした。十兵衛に聞こえないように、低く言う。

「ああ、だったらよかった。俺、仇討《あだう》ちを始めたあいつがまるで狼《おおかみ》みたいな顔つきになってくのが、ずっと気になってたんだよ。だけど、今日、あの嬢ちゃんとあんたと話すときの顔は大分《だいぶん》昔に戻ったみたいでさ。もしかしたら、あんたらのおかげかなって思ったんだけど、当たったみたいだ」

兄貴分らしく十兵衛を気遣う貫左の声は、善意の塊のように真心に満ちている。大悲がしみじみとした声で言った。

「俺よりも、紅絹の影響が大きいだろう。あの娘は十兵衛しか頼る者がおらぬのだ。人は、誰かに明け透けに頼られれば、それに応えようと必死になる。仇討ちのことを一時でも忘れられる、というのは、あれにとって良いことなのかも知れぬなぁ」

　のんびりと告げる大悲に、貫左が首を振って言う。

「あいつはなんだかんだいっても武士の子だからな。師が殺されて、黙ってられないのはわかるけど、でもなぁ……」

「あれは多分、剣術以外、己に出来ることを教わっておらぬからな。自分に出来ることが殺人以外ないと思い込むから、ああして仇討ちに拘泥《こうでい》するのだ。仇討ちと言えば聞こえは良いが、黒幕もわからんような荒唐無《む》稽《けい》な復讐《ふくしゅう》に情念を燃やすのも、それしか出来ることがないからだ。それが終われば、あれは今後を見失う。何せ、あの年で人殺しの術だけは一流だが、それ以外は何者でもないのだからな。その時が来るまでに、何かあれの道を示してやれれば良いと思っておるよ」

　鹿爪《しかつめ》らしい事をいう大悲に、貫左はますますほっとしたようだ。わずかに拝むようにする。

「ああ、それは本当に頼むよ。俺はただの鍛冶屋だから、あいつに教えられることなんてまったくないんだ。坊さんだったら、算術だのなんだの、学問だって詳しいだろう？　あいつに何か教えてやってくれよ」

「そうだな。人は何でも『選べる』のが良いところだが、選ぶためには、世に何があるかを知らねばならぬ。そういうのを教えれば、あれはきっと、己の道を見つけるだろうよ」

大悲は僧侶《そうりょ》らしくそういうと、合掌して一礼した。貫左もあわてて礼をする。その時、十間ほど先を行く十兵衛が立ち止まって大悲に声をかけるのが聞こえた。

「おい、大悲さん。なにやってんだ、置いてくぞ」

その声に答えるように片手を上げると、大悲は貫左にちらっと目で合図をして、十兵衛の元へと歩き出す。

貫左は感謝するように、その後ろ姿を黙って拝んだ。

追いついた大悲に、十兵衛が不思議そうに声をかける。

「兄御と何を話してたんだ？　なんか、あんたを拝んでるぞ」

「何、あいつが望んでいることを、その望み通りに話してやっただけだ。人というのは、自分の望み通りのことしか受け容《い》れぬから、逆にその通りのことを言えば安堵して勝手に救われる。ま、飯の礼だ」

しゃあしゃあと言ってのける大悲に、十兵衛は首を傾《かし》げる。さっきみたいに、刀鍛治としてどうすればいいかという助言でもしてやったのだろうか。何を言ったか知らないが、どうせ口から出任せだろう。ただ、大悲と話したことで貫左の肩の荷が下りたようなのは良かったと思う。

ごくつぶしだが、口が巧く知恵が回るのが大悲の良いところだ。

そう考えると、十兵衛はまた足を動かす。

結局、貫左の家には一刻以上居たものらしく、夜は完全に明けていた。塒《ねぐら》に帰る頃には昼過ぎだろうか。

山に帰ったら、早速今後の予定を立てなければならなかった。長崎までは陸路で行くか、海路で行くかの見極めもあるし、どちらにせよ旅の支度もせねばなるまい。これからさらに寒くなるから、冬支度で旅立つべきだが、女物の服も何処《どこ》かで買わねばならなかった。

「紅絹《もみ》を、早くなんとかしてやらないとな……」

山道を歩きながら十兵衛がぽつりと呟くと、それを聞いた大悲が至極真面目な顔で言った。

「長崎に行くのには、いささか骨が折れるようだ。しかも、この娘を乗せる船に出会えるとも限らない。だったらいっそ嫁にでもすれば良かろう。紅絹とてお前に懐《なつ》いているのだから、丁度良い」

　さらりと告げられたとんでもない提案に、十兵衛が思わず噎《む》せた。

「何をいきなり……」

「お前とて、鬼に憑《つ》かれているのだから、異人の嫁が増えたところでどうということもあるまいに。長崎行きなどやめてしまえ、面倒だ」

　余りな暴論を真面目な顔でいう大悲に、十兵衛は呆《あき》れきって首を振る。

「あのな、そんなの無理に決まってるだろう。こちとら仇持ちの身の上なんだ。それに、紅絹だって、俺と一緒に居たら、いつ厄介事に巻き込まれるかわからない」

　十兵衛の言葉に、大悲が一つ首を傾げた。

「この娘の身の上は良くは知らんが、異国の地で手枷《てかせ》、足枷をつけられて売られるという、それ以上の厄介事など、然々《そうそう》あるとは思えんぞ」

　真顔で言われたが、確かにその通りだ。十兵衛は言葉に詰まった。

　その様子を見て、大悲がわずかに肩を竦《すく》める。

「やれやれ、草津の湯でも治らぬ例の病でもあるまいし、困ったことだな」

「例の病？」

　きょとんとして聞き返す十兵衛に、大悲が呆れ半分、面白半分の口調で言った。

「まったく、お前は妙なところで老成《ねび》ているくせに、案外初心《うぶ》だから面倒だ。この娘も、それ以外の選択肢がなかったとはいえ、こんな小童《こわっぱ》に罪なことをする」

「うるせぇな、訳のわからねぇことばっかり言いやがって」

小童と言われていささか腹を立てた十兵衛は、大悲を無視して黙って山へと歩き出す。何をするにも、一旦塒に戻る必要があったからだ。大悲もそれ以上は何も言わず、その後をのんびりと付いていく。

歩くうち、ゆっくりと日が昇り、辺りがだんだん温《ぬく》もっていく。その感覚に十兵衛は、太陽というのは、あるだけで暖かかったと思い出す。真《ま》っ直《す》ぐに差す太陽に、少しだけ目が眩《くら》んだ。

紅絹が、微かに葛籠《つづら》の中で身動《みじろ》ぎするのを背中に感じ、十兵衛はただ無言で歩を進める。何か一言声を掛けてやりたかったが、こんな時、何と言えば良いかがよくわからない。ただ、後で山の中に入ったら、葛籠から出してやろうと、ぼんやり思った。

どこか遠くで、烏《からす》が一声、鋭く鳴いた。

三

日の出直後の事だった。太陽は既に出ているが、冬のこととて、外はまだ仄《ほの》かに暗い。

朝未《あさまだき》の空気の中で、槇田はやや窶《やつ》れた表情で屋敷の門へ向かっていた。その顔色はわずかに青ざめており、一晩中安珠の相手をしていたことを匂わせている。その手には、何か布に包まれた、鳥かごのようなものを提げていた。ばたばたと微かな音がするようだ。

用人に潜《くぐ》り戸を開けて貰っていると、主殿のほうから何やら荒れた声がした。用人が肩を竦めるようにして告げる。

「ご隠居ですな。御方さまの姿が見えぬと、常にああなのです」

侮蔑《ぶべつ》というより、心底参ったような口ぶりだった。朝靄《あさもや》を透かすようにして見ると、骨と皮ばかりに痩《や》せこけた老人が、ふらふらと足下も定まらず廊下を徘徊《はいかい》しているようだ。腰に差した刀がまるで重石《おもし》のように見えるほど、足取りに力が無い。

かつて勇猛果敢な武将だった男の変わり果てた姿に、槇田は軽く眉《まゆ》を顰《ひそ》めた。用人が力なく首を振る。

「忠利様に家督を譲られ、八代に隠居なされた頃は、まだまだ力が漲《みなぎ》っておられましたが、一昨年より徐々にお体の具合も悪くなり、それからだいぶ変わってしまわれました。些細《ささい》なことでも癇癪《かんしゃく》をおこされますし、独断で加藤家の浪人を大量に召し抱えたりと、どうも穏やかではありません。槙田殿も気をつけなされ」

何をどう気をつけるのか、そのあたりは口を濁す用人だったが、忠告の色が濃いようだった。ここの主《あるじ》は元々苛烈《かれつ》な性格で、三十六人を手打ちにしたという話も伝わっている程だったが、確かにあの声は普通ではない。

「……そうですな。ご隠居に見つかって、重ねて四つに斬《き》られぬように気をつけましょう」

いささかうんざりした体を装《よそお》って答えると、用人が同情の目を向けた。安珠に気に入られたが運の尽き、というような顔をしている。屋敷に入り込む口実として安珠の情人という顔をしている槙田を気遣っているのかも知れない。

この用人は、槙田が安珠に気に入られ、一方的に情人にされていると信じ込んでいるようだった。算盤《そろばん》勘定や家政に優れた才を持つこの男は、地に足が着きすぎているが故《ゆえ》に、安珠の正体にも、その裏で企てられている謀《はかりごと》にも気付かぬのだろう。

秘密を知る者は少なければ少ないほどいい。槙田は用人に感謝するように丁寧に一礼すると、老人の怒鳴り声がする屋敷を後にした。

そのまま一町ほど、屋敷の前の道を一人で歩く。何気なく辻《つじ》の角を曲がった折、槙田に寄り添うように暗がりから一つの影が現れた。

鬢《びん》が白く、ひどく小柄な老人だった。手拭いで頰被《ほおかぶ》りをして隠しているが、顔半分が焼け爛《ただ》れ、両手の親指だけがない。何か過酷な生を経てきたらしく、その表情はひどく昏《くら》いものだった。

「鳶丸《とびまる》か。《荷》はどうなっている」

その老人に気付いた槇田が低く呟く。鳶丸と呼ばれた老人が、更に低い声で囁《ささや》いた。

「はッ。七塚峠にて大野様の手の者が《荷》を襲う手筈となっておりましたが、誰一人戻ってきませぬ。襲撃予定だった場所を探ってみましたが、そこには死体一つありませんでした」

淡々と事務的な報告だったが、その声には、忸怩《じくじ》たるものが滲《にじ》んでいる。槇田は足を止めぬまま、微かに首を振って言った。

「なるほどな。あの女も同じ事を言っていた。何か不測の事態が起こったと見える」

「……不測の事態、ですか」

「そうだ。あの女は、我等の襲撃を公儀隠密《おんみつ》の仕業だと考えているようだった。襲撃の後、何らかの理由で公儀の隠密が動いたのやもしれぬ」

槇田の言葉に、鳶丸が微かに目を光らせて言う。

「大野様の手の者と公儀隠密どもがかち合った、と言うことですか?」

「その可能性は高いだろうな。であるのなら、こちらとしても一刻も早く《荷》を取り戻し、そうして事を起こさねばなるまい」

「しかし、《荷》の行方もまた……」

言い淀《よど》む鳶丸に、槙田が手にした鳥かごを目の辺りまで持ち上げる。まったく表情を変えることなくあっさり言った。

「あの女の用意した《猟犬》がここに在る。これは、あれの匂いを辿《たど》れるそうだ。《荷》が領外へ出る前に探し出し、そして連れ帰れ」

槙田の声に反応するように、籠《かご》の中でばたばたと音がする。布の隙間《すきま》から見えるのは、厚ぼったい蛾《が》の翅だ。それを見た鳶丸がほんのわずかに目を細めた。

「……これもまた、あの女の術の一つだ。囚《とら》われぬよう気をつけよ」

「はッ」

淡々と告げられる命令に、鳶丸は軽く頭を下げて了解の意を示す。その姿も見ず、槙田は独り言のように呟いた。

「まったく、この件に限っては松山主水に感謝せねばなるまいな。さんざん我らのことを嗅《か》ぎまわってもいたが、あの女を引きつける餌《えさ》にもなってくれた。《荷》さえ手に入れれば、公儀だろうが化け物だろうが、どうとでもなる」

その言葉に、鳶丸が無言で頷く。その気配を感じつつ、槙田が少し遠くを見るような目になった。低く呟く。

「まるこす師のおっしゃった約束の日は近い。その日に現れる善人を守るためにも、必ずや我等は《継続する丸血留《まるちる》》を手に入れる。それこそが我らの同胞が救われる唯《ゆい》一《いつ》の道なのだ」

そのまま一節、不思議な歌を低く呻《うな》った。

「前は泉水やなあ　後ろは高き岩なるやな　前も後ろも潮であかするやなあ」

独特の節回しは、何処か奇妙に荘厳だ。その声に合わせるように、鳶丸も小さな声で低く歌う。

「この春はな　桜な花かや　散るじるやなあ　また来る春はなあ　蕾《つぼむ》開くる花であるぞやなあ」

誰も居ない早朝の小道に、這《は》うように声は響く。

正午を少し過ぎていた。

山道を歩くことおよそ一刻、ようやく塒にしている荒《あば》ら屋《や》に辿り着いた十兵衛は、紅絹を下ろし、ほっと一息ついた。

山の天気は変わりやすいとはよくいうが、夜には雲一つなかった空が、ここまでの道中で厚い雲に覆《おお》われはじめている。雨が降り出す前に塒まで戻れたのは僥倖《ぎょうこう》だった。

狭い小屋は、暖まるのも早いが冷えるのもまた早い。十兵衛は、紅絹の為に囲炉裏にすぐに火を熾《おこ》す。土間の隅には、炭俵が幾つかと、薪《まき》の束も積んである。一度火が熾れば燃料には不自由しない。

すぐに赤々とした火が燃えて、小屋の中が一気に暖かくなった。紅絹が、ほうっと安心したように吐息を漏らす。

手足を縛めた枷《いまし》がなくなり、紅絹はかなり楽になったようだった。二人を交互に見て、にこっと微笑む。

「どうやら感謝されているらしいなぁ。余計な御世話でなくて何よりだ」

俎板《まないた》の上で肉やら野菜やらを刻みながら、大悲がのんびりとした口調で言った。早速食い物の支度をしているらしい。

この鬼は大食いのくせに妙に口が奢《おご》っているから、不味《まず》い物は喰わない質《たち》だ。だからこそ料理が巧い。水を張った大鍋《おおなべ》に、干し肉や野草などを適当にぽいぽいと放り込み、無造作に味噌《みそ》やら塩やらで味を付けただけなのに、大悲の作る汁はいつもべらぼうに美味かった。

今日もそれは変わらぬようで、早速あたりに美味そうな匂いが漂っている。

鍋の支度をしてしまうと、この鬼は、一度も紅絹を背負うこともなかったくせに、疲れたと大あくびをして、ごろんと床に寝転がった。鍋の中身が煮えるまで、こうしてごろごろするようだ。

大悲の怠惰さはこの一年余で十分に理解しているので、十兵衛は何も言わない。寝転がったまま、大悲が言った。

「まぁ、とりあえず一段落はついたわけだが、さて、これからどうする?」

その問いに、十兵衛が、囲炉裏の火を見つめたまま答える。

「俺は、やっぱり、長崎まで連れて行こうと思っている」

大悲は紅絹を嫁にしろというのだが、十兵衛は、どうしたってそんなのは無理だと知っている。何時《いつ》死ぬかわからない身では、紅絹の面倒をずっと見ることなど出来るわけがない。

異人では、町の人間と交わることも出来ないだろうし、こんな山奥で一人にされても、紅絹だって困るに決まっている。先のことを考えれば考えるほど、やはり故郷に帰してやるか、それが出来なくとも、同じ国の人間と暮らすのが一番だと思うのだ。

「なんだ、結局嫁にはせんのか」

「……出来るわけ、ないだろう」

火を見つめたまま呟く十兵衛に、大悲が、ふん、と鼻を鳴らした。

「お前はそれを『選んだ』わけだな。まぁいい、それにしても長崎か。長旅になりそうだな」

意味ありげに何か含んだ口調だった。一方で大悲は、暗に陸路で行くのか、と訊いている。それについても十兵衛は悩んでいた。

紅絹は山を越えて肥後に連れてこられている。ということは、久留米か福岡あたりで売られたか盗まれたかしている、ということだろう。筑後を通った場合、もしかしたら紅絹を追ってくる者と鉢合わせになるかもしれない。そうなったら面倒なことになる。

紅絹は、ほとんど歩けない。あんな柔らかい踵では、近場ならともかく、長距離を歩いたら、あっという間に皮膚が破ける。長旅では馬を使うか、誰かが背負っていくことになるだろう。だったら、できるだけ近い方がいい。

何やら情勢が不穏だというのなら、逆に島原から長崎を目指す者も少ないだろう。海路の方が安全に違いない。

しかし、紅絹はとにかく目立つ。おまけに紅絹だけではなく、大悲もそこそこ目立つのだ。異人の少女とやけに綺麗《きれい》な坊主を連れた浪人もどきの組み合わせなど、人目を引くに決まっていた。そんな一行を乗せる船があるだろうか。

「まずは、紅絹を目立たないようにしないとな……」

考え考え、まったく答えになっていないことを十兵衛が呟くと、大悲が事もなげにいう。

「だったら、尼の格好でもさせるがいいな。髪は頭巾《ずきん》で隠せるし、笠《かさ》を深く被らせれば、中を覗《のぞ》き込む者も然々《そうそう》いないぞ」

僧形の大悲がいうと、妙に説得力がある。感心して頷くと、大悲は更に続けた。

「お前は小姓か従者のふりでもしていれば良い。そうすれば、坊主の格好をせずとも済むし、刀を持っていてもおかしくはない」

十兵衛よりも余程旅慣れている大悲は、こういう時に妙な知恵が出る。肥後から一歩も出たことのない山猿の十兵衛には、旅に出るための支度さえ、何を用意していいか覚束《おぼつか》ない。

生きる知恵だけはそこそこあると思うのだが、それ以外の十兵衛は、とんと不器用な質だった。里に下りても剣の修行に明け暮れて、正直、人を殺すしか才がない。

「あんたはそういう知恵だけは回るなぁ」

しみじみいうと、大悲は楽しそうに呵々と笑う。

「一応養ってもらっているからな。まぁ、知恵くらいは出さないと、お前も憑かれている甲斐《かい》がなかろう」

どんな甲斐だ、と思ったが、特に何も言わなかった。

そうこうしているうちに、鍋の中身が煮えたようだ。大悲は妙に爺臭《じじくさ》い風に「よっこいしょ」と呟《つぶや》くと、袂《たもと》から塩だの味噌だのを取りだして、無造作に入れてかき混ぜた。軽く味を見て、上機嫌な声でいう。

「うむ、美味いな。よし十兵衛、椀《わん》を三つ持ってこい」

今回は催促せずとも分けてくれるものらしい。十兵衛は言われるままに、木の椀と箸《はし》を三人分用意する。大悲が一瞥もせずに言った。

「紅絹の分は匙《さじ》がよかろう。異国のものは箸を使わん」

「あいよ」

普段は大雑把なくせに、大悲はこういうことには、妙に気が回る。言われたとおりに匙を用意すると、大悲が手際《てぎわ》よく椀に汁を盛ってくれた。

椀を受け取った紅絹が、不思議そうに小首を傾げて十兵衛を見る。どうやら食べて良いかどうか、十兵衛に訊《き》きたいらしい。

確かに得体の知れない汁である。妙にこってりとしてとろみのある汁で、表面には油が浮いている。香りは良いが、見た目は悪い。

「大丈夫だ。大悲さんは、飯を作るのだけは上手《うま》いんだ」

言葉が通じないというのは承知だが、とりあえず十兵衛は紅絹に一言声をかけ、そうして椀を吹いて汁を啜《すす》ってみせてやる。

その汁は美味かった。少し辛味があるが、寒い日にはそれが良い。十兵衛の様子を見て、紅絹がそれを真似《まね》する。おそるおそるといった感じで口を付けた。

一口飲んだあと、紅絹は十兵衛ににこっと笑う。どうやら口に合ったようだ。どこか幼いその笑みに、なんだか十兵衛も嬉《うれ》しくなった。口許《くちもと》が自然と綻《ほころ》ぶ。

「口に合ったようで何よりだ。今日は冷えるぞ、今のうちに体を温めておくのが良いな」

二人の様子をのんびり眺め、二杯目の汁を盛りながら大悲が言った。十兵衛と紅絹が一口啜《すす》る間に、もう一杯目を食べおわっていたらしい。

「……相変わらず良く喰うなぁ」

呆れたように十兵衛がいうと、大悲が箸を止めることなく答えた。

「そろそろ牙《きば》がぐらついてきたのでな。抜くために色々蓄えておかねばならんのさ」

その言葉に、十兵衛は久しぶりに、この鬼が人を喰う理由を思い出す。思わず間の抜けた問いをした。

「抜けそうなのか」

「そうだなぁ。あと五、六人程喰らえば抜けるな」

十兵衛の問いに、大悲がのほほんと返事をした。言っていることは物騒だが、残りわずかでこの鬼もようやく軛《くびき》から離れることが出来るのかと思うと、嬉しいような、羨《うらや》ましいような、そんな複雑な感じがする。この鬼はようやく元の自分に戻れるのだ。それは帰る場所があるのに似ている。

紅絹にも故郷はあるわけで、何処にも戻れないのは自分だけだ。

「神蟲《しんちゅう》の牙が抜けたら、あんたはどうするんだ」

「別にどうもせぬよ。俺はお前に憑いている鬼だからな。お前が死ぬまでそれはかわらん」

それはつまり、仇討ちの手伝いは続行されると言うことだろうか。なんやかんやでこの鬼の力は役に立つ。失うのは惜しかった。

十兵衛がそんなことを考えているうちに、大悲は三杯目、四杯目とどんどん汁を平らげていく。多分二十人分はあった鍋の中身が瞬《また》く間に大悲の腹に消えていった。最終的には椀によそうのが面倒になったらしく、まだ熱いであろう鍋を両手で抱え、直接汁を啜る始末だ。

紅絹は、椀を抱えたまま、不思議そうにそれを見ている。

やがて一滴の汁も余さず鍋の中身を飲み干すと、大悲は大きく伸びをしてごろりと床に寝転んだ。洗い物は十兵衛の役目だと言うように、空の鍋や椀に見向きもしない。十兵衛も心得たもので、紅絹が食べおわるまで待った後、黙って鍋の中に椀と箸、そして匙を投げ入れる。そのまま、外に行くため立ち上がった。小屋の裏手には沢があり、炊事や洗濯はすべてそこで行っているのだ。

戸を開けると、かなり大きい雪片が、一面に舞っていた。初雪だった。

濃い緑の竹林に雪が舞うのは実に絵になる。

「雨ではなく、雪になったか」

寝転んだまま外を眺めて大悲がいう。

「これは積もるな……」

そう呟くと、十兵衛は空いた手に桶《おけ》を持ち、すぐ近くにある沢へと降りた。雪がひどくなる前に、洗い物ついでに水を汲《く》んでおこうと思ったからだ。寒さがきつくなると、沢でさえ凍り付く。水を汲むなら今のうちだ。

少し歩くと沢に着いた。源流に近いため、水は綺麗で澄んでいる。

沢では、大きな雪片が吸い込まれるように水面に沈んでいく。岸の傍、流れが淀んだ辺りは既に、霙《みぞれ》のように半分ほどが固まりつつあった。やはり、明日になったらこの沢も凍ってしまうのかもしれない。

沢で鍋や椀を洗う十兵衛の手も、直ぐにかじかむ。寒さを通り越して痛いほどだが、しかし、十兵衛はその痛みが嫌いではない。

寒いと不思議に頭がしゃんとして、目の前が澄み切ったようになるからだ。自分がどこか研ぎ澄まされるような気がする。

研がれる感覚はなんだか良かった。仇討ちのことばかり考えていると、心の芯《しん》にそれが幾層にも積み重なって、大事な何かが鈍《なま》っていくような気になるからだ。刃物にとって、鋭利なのはいいが、なまくらはいけない。

ぼんやりとそんなことを考えていた十兵衛の表情が、不意に鋭く引き締まった。人の気配をすぐ近くに感じたからだ。杣人《そまびと》や山人のものではない。明らかに侍の、しかも複数の殺気だった。

十兵衛は、さりげなく鍋や椀を足下に置き、かじかんで動かない手を息で吹いて良く揉《も》むように暖めた。山人の祖父から、直ぐに暖める方法はしっかりと教わっている。掌《てのひら》にある二つのツボを交互に押すと、たちまちのうちに手がほぐれ、ぽっぽと暖かくなっていく。

十分に血が通ったのを確認し、十兵衛は、そのまま無造作に腰にある刀へ手をやった。誰にも悟られぬよう、そっと鍔元《つばもと》を握りしめ、さりげなく鯉口《こいぐち》を裏切っておく。雪で柄《つか》が濡《ぬ》れぬように袂で覆ってあるのはあたりまえの習慣だから、今回も問題は無い。

いつ襲われても対処できるようにしておきながら、十兵衛はほんのわずかに膝《ひざ》をまげ、眼だけで周囲を見回す。

人の気配は、沢から少し離れた雑木林の中にあるようだ。この辺りは文字通り十兵衛の庭である。木々の並びを思うだけで、何処にどうやって隠れているかは、あっという間に察しが付いた。

——自分から行くべきか、それとも相手が出てくるのをこのまま待つべきか。

そんなことを考えていると、不意に、一匹の蛾が、雑木林の奥からふらっと現れた。禍々《まがまが》しい程に紅《あか》い、蝶《ちょう》と見まごうほどに鮮やかな色をした蛾だ。

櫛《くし》のような触角と丸々とした腹のせいで、それは蝶ではなく蛾だとわかったが、正直、見ていて気分の良い物ではない。真冬に、しかも雪の舞い散る時に飛ぶ蛾などあり得ないだろう。

——三匹目だ。

そう思ったときには、十兵衛の刀は既に抜かれている。その赤い蛾に、不穏な何かを感じたからだ。思考より先に、躰《からだ》の方が動いていた。

紅い蛾がふらふらと刀の間合いに入った瞬間、十兵衛は無声の気合いを発して、その胴体を縦に真っ二つに断ち斬る。

鱗粉《りんぷん》がぱっと舞う。

瞬間、信じられないことが起こった。

腹が二つに裂かれた途端、そこから飛び散ったのは、虫特有の黄色っぽい体液ではない。真っ赤に迸《ほとばし》る鮮血だった。しかも、一寸にも満たない腹なのに、零《こぼ》れ出たのは、一升はあろうかというほどの大量の血だ。その血を顔半分に浴びた十兵衛だったが、しかし、目だけはしっかりと守られていた。金気の臭《にお》いのするそれは、間違いなく人の血だ。ぞっとした。

自らの血の海で、真っ二つになった蛾が藻掻《もが》いている。その様がひどく悍《おぞ》ましい。油断なくそれを見つめる十兵衛が、不意にその場から飛び退《の》いた。一瞬置いて、森の奥から矢が二本飛来する。

矢は、直前まで十兵衛が居た場所に正確に突き立った。中々の腕を持つ射手《いて》だといえたし、また、雑木林の中だから半弓に違いないが、かなりの弓勢《ゆんぜい》だと思う。

十兵衛は、特に身を伏せるでもなく、そのまま凄《すご》い勢いで林の方へ駆けだした。即座に次の矢がまた二本放たれたが、すれ違うように難なく避けると、十兵衛は林の中へ飛び込んだ。

すでに頭は蛾から新しい刺客へと切り替わっている。十兵衛は矢の飛んできた方角から、射手の位置を既に割り出していた。獣のように姿勢を低くして、薄暗い林の中を一気に駆け抜けると、たちまちのうちに半弓を構える一人を見つける。新しいこざっぱりした小袖《こそで》を着込んだ侍だ。

それが何者かさえ考えず、十兵衛は一刀のもとにその男を斬り殺す。

ぱっと散った赤い飛沫《しぶき》が、積もりかけた雪を派手に汚す。

「ひぃッ！」

間近から引き攣《つ》るような声が聞こえる。二人目だとそれでわかった。一人目よりもだいぶ若い。

その男は仲間の死に動転しているようだった。身を隠すことも忘れ、十兵衛の頭に狙《ねら》いを付けて思い切り弓を引き絞っている。

——こいつら、戦いには素人《しろうと》だ。

そう確信した十兵衛は、放たれた矢を頭を振って避けると、一足飛びに近づいて、今度は逆袈裟《ぎゃくけさ》に刀を振るった。半弓ごと真っ二つにされた男が一瞬で絶命する。

断末魔の声は聞こえなかった。

手慣れた射手は、決して頭を狙わない。頭は常に動くものだから、場数を踏んだものならば、余り動きのない胴を狙うのだ。

銃と違って弓矢の場合、鏃《やじり》に毒を塗れば、かすり傷を負わせるだけでも十分な殺傷能力を持つ。それをしないということは、場数を踏んでいない証《あかし》でもあった。十兵衛が彼等を素人と断定したのもそこにある。

半弓遣いの二人を屠《ほふ》った瞬間、木々の陰から五人の侍が抜刀して飛び出した。二人は血相を変えているが、三人は冷静だ。構えでわかる。

かねてから稽古でもしてあったのか、男達は一斉に円を描くようにして十兵衛を取り囲んだ。棟梁《とうりょう》らしい男が周りの者に鋭く言った。

「いいか、決して殺すな。この小僧には《荷》の在処《ありか》を吐かせねばならぬ」

「《荷》？」

十兵衛が訝《いぶか》しげに呟くのと、男達が一斉に上段で押し包むように斬りかかるのはほぼ同時だった。気合いの声が細雪《ささめゆき》を微《かす》かに揺らす。

一つ間違えれば、十兵衛ごと仲間を傷つけるかもしれないような、そんな布陣だ。相打ちを怖《おそ》れていないというよりも、相打ちにならない絶妙な角度で斬りかかっているのがわかる。かなりの訓練を積んでいるようだった。

見事な連携だったが、十兵衛は特に動じた様子もない。醒《さ》めた目で正面を向いたまま、いつの間にか刀を逆手に持ち替えている。

無拍子で動き、背後から斬りかかってきた男の首を、振り向きもせずに刀で突いた。

「ぎゃッ！」

予想外の攻撃に、喉《のど》を突かれた男が絶命する。

十兵衛は背後も見ずに、流れるようにその刀を勢いよく振り抜く。その刃は、斜め後ろにいる男の首をきっかり五分だけ斬り裂いた。躊躇《ちゅうちょ》もなにもない、作業のような動きである。

男の喉にもう一つの口が出来たようだった。ぱっくりと喉が裂かれ、そこから面白いように血が噴き出す。十兵衛はわずかに身を屈《かが》めることでその血を浴びるのを回避するが、正面から斬りかかってくる男はそうもいかない。不意打ちで顔面にたっぷりと血を浴びた。

「うわぁ」

仲間の血に怖《お》じ気《け》づいたか、男は悲鳴を上げると思わず目を瞑《つぶ》ったようだ。

その瞬間を見逃さず、十兵衛はすかさず踏み込んでその腹を存分に薙《な》いでいる。身を捩《よじ》るようにしてすれ違う。

男は数歩たたらを踏んだが、やがて、ごぼっと腸《はらわた》を腹から零してそのまま倒れた。

多分このまま、一切《ひときり》もしないうちに死ぬだろう。

予想外の十兵衛の動きに、残りの二人は相打ちになりかける。あわてて刀を引きながら、一人が叫んだ。

「殺せ、殺さないとこちらが殺《や》られる」

それを聞いた十兵衛は、今頃気付いたのかと、少しだけ鼻白んだ。

こっちは端《はな》っから全員殺す気でいる。だから、相手だってそのつもりで挑まなければ、徒《いたずら》に殺されるのは明白だった。それもわからず襲いかかってきたのかと思うと、どうにもこうにも片腹痛い。

「どいつもこいつも、素人が」

十兵衛は、腹の中で呟いた。

人を殺し慣れていない者は、どうしてもそれを躊躇するものらしい。

躊躇のあまり、殺さない理由を何とか見付けようと無理な注文を己に課すのだが、結局それが枷となり、こうやって何も出来ずに死んでいく。

殺し合いの場では、躊躇した方が先に死ぬ。それがわかっている十兵衛は、端っから手加減など考えない。自分の前に立つものは、片っ端から殺すつもりだ。

十兵衛は醒めた目のまま、無造作に動いて一人を斬った。そいつが絶命するより早く、あらためて逆袈裟で最後の一人を斬り殺す。

最初に蛾を斬ったときから、一切《ひときり》の時間も経《た》っていなかった。たったそれだけの間に、五人の男が絶命していた。半弓の射手も入れれば七人だ。

十兵衛は辺りに人の気配がなくなったのを確認し、刀に拭《ぬぐ》いをかけて鞘《さや》に収めた。

油断はない。その証拠に、柄からは手を離していなかった。七つの死体を見下ろして、ぼそっと呟く。

「こいつらのいう《荷》ってのは、やっぱり……」

口に出さずともわかっていた。紅絹のことだ。

すぐに大悲を連れてくる必要があった。

この男達の襲撃の目的や、あの紅い蛾について、知りたいことは山ほどある。紅絹に関わりがあるかも調べてもらわなければならない。

大悲に憑かれて良かったと思える唯一だ。

口の重い十兵衛には尋問なんかできっこない。だから喰うだけですべてがわかる大悲の力はなんとも便利だ。ついでに死体の処理も考えずに済むのも良い。

物騒なことを考えながらも、十兵衛は妙な寒気を覚えていた。

なんとなく、妙な胸騒ぎがする。人を殺した時にある、酔いのような高揚感とはまた別の、氷水でもぶっかけられたかのような悪寒《おかん》があった。

間違いなく、あの蛾のせいだ。大悲のいうとおり、冬の蛾なんぞ碌《ろく》なものではない。

首筋の毛がそそけ立つ。ぞっとしない。

悪寒に震える十兵衛は、木の上に蹲《うずくま》る小さな影に気がつかなかった。十兵衛が未熟だというわけではない。その影は完全に気配を断っていたからだ。口の中に雪を含み、白い呼気が漏れる事さえ防いでいる。

その影こそ、鳶丸だった。

鍋と桶を手にして荒ら屋に戻る十兵衛の後ろ姿を見つめながら、鳶丸はようやく緊張を解いて小さく呟く。

「あの小僧、何者だ？ 随分と殺し慣れておる」

すべてが予想外の出来事だ。

当初は、矢で軽く傷つけて、動けなくなったところを捕らえて口を割らせる予定だった。《荷》が誑《たぶら》かした人数がわからないからだ。

一人か二人しかいないようなら、皆殺しにも手間がかからない。しかし、もし仲間が複数いるようならば、此方《こちら》も慎重になる必要があった。

ここ数ヶ月、山で侍が神隠しにあうという噂《うわさ》は鳶丸も知っている。神隠しなどあるわけがない。おおかた、山賊にでも殺されて、死骸《しがい》は獣にでも喰われたに違いなかった。

その山賊が、万が一《荷》を拾い、更に誑かされていたら厄介だ。あれに誑かされると死兵も同然だからである。死者を改めて殺すのは骨が折れるし、難しい。

そう考えて、まずは目当ての小屋から出てきた少年を捕らえようとしたのだが、まさか一瞬で七人が殺されるとは思わなかった。

「仕方ない。狩人《かりうど》を呼ぶとするか」

鳶丸は、そう呟くと、懐《ふところ》から細い竹笛を取り出してゆっくり吹いた。空気の漏れる音だけが微かに響く。

「化け物の力を借りて、化け物を取り戻すというのも奇妙な話だ」

低く呟かれたその声は、霏々《ひひ》と降る雪の中に紛れて消えた。

顔面を緋《ひ》に染めた十兵衛を、真っ先に迎えたのは紅絹《もみ》だった。血塗《ちまみ》れの十兵衛に臆《おく》することなく、紅絹は嬉しそうに優しく笑う。迎えられた十兵衛の方が面を喰らった。大悲は相変わらず寝転んだままである。面倒そうに顔を上げ、十兵衛を見た途端、大悲がふっと片眉を上げげた。

「その顔の血、返り血にしては妙な臭いがするな。何があった?」

のんびりした声であるが、どことなく不審げな響きがある。その問いに、十兵衛は、少し言葉を詰まらせながら、先ほどの出来事を詳細に話した。巧《うま》く説明できたかはわからないが、輪郭くらいは話せただろう。

実際、それを聞いた大悲は、寝転がった姿勢からおもむろに起き上がった。心なしか、愉《たの》しそうな顔をしている。

「なるほどな、紅い蛾の腹から出た血か。それは中々面白い」

無精な筈《はず》の鬼はそのまま立ち上がると、「少し見てくる」とだけ告げて、雪の降りしきる外へ出て行く。

慌《あわ》てて案内しようとする十兵衛を手で制し、大悲が少し呆れたようにいう。

「お前はここにいろ。紅絹を一人にするでない。何よりも、早く着替えてその血を拭え。鬼でもあるまいし、お前、まるで人を喰ったような形《なり》だぞ」

大悲に言われて、はじめて十兵衛は、自分が血だらけだということに気がついた。人を斬った後というのは、どうにも気分がぽうっとして、ふわふわとした心持ちになるせいか、何処か抜けた調子になってしまう。

雪の中へ消えていく大悲をぼんやりと見送ると、十兵衛はふと思い立ち、刀を抜いて刃毀《はこぼ》れがないかを丹念に調べた。

大悲の言葉に、もしかしたら襲撃の可能性があることに思い当たったからである。

刃には薄く脂《あぶら》が付いていたが、しかし、相変わらず何処にも刃毀れはない。これもまた、テンコウとかいう鋼《はがね》の力であるのだろうか。

十兵衛は、念のためしっかりと刀身から脂を拭い、そうして丹念に研ぎをした。こうしておけば、また、何時何時《いつなんどき》襲撃があったとしても戦える。

刀の手入れを済ませると、十兵衛はようやく大悲に言われたとおりに着替えを済ませた。洗濯は後にする。

そうして顔を拭ったが、半ば乾きかけているせいで、全部の血までは拭いきれない。

パラパラと赤い粉が床へと落ちた。

乾いた血は、冷たい水では落ちないことを、十兵衛は経験から知っている。だから少しだけ思案し、鍋に水を入れて自在鉤《じざいかぎ》に掛けた。ぬるま湯でなら固まった血も溶けるだろう。

そこまでを手際よく済ませた十兵衛だったが、とりあえず湯が沸くまでやることがなくなった。その事に気がついて、改めて困惑する。

これから湯が沸くまでの時間、一体どうすれば良いかわからない。紅絹と二人きりというのが更に困る。

話をするにしろ、大悲がいなければ意思の疎通《そつう》も出来ないし、さりとてこのまま黙っているというのも気詰まりだった。どうしたものかと思っていると、不意に紅絹がにっこりと微笑《ほほえ》んだ。十兵衛ににじり寄り、その手を取った。

深い碧《あお》の瞳《ひとみ》が十兵衛の目を覗き込む。碧い目にぐるりと金の輪が幾つか浮いているのが微かに見えた。

「……紅絹？」

その碧の瞳に滲む何かの気配に、わずかにうろたえて十兵衛が問うと、紅絹が小さく笑ったようだ。その唇からちろりと赤い舌が見えた。

紅絹は、十兵衛の顔に口を寄せる。そのまま、こびりついたままの血をぺろりと舐《な》めた。まるで母猫が子猫の毛繕いをするような入念さだ。なんだか尋常な気配ではない。

「お前、何を……」

十兵衛は、驚愕《きょうがく》して思わず身を引こうとしたが、結局それは出来なかった。

その瞬間に、十兵衛の躰が金縛りに遭《あ》ったように動かなくなったからだ。動かない、というよりも、動けない、という方が正しいだろうか。

紅絹の瞳の碧に、なんだか魅入られて目を逸《そ》らせない。

ふっと十兵衛の頭に、見たこともない場所の景色が浮かぶ。あの時と同じだった。

夜の海は凪《な》いでいた。鈍色《にびいろ》の雲の切れ間からは光の筋が幾つも海面へと差し込み、わずかに暖かみがある。

引き潮のせいで顔を出した岩礁《がんしょう》の上に、幾人かの半裸の女が寝そべっているのが見えた。皆、一様に美しく、長い髪をしていた。寒そうなのに一糸まとわぬ姿で、下半身を水につけ、何か声を合わせて歌っている。

その声には逆らいがたい何かがあった。躰の中の歯車が狂わされるかのような、さりとて何処《どこ》か心地《ここち》好い、そんな声だ。

波の向こうから、歌声に誘われるように、大きな船が近づいてくるのがわかる。三本の帆柱が立った、巨大な船だ。

女達の声が、一際高くなった——。


その映像が不意に途切れた。

次の瞬間、戸外から凄《すさ》まじい爆発音が立て続けに三度響く。それは、先刻《さっき》、七人を斬った林の辺りからしたようだ。まるで落雷でもあったかのように、びりびりと空気が大きく震えるようだ。

その音に、はっと我に返った十兵衛は、予想以上に間近にある紅絹の顔を見て更に驚く。

紅絹もまた、我に返ったようだった。自分のしたことが信じられないというようにぽかんとしている。

「紅絹……?」

恐る恐る呼びかけた十兵衛を見る紅絹の眼はひどく悲しそうだった。こんな悲愴《ひそう》な眼は見たことがないくらい、肝が痛くなりそうな程の哀《かな》しみに満ちている。

「一体、何があったんだ……？」

十兵衛は思わずその頰に右手で触れた。ひどく滑らかで冷たい肌だ。

紅絹が、頰に触れる十兵衛の手に、そっと自分の手を重ね合わせる。何かを、声にならない声で呟いた。

泣いているようなその表情に、十兵衛はひどく胸が締め付けられるような痛みを感じる。それは、父の死から刺さったままの、痛い棘《とげ》の疼《うず》きとひどく似ていた。否《いな》、二本目の痛い棘だ。

この少女に、何か言ってやらねばならなかった。たった一言でいい、伝えなければならない言葉がある。

そう思い、口を開きかけた瞬間——。十兵衛は、ちりっと、全身の毛が逆立つような悪寒《おかん》を感じた。先刻の比ではないほどの切羽詰まった感覚だ。

それは明らかに殺気だった。

反射的に十兵衛は紅絹を抱くと、部屋の隅へと飛び退いた。ほとんど無意識の行動である。紅絹の口から声のない、悲鳴のような空気が漏れた。

次の瞬間、屋根が突き破られ、丁度二人の座っていた場所めがけ、巨大な槍《やり》が降ってくる。間一髪のところだった。

距離を取ってみたそれは、槍ではなく、巨大な槍を携えた巨漢、といった方が正しいか。しかし、何の前触れもなく現れたそれからは、人の気配がしなかった。

笠を目深《まぶか》に被っているせいで、まったく表情が読み取れない。まるで傴僂《せむし》のように、背中がこんもりと盛り上がっているのが奇妙だった。

男は無言で床から槍を引き抜き、緩慢《かんまん》ともいえる動作でゆっくりと二人の方へ向き直る。着ている物が妙に豪奢《ごうしゃ》で、金には不自由していない身分のようだ。しかし、侍という感じは何故《なぜ》かしない。手にした武器のせいだろう。

男が手にする槍の柄は、どうやら鋼を練った物らしく、かなりの重量が見て取れた。どれほどの刃を受けてきたのか、あちこちに刀傷が刻まれている。また、腰に差した二本の刀は、普通の刀と脇差《わきざし》の組み合わせではなく、両方とも大刀のようだ。

そういう部分もまた、得体の知れない奇妙さがある。

十兵衛は紅絹を背に庇《かば》い、刀の鯉口を切った。何者だ、というような無駄な問いは一切しない。訊いたところで、この手合いが答えないのはわかりきっていた。

殺し合いというのは、だいたい、口を利《き》いた方が負ける。口を利くと呼吸が乱れ、そこから気のような何かが抜けていくからだ。気が充実していないと、刀もそれに応《こた》えない、というのが師である松山主水の教えだった。

男は無造作に、妙にぎくしゃくとした動きで槍の穂を十兵衛に向ける。

守るものがある分、十兵衛の方が不利だった。しかし、狭い室内のこと、迅《はや》さという点では槍よりも刀の方がやや分があり、そこが唯一勝ち目のある点だ。しかしそれを存分に利用するためには、槍の攻撃範囲から紅絹を外す必要があった。紅絹を狙われては元も子もない。

先に動いたのは男の方だった。ほぼ無拍子で、真《ま》っ直《す》ぐに槍の穂が突き出される。十兵衛はとっさに右側に紅絹を突き飛ばし、自分はその勢いで左に避《よ》けた。丁度二人が元いた位置に穂先が刺さる。割った真竹を敷き詰めただけの床が、槍が刺さった瞬間に、ボッと低い音を立てて粉々に飛び散った。すさまじい一撃だ。

だが、十兵衛も、それを避けつつ、居合いで刀を抜いている。鞘走った光芒《こうぼう》は、そのまま真っ直ぐに男の喉に向かって吸い込まれる筈だった。しかし――。

「!?」

刃物がかち合う澄んだ音がした。いつの間にか抜かれた大刀が、十兵衛の一撃を食い止めたのだ。

十兵衛は、己が目を疑った。男の二本の腕は、確かに槍を握っている。その槍も、まだ床に深く突き刺さったままだ。

十兵衛の刀を止めたのは、着物の背を突き破って飛び出した、三本目の腕だった。傀儡のように見えたのは、どうやらこの腕を隠していたかららしい。

一瞬だけ啞然《あぜん》とした十兵衛を、もう一本の大刀を携えた四本目の腕が横薙ぎに襲う。

避けられたのは僥倖だった。反射的に後ろに飛んだ十兵衛の眼前すれすれを銀光が過《よ》ぎっていく。床を転がるようにして間合いを取った十兵衛は、改めて男の姿を見て絶句した。

それは、まったく人ではなかった。輪郭はまるで蜘蛛《くも》だ。

二対の腕を阿修羅のように蠢《うごめ》かせる男の肌は土気色で、血が通っている様子がまるでない。更にはこのわずかな攻防で、十兵衛の方は額に汗を浮かべて息を荒くしているのに、男の方は呼吸すらしている気配がなかった。

この男からは生気がまったく感じられない。

例えるなら、生きている屍《かばね》というような、そういう風情《ふぜい》だ。ぎくしゃくとした動きなのに、どこか滑らかで継ぎ目がなく、隙《すき》というものが一切ない。

男は、手にした槍と二本の刀で、絶え間なく斬撃《ざんげき》と突きを放って襲い来る。十兵衛はかろうじてそれらを見切って躱《かわ》すが、狭い室内故《ゆえ》に、あっという間に壁際まで追い詰められた。

こうなると、もう逃げ場がない。正面を行けば槍があり、左右へ避ければ刀が襲う。避けるためには後ろに飛ぶしかないのだが、しかし、背後は壁なのだ。

どうするか、と思う間もなかった。これを逃れる方法は、ただ一つしかない。

男の手から凄まじい勢いで槍が繰り出された。同時に左右から刀が襲う。十兵衛は、ほんのわずかだけ移動して、致命傷にならない程度に脇腹を槍の穂で抉《えぐ》られた。そのまま走るように男へと踏み込んだ。

刀を持った腕は背中にある。だから、左右の刀は、躰の内側に入り込まれれば深くは切り込めないはずだ。

刀と槍が紙一重の差で交差する。本来ならば、その切っ先はずっぷりと男の腹に潜り込む筈だった。しかし、刀は腹に沈む前に、かつん、という小さな音で何かによって止められる。十兵衛が力一杯に押してもびくともしない。

何だ、と思う間もなかった。十兵衛はその刹那《せつな》に刀を押し込むことを止《や》め、勢いがあるうちに、男の股《また》の下へ滑り込む。滑りながら素早く引いたら、刀のほうはすぐに抜けた。

男の股をくぐり抜けた瞬間に、上から二本の刀が降ってくる。右側は刀で受け、左側だけ腕を掠《かす》めさせてなんとか避けた。そのまま男の背中へ回る。

ぎこちない動きの癖に、信じられない速さで男が振り向いた。その時、十兵衛は、己の突きを止めたものを目《ま》の当たりにする。

男のはだけた着物の間には、瞼《まぶた》を紅い絹糸で縫い合わされた、青年と思《おぼ》しき人の顔があった。

寺の説法用の絵草紙で見る、人面瘡《じんめんそう》というやつに似ていたが、明らかに違うのは、その顔が糸でもって、腹に縫い付けてあるところだろう。

飾りや酔狂の類《たぐ》いではない。忌《い》むべきことに、その顔は、紛うことなく生きていた。縫い合わされた瞼を開こうと顔の筋肉が痙攣《けいれん》している。口から血を零しているところを見ると、この歯が切っ先を止めたようだ。

その顔は、縫い合わされた瞼から、血の涙を流してずっと何かを訴えている。延々と地獄の責め苦を味わわされているような、そんな痛苦に満ちた顔だ。

――これは……化け物か？

それを目にした十兵衛は、己の首の毛がぞわっと逆立つのを感じた。あり得ないものを見たというよりも、悍《おぞ》ましいものを見た、といった感じが強い。

しかし、立ち止まって何かを考えている暇はなかった。男が再度槍を構えて戦う姿勢を見せたからだ。

後ろには、紅絹がいるはずだった。避けるわけにはいかない。

十兵衛は咄嗟《とっさ》に踏み込んで、低い位置から逆袈裟で伸び上がるように斬り上げた《き》。

そして斬り上げた直後に、今度は稲妻のように斬り下げる。二段構えの攻撃だ。

男は躰を逸らすことでなんとかそれを避けたが、笠までは無理だった。切っ先が触れた途端に笠が割れ飛び、男の顔が顕《あら》わになる。

その顔を見た十兵衛は、戦いの時の禁を忘れ、思わず呟く。

「荘林《しょうばやし》……十兵衛……？」

それは、一年前、松山主水を暗殺した男の名前だった。そして、はじめて十兵衛が殺した人間の名でもある。

死んだはずの、すべての始まりの男がそこにいた。

荘林十兵衛の顔は体と同じく土気色に青ざめて、まるで屍のようだった。片目だけが糸で縫い合わされているのだが、もう片方もどろりと濁り、何かを映しているようには到底見えない。

しかし、それは間違いなく殺したはずの仇《かたき》の姿で、驚愕のあまり、十兵衛の動きが一瞬止まる。

荘林はその隙を逃さなかった。ぎこちない動きのくせに、妙に鋭い足技で、十兵衛のみぞおちを蹴《け》り上げる。

「ぐッ！」

十兵衛はそれをまともにくらった。避けることなど不可能で、そのまま勢いよく背後の壁に叩《たた》きつけられる。それでも勢いは止まらずに、壁を破って外まで吹っ飛んだ。吹き飛ばされた先は、竹藪《たけやぶ》のある左右ではなく、家の真裏だ。三間ほどは開けているが、その先は切り立った崖《がけ》になっている。雑草が生い茂りよくは見えないが、一本だけ大きな山桜の木が生えていて、そこが丁度、地面と崖との境界線だ。

強《したた》かに地面に叩きつけられた十兵衛は、暫《しばら》く動くことができなかった。全身の打撲に小さく呻吟《しんぎん》する。

十兵衛は小柄故に、身軽ではあるが重さがない。そこまで痩《や》せているわけではないのだが、衝撃を受け流したり、吸収できる程には肉がないのだ。

迅さも膂力《りょりょく》もあるが、防御だけは他の誰よりも著しく劣る。それが十兵衛の弱点だった。

壁に空いた穴から、荘林が巨体を縮こまらせてゆっくりと這《は》い出してくるのが見える。十兵衛は、刀を杖《つえ》に立ち上がると、ペッと血の混じった唾《つば》を吐いた。全身がひどく痛んだが、知ったことかとそう思う。

妙な歓喜があった。

ようやく父殺しの黒幕への手がかりが現れたのだ。異形であろうがなかろうが、目の前の男が荘林十兵衛であることには違いない。この男なら、《御方さま》の正体を間違いなく知っているはずだ。

下《した》っ端《ぱ》を殺したところで、辿《たど》れる糸は限られている。しかし、荘林十兵衛であるのなら、確実に黒幕の正体を知っているはずだった。

一年余の時間を掛けて、ようやく真の仇の名前がわかる。そのことに、妙に気分が高揚していた。

これで、やっと仇討ちを終わらせることが出来るかもしれない。少なくとも、誰を憎んでよいのかわからない、この宙ぶらりんの状況からは解放される。

そのためには、この異形をなんとしても倒さねばならない。十兵衛は、改めて柳に刀を構え直す。異形と対峙《たいじ》し、きっぱりとした声で言った。

「俺の名は松山十兵衛。貴様に殺された、松山主水大吉の息子だ。改めて、父の仇を討たせて貰《もら》う」

名乗りと同時に、胸に刺さったままの棘が、更に痛みを増した気がした。

一方、十兵衛の言葉を聞いた荘林もまた、その態度を一変させる。その顔を覆《おお》っていた虚《うつ》ろな何かが剝《は》がれ落ち、殺気どころではない、もっと凄絶《せいぜつ》な何かが、一気にその体から放たれたようだった。

「マツヤマ、マツヤマ……」

妙に舌が回らない声で呟《つぶや》くと、荘林は風車のように槍を振り回し、十兵衛に突きかかる。

十兵衛もまた、それを避けることなく荘林に向かって躊躇なく突っ込んでいく。

雪がいっそう激しさを増した。


「化け物が……」

鳶丸は、右肩をきつく縛りながら、息も絶え絶えに呟いた。

煙硝《えんしょう》と木々の燃える臭いが、血の臭いを消している。

まるで大砲の直撃でも受けたかのように、周囲十間にかけて木々は折れ、ちろちろと紅い火が燻《くすぶ》っていた。

静かに降る雪が、それを消すように舞っている。

鳶丸の右腕は失われていた。あの化け物のせいである。

それは唐突に林の中に現れた。

墨染めの衣を着た、有髪の、異様に美しい男だ。雪の舞い散る中に現れたそれは、まるで冬の魔魅《まみ》のようだった。空から落ちる雪がそれに触れる度、微かに煌《きら》めくような光を放つのも、さもありなんと理解できる。

それほどまでに美しい男だった。

鳶丸ともあろう男が、一瞬見惚《みと》れた。

正気に戻れたのは、鳶丸が背負う任務の重さ故だ。あまりの美しさに蕩《とろ》けかかる脳髄を、更に突き刺す情念が鳶丸にはある。それは、美よりも遥《はる》かに重かった。

何者だ、と問う事はしなかった。死体を見られたからには、何者であっても、まず先にこれを殺さねばならぬ。鳶丸は視線を合わせるよりも迅く、隠し持っていた棒手裏剣を立て続けに三本、男に向かって投げつけた。一本は右目に、もう一本は左目に、最後は喉に突き立った。そう見えた。しかし……

「乱暴な爺《じじい》だな。まったくこの地の人間は、子供から老爺《ろうや》まで物騒で困ったものだ」

ぐらりと仰《の》け反《ぞ》って倒れたはずの男が、妙にのんびりとした声でいう。即死しないのも奇妙だが、こんな呑気《のんき》な声が出せるという方が奇妙だった。

男がゆっくり立ち上がる。突き立っていた筈の棒手裏剣は何処にもなかった。男は完全に無傷である。

——幻術か？

鳶丸はそう思う。今度は腰に差した直刀を抜き、すれ違いざまに斬った。確かに手応えがあった。けれど、振り向けば、臓物を撒《ま》き散らして死んでいなければならない筈の男は平然として立っている。

「ふぅん、お前は人の殺し方もきちんと心得ているようだ。中々面白い斬り方をする」

男は、ぽりぽりと服の上から腹を掻き、そうして呑気に微笑み返す。つり上がった口の端から、白い、綺麗《きれい》な尖《とが》った犬歯がちらっと覗《のぞ》いた。そのまま、優しいとさえいえる声で言う。

「しかし、そんな手で刀が握れるのは凄いなぁ。余程鍛錬を積んだと見えるが、まぁ真面目《まじめ》なことだ」

呑気な声だからこそ、余計にそれは剣呑《けんのん》だった。鳶丸は背筋に猛烈な寒気を覚えたが、しかし、この男に悟られるわけにはいかないと、無表情を必死で貫く。

ふと、何処かでごりごりと妙な音がする。鳶丸は、音のする方……男の足下を見て絶句した。

七人の死体が、男の影に喰われている。とろっとした粘り気のある影が、まるで獣の口のように牙《きば》を剝《む》き、死体をがつがつと喰らっていた。積もりかけた雪に零れた血だけが妙に鮮やかだ。

絶句する鳶丸に、愉快そうに男が言った。

「お主は、これらの目付役か。なるほど、鳶丸、というのだな」

言いながら、にこっと笑う。人なつっこい、それなのに異様に凄惨な笑みだった。自分の名を当てられて、鳶丸は更に驚愕する。その顔を見て、うんうん、と、何か納得したように頷《うなず》くと、男は面白そうに呟いた。

「お前の上にいる者を、こやつ等は何も知らないようだが、なかなか巧い仕組みだな、よく考えたものよ」

その通りだった。勢子達へは、肝心なことは何一つ伝えていない。彼等は、自分の真の主が誰かさえ知らないはずだ。これは、忍がよく使う手だった。

万一捕らえられて拷問《ごうもん》されても、知らぬ事は吐きようがない。ただの用心だったが、それが役に立ったと初めて思った。

どうやってか知らないが、この男は人の心を読むらしい。化け物だ、と強く思った。そう思うと、急に男のその美しささえ恐ろしい。これは明らかに人ではなかった。何か他の、埒外《らちがい》だ。

鳶丸の思いを他所《よそ》に、男は、思案するように首を傾《かし》げていたが、やがて、花が咲いたように、にこっと笑う。その美しさに鳶丸が一瞬見惚れるうちに、男が意味ありげな台詞《せりふ》を吐いた。

「やられっぱなしでは間尺《ましゃく》に合わぬ。とはいえ俺は人殺しが出来ぬのでな。だから、片腕を貰っておこうか」

鳶丸の右腕が消えたのは、その言葉と同時だった。目の前を昏《くら》いものが通ったと思った途端、一瞬後に肩口から血が繁《し》吹《ぶ》き、薄く積もった雪を濡らす。獣の形を取った影が、鳶丸の片腕を咥《くわ》えているのが目に入る。

痛みも衝撃も、何もないのが不思議だった。

優しげな、とさえいえる口調で男がいう。

「愉快なものを見せて貰った礼だ。命までは取らぬ。だから、お前の主に伝えておけ、我等に構わぬ方が長生き出来る、と」

飄々《ひょうひょう》と告げられる言葉には、なんの脅しもてらいもなかった。ただ、淡々と事実だけを告げるような風情に思える。

けれど、鳶丸は、戦慄《せんりつ》するように鋭く感じた。

——これは、我等に害為《あだな》すものだ。

何が何でも、殺すしかない。鳶丸は覚悟を決めた。その思いを知ってか知らずか、男が一歩足を踏み出す。それだけで鳶丸はすくみ上がった。

蛇に睨《にら》まれた蛙《かえる》のように、その場から動くことがまるで出来ない。いや、むしろ、自ら首を差し出したくなるような妙な官能がそこにあった。

この男は本当に美しい。まるで、《丸屋様《まるや》》のようだ——。

ある女人の絵姿を思い浮かべた途端、鳶丸の呪縛《じゅばく》が解けた。そうだ、自分はこんなところで死ぬわけにはいかないと、躰《からだ》の芯《しん》から何かが湧《わ》き出る。

鳶丸は、咄嗟に手持ちの炸裂弾《さくれつだん》三つをすべて投げ、背後に飛んだ。血止めがまだの右肩から血が筋になって宙に流れるが、鳶丸は一切それに構わない。この化け物から逃げるには、手当てより先に動くしかなかった。

屍体《したい》の脂から作り出したこの炸裂弾はとっておきだ。一発で大岩をも吹き飛ばす。轟音《ごうおん》が三回轟《とどろ》き、林が半分ほど吹き飛ぶのが見えた。鳶丸自身も爆風により、かなり遠くまで飛ばされた。

受け身を取れたのは僥倖《ぎょうこう》だ。それでも雪の積もった地面へと叩きつけられ、何処かが折れた。それほどの爆発だった。

立ち上がるのに、かなりの時間を要したが、しかし、生きているには変わりない。

視線の先には、地面がえぐれ、大きな穴が開いている。

鳶丸は改めて、林の半分を吹き飛ばすほどの火薬を使えば、さすがにあの化け物も死んだはずだと、祈るようにそう思う。事実、辺りには、転がっていた屍は勿論《もちろん》、草の根一つ残ってはいない。あの化け物も粉微塵《こなみじん》にでもなったのだろう、肉片一つ見当たらなかった。安堵《あんど》した。

「化け物が……」

もう一度吐き捨てると、鳶丸は失《な》くした腕を庇うようにして立ち上がる。

あの男に関わったせいで、随分時間を無駄にした。一刻も早く、狩人と合流せねばならなかった。あれは一体何だったのかと、今更ながらに思ったが、それを確認する術《すべ》はない。命があるだけで幸いだ。

――《丸屋様》があの化け物から守ってくれた。

鳶丸は、胸に手を当て、そこに吊《つ》るされた木っ端をまさぐり感謝する。穏やかで美しい、白磁の肌のあの女人の慈愛に満ちた顔を思い出す。あの方のためなら、命など惜しくはない。

鳶丸はよろめきながらも林を出て、そのまま真っ直ぐに荒《あば》ら屋《や》へ向かう。その横顔は、ある意味では修羅そのものの顔だった。

故に、鳶丸は気付かなかった。爆発により大きく窪《くぼ》んだ地面の真ん中に、真っ二つに割れた獣の牙のようなものがあることに。

雪が舞い散る中、地面の黒が濃くなった。

十兵衛と異形の戦いは、苛烈《かれつ》の一言に尽きた。

互角、というには、いささか十兵衛の方が傷を負っている分不利である。

元々、槍と刀の戦いというのは、余程の実力差がない限り、圧倒的に槍が有利だ。狭い室内であればこそ、槍相手でもなんとか戦えるが、一旦《いったん》戸外へ出てしまえば優位は一気に逆転する。しかも、荘林は槍の他にもう一つ、背から生えたもう一対の腕が双剣を操るのだ。いわば、二人を相手にしているようなものだった。避けようにも、この先は崖である。たった三間の空き地では、然々《そうそう》逃げ場もなかった。

十兵衛は、じわじわと追い詰められる。しかし、その表情は決して諦《あきら》めてはいなかった。いや、そんな前向きなものではない。その目には、もっと執念深い、昏い火が燃えていた。湿った炎とでもいうべきか。それはひどく粘質な炎だった。

槍というのは突くだけが能ではない。おもいきりぶんまわし、当たるを幸いに柄で殴る、というのが主な戦法だ。遠心力でその破壊力は増していき、当たったものは躰の何処かが必ず壊れる。

荘林の槍を受け止めれば、刀が折れるは必定だったが、しかし、このまま避け続けていても状況は変わらない。血がどんどん失われ、やがて、動くことも出来なくなる。

やることは一つだけだった。

十兵衛は、刀を八双《はっそう》に構えながら、じっと男の槍を見る。どこか鬼気さえ感じる灼《や》けた眼だった。

十兵衛は、貫左に教えられた、鉄の《目》を探す。触れることなどは到底無理で、ならば、ただ見るのではなく、ひたすらに『観《み》る』しかない。だが、その《目》を見つけられたとしても、刀で断ち切る事は果たして可能であるのか否か。その判別が尽きかねる。

——刀っていうのはな、信じていれば必ずそれに報いるもんだ。

ふっと貫左の言葉が胸に過ぎった。刀というものが信じる心に報いるというのなら、だったら自分は、それを信じきればいいだけだと思い当たる。

これは父から継いだ刀なのだ。であるのなら、それだけで信じるに値する。

十兵衛は、腹を括《くく》った。腹を括ると、雑音がすっと消えた。荘林十兵衛の姿さえ消え、見えるのは、迫り来る槍と刀だけになる。

十兵衛は、脇腹から血を繁吹かせて、大上段に刀を構えて大きく飛んだ。この一撃にすべてを賭《か》ける、というような勢いで、そのまま、刀を雷のように鋭く振り下ろす。

荘林がそれを受け止めるため、槍の柄を頭上で真横に構えた。定石通りの防御の型だ。

鋼を練った槍の柄は、刀の一撃如《ご》ときでは、折られることなど決してない。この異形に意思があるなら、さぞや愚かなことをと、内心で嘲《あざけ》っていたことだろう。しかし――。

信じがたいことが起こった。

十兵衛が気合いと同時に渾身《こんしん》の力を込めて振り下ろした刃が、その槍の柄と噛《か》み合った瞬間である。

ピン、と微《かす》かな音がした。

その音が消えるより早く、鋼の柄が真っ二つに折れる。

折れたというより、斬られたという方が正しいだろうか。荘林の握った槍の柄が、鏡のような断面を見せていた。

異形が微かに狼狽《うろた》える。十兵衛は、勢いを殺さずに、そのまま全身の力を込め、異形の頭上を一気に襲う。

父の形見の刀は、仇敵《きゅうてき》の頭を真っ二つに割り、へその辺りまで存分に斬りこんだ。腹に縫い付けられた顔の半分までをも割っている。

「ぢぢうえ……」

しゃがれた声が、やけに耳に残る気がした。

荘林の大きな体は、左右にべらっと分かれると、そのまま雪の上へと倒れ込んだ。背中の腕がしばらくは虫のように藻掻《もが》いていたが、やがてそれも動かなくなる。

「……やったか……」

小さく呟くと、十兵衛もまた、雪の上へとへたりこむ。全身の気力がほとんど失われていた。仇を討ったというような高揚感も特になく、人を斬った後の、あの妙な酔いだけが頭の芯を痺《しび》れさせている。

異形からは、血がほとんど出なかった。黒っぽい、臭い汁が切り口から流れるのみだ。

大悲が戻るのを待って、この屍を喰って貰えば、おそらくは《御方さま》の正体もわかるだろう。

しかし、大悲はこれを喰ってくれるだろうか。それは怪しいと十兵衛は思う。何故なら、これはどうにも不味《まず》そうだからだ。多分なんやかんやと理屈を付けて、結局は喰わない気がする。あの男は悪食《あくじき》だが妙なところで食にうるさい。

そんな愚にもつかないことを考えていると、ふと自分に向けて人の気配が近づくのを強く感じた。新手かと刀を構えて顔を上げると、紅絹が小屋に開いた穴から、覚束《おぼつか》ない足取りで此方《こちら》に向かって駆けてくる。

あんな柔らかい踵《かかと》でこんなところを走ったら、怪我《けが》をしてしまうのではないだろうか。

そう思った十兵衛は、慌てて紅絹を制止しようと立ち上がる。しかし、紅絹は止まらずに、そのまま体当たりをするように十兵衛の躰に飛びついた。勢いのついた紅絹の躰を支えきれず、十兵衛はよろめいて仰向けに雪の上へと倒れ込む。

後頭部を強かにうち、おまけに脇腹の傷が更に広がって、十兵衛は思わず痛みに呻《うめ》く。

「紅絹、お前、一体何を……」

『慌てているんだ』と続けようとした十兵衛は、紅絹の顔を見て絶句した。

紅絹は、ぽろぽろと幼子のように泣いていた。怖かったのか、あるいは心配してくれての涙かは一切わからないのだが、ただ、それはひどく十兵衛の胸を打つ。

仰向いた十兵衛の顔に、涙の粒が数滴零《こぼ》れた。ぽかんと開いた口の中に、紅絹の涙が一滴零れ、微かな塩味が舌に触れる。これは自分のために誰かが零した初めての涙だ。

そう思った途端、ずしんと躰の芯を揺さぶられるような衝撃があった。

寝転がったままの十兵衛の頬に、また紅絹の涙が滴《したた》った。

——嗚呼《ああ》。

十兵衛は、その感触に、ひどく遣《や》る瀬《せ》無《な》いものを感じる。胸が騒ぐというのとは違う、悔恨の花が咲くだけの心の原に、何か不思議な風が吹いたような感じがあった。

紅絹と出会ってわずか一日足らずなのに、この少女は恐ろしいほどに十兵衛の胸の中を占めている。可憐《かれん》な姿であるとか、目の深い碧であるとか、そういった姿形のことよりも、もっと何か深いところで響《とよ》むものが確かにあるのだ。

紅絹を見ると、何故だか胸の棘が深く疼く。痛みの根元と、この少女に感じる何かが一緒だからかも知れない。

この少女は一体自分にとって何であるのかが、十兵衛にはよくわからない。憐憫《れんびん》や同情などという、そういうものでもなさそうな、そんな奇妙な感情だ。

「もう泣くな」

言葉が通じないのを承知の上で、十兵衛が紅絹にいう。当たり前だが、紅絹は泣くのを止めなかった。どうしたらいいのか皆目《かいもく》見当が付かない。脇腹がじくじくと痛むことだけが、唯一《ゆいいつ》の救いのような気さえする。なんだかそれにすがるように、十兵衛は脇を押さえてわずかに呻いた。

大悲が戻れば血止めくらいはしてくれる。けれど、失った血肉が癒《い》えることはない。暫くは痛むだろうな、とぼんやり思う。

傷を押さえる十兵衛を見た紅絹は、涙を拭《ぬぐ》うと、何故だか、キッとした表情になった。そのまま紅絹は、唐突に十兵衛の着物の襟をがばっと寛《くつろ》げる。荘林の槍で抉られ、肉がごそっとなくなった脇腹が露《あら》わになった。

「!? お前、いきなり何を……」

狼狽える十兵衛を尻目《しりめ》に、紅絹はその傷口に顔を埋める。止める間もなく、何か柔らかいものが傷口に触れた気がした。

途端に痛みが、すっと消える。

「え……？」

茫然《ぼうぜん》として脇腹を見ると、そこにあったはずの傷が跡形もなく消えていた。傷があった名残さえ何もない。

ぽかんとする十兵衛に、紅絹が顔を上げて、にこっと微笑む。

「これは……お前が？」

気の抜けた声で尋ねるが、そもそも言葉が通じない。紅絹はきょとんと首を傾げたままだ。しかし、状況から考えても、これは紅絹の力であることには変わりなかろう。

「ありがとう」

十兵衛は、何はともあれ、素直に一つ頭を下げた。礼儀もあったが、しかし、心からの感謝である。それがわかったのか、紅絹が嬉《うれ》しそうに笑った。

その笑顔に釣られるように、十兵衛も思わず頬を緩めると、紅絹が少し驚いたような顔をした。そのあとに、今度はふんわり微笑んだ。

不思議と胸の奥が暖かくなるようなその笑みに、何故だか十兵衛の心に刺さったあの痛い棘がぐらつく。そこから何か熱いものが零れる気がした。

その正体を掴《つか》む寸前、十兵衛は背中に二ヶ所、ちかっとした痛みを感じた。何だ、と思う間もなかった。背後に人の気配を感じ、十兵衛は咄嗟に紅絹をかっさらって真横に飛ぶ。それと同時に、地面に数本の矢が突き刺さる。

「今度は何だ⁉」

紅絹を抱え、飛び退《の》きざまに背後を見た十兵衛は、そこに弓を構えた十数名の人影を見る。百姓のような身なりなのに、姿勢は明らかに武士である。先刻斬った七人とは違い、中年以上の男が多い。

全員の面構《つらがま》えがいくさ人のものだった。手強《てごわ》いと、瞬時に感じる。こういう時は逃げるが勝ちだ。自分一人なら兎《と》も角《かく》、今は紅絹がいるのだから。

十兵衛は、紅絹を抱え、そのまま林めがけて駆け出した、その瞬間である。呼吸が急激に苦しくなったかと思うと、視界がぐにゃりと歪《ゆが》みだす。

何だ、と思う間もなかった。

そのまま目の中が暗くなり、十兵衛はその場に昏倒《こんとう》する。少し離れた場所に紅絹が投げ出されるのが見えた。

急速に薄れゆく視界の中、紅絹が、声なき声で此方に手を伸ばして叫んでいるのが見える。あの手を摑んでやらなければ、とぼんやり思うが、しかし、それを行うことは十兵衛には出来なかった。意識が一気に暗闇《くらやみ》へと落ちていく。

地獄へ落ちるときというのはこんな感じかも知れない。なんとなく、安らかだ。

それきり十兵衛は、ことん、と意識を失った。

紅絹が動かない十兵衛の躰を必死で揺する。しかし、十兵衛は目を閉じたまま、ぴくりとも動かない。

不意に、二人の上に複数の人影がかかった。紅絹が、怯《おび》えきったようにそれを見上げる。

そこには、数人の屈強な男達が立っていた。さっきの百姓達とよく似た雰囲気だ。違うのは、全員が目隠しをして立っているということだろう。これでは周囲が見えないだろうに、それで不自由な様子は何処にもなかった。

男達の後ろから小柄な影が現れた。それは、顔から血の気が失《う》せた、隻腕《せきわん》の老爺……鳶丸だった。この老爺だけが目隠しをしていない。

紅絹が怯えたように、けれども必死の形相で十兵衛を庇うように、男達を睨み付ける。しかし。男達は微動だにしない。

鳶丸がゆっくりと紅絹に手を伸ばした。

雪が強さを増していく。

第三章 火水未済《かすいびせい》──少年、災い有りて水に沈み、鬼と共にすべての仇《かたき》を討つこと

一

ぢぢっと蟲《むし》が囁《ささや》くような、そんな音が響いていた。例の豪奢《ごうしゃ》な寝間である。締め切られた室内に明かりはなく、周囲は闇《やみ》に包まれていた。

闇というのは案外重い。老人は、闇を纏《まと》って重さを持った空気を辛うじて吸っていた。熱い泥に埋もれるように、体が熱く、動かすことも億劫《おっくう》だ。

空気が甘いのは、焚《た》かれている香のせいだろうか。この香りを嗅《か》ぐと、頭の芯《しん》が痺《しび》れるようにぼうっとする。

老人──細川三斎は夢ともうつつともつかない、そんな間《あわい》に揺蕩《たゆた》っていた。思い出すのは女の白い肉のことばかりだ。

若い頃、織田信長に仕えていた折、三斎は初めて女を知った。相手は都で評判の

太夫《たゆう》で、その媚術《びじゅつ》たるや凄《すさ》まじく、後のどの女とも比べものにならない快楽を三斎にもたらしたものだ。最愛の妻である《たま》でさえ、その閨《ねや》の快楽を超えられなかった。

めくるめく快楽の記憶はしかし、時と共に風化する。若いからこそ、爛《ただ》れた肉の快楽にも夢中で溺《おぼ》れることが出来た。しかし、年を取るとそうもいかない。快楽の前に心の臓がきりきり痛み、房事どころではなくなるのだ。それが老いというものだった。

自分の老いをはっきり悟り、家督を息子に譲った三斎は、八代《やつしろ》へと隠棲《いんせい》した。そこは、若き頃、一度だけ義父によって見せられた天下取りの夢からもっとも遠い場所だ。

隠棲とはいえ、八代での生活はなかなかに気ままなものだった。お忍びで長崎に行き、南蛮の茶器などを買い集めることもした。

折り合いは悪くとも、息子である忠利の政治手腕はなかなかで、家の行く末についても何一つ心配はいらない。おかげで三斎は何の愁《うれ》いもなく、気ままな隠居暮らしを送っていたのだ。

中浦ジュリアンが穴吊《あなつ》るしの刑に処されると聞いた時、それを見物しに行こうかと思ったのは、丁度隠居暮らしにも飽きがきたせいだった。

穴吊るしの刑というのは、切支丹《きりしたん》専門の処刑法だ。内臓が下がらぬように縄で全身を縛った後で、こめかみに穴を開け、そうして汚物の穴に逆さに吊るすという刑である。全身の血が頭にたまり、こめかみから一滴ずつ垂れていくため、その苦痛といったらないらしい。そんな残酷な刑だった。しかし、口は自由であるため、棄教の意を示せばすぐに助けられるという。処刑というよりも改宗の為《ため》の拷問《ごうもん》だ。

三斎は、天正《てんしょう》十九（一五九一）年に天正遣欧少年使節団が聚楽第《じゅらくだい》で豊臣秀吉に謁見《えっけん》したことを知っていた。共に利休の弟子であった高山右近《たかやまうこん》に彼等のことを聞いていたし、それ故《ゆえ》、四人の顔も見知っている。

高山右近は三斎や古田織部《ふるたおりべ》がいくら棄教を勧めても、頑として聞き入れず、そのままルソンへ流された。数寄者《すきしゃ》の意地でもあったのだろう。

だから、中浦ジュリアンはどうなのかという興味もあった。それ故、寛永十（一六三三）年九月十九日、数名の供を連れ、三斎は長崎の処刑場までお忍びで出向いたのである。

到着したのは九月二十日の夕刻だったが、中浦ジュリアンは既に死んでいた。吊るされてから、丁度四日目のことだ。イエズス会司祭のクリストヴァン・フェレイラが苦しみの余り棄教したのに対し、中浦ジュリアンは決して棄教の意を示さず、役人に向かって「我はローマに赴いた中浦ジュリアン神父である」と最後に言い残して死んだという。なかなか見事な死に様だった。

臨終には立ち会えなかったが、しかし、中浦ジュリアンの遺骸《いがい》は吊るされたまま放置されていた。中浦と共に穴吊るしの刑に処された伴天連《ばてれん》の、残りの七人がまだ生きていたからである。遺骸は、彼等に対する見せしめのため残された。しかし、その効果は特にないようだ。寧《むし》ろ、中浦の死に勇気づけられたような気配さえあった。

切支丹の頑迷さは凄まじいと、三斎はその時しみじみ思ったのを覚えている。切支丹には殉教という考えがあり、神のために死ぬことを喜ぶのだ。

金地院崇伝《こんちいんすうでん》が『伴天連追放文』にて『刑人あるを見れば、載《すなわ》ち欣《よろこ》び載ち奔《はし》り、自ら拝し自ら礼し、是《これ》を以《もっ》て宗の本懐と為《な》す。邪法に非《あら》ずして何ぞや』と殉教を鋭く批判しているが、その感覚は三斎にもよくわかった。神に見捨てられたことを恨むのではなく、死して喜ぶというのはやはり異常だ。人を殺す仏法はないが、切支丹は教えのためなら信者に死ねと言う。それは、やはりおかしいだろう。崇伝のいうように、そんなものはやはり邪教だ。

故に、そんなものの為に命を捨てた中浦に同情する気はさらさらなかった。むしろ、皮肉な笑みを以てその死骸を眺めたものだ。

さすがに全員が死ぬまで見物するほど悪趣味ではなかった三斎は、目当ての中浦ジユリアンの死を確認すると、さっさと宿に戻ろうとした。――安珠《あんじゅ》と出会ったのは、まさにその時だった。

処刑を見物する民の間に、それはいた。老尼僧《ろうにそう》を供に連れた、若い女だ。公家《くげ》の娘かと思うほど、その女の顔は白く、そして高貴さに満ちていた。その辺の武家の娘とは違い、手足が長く真《ま》っ直《す》ぐで、そうして顔の彫りが深い。着ている物も上質な絹のように艶《つや》やかで日の光に煌《きら》めいている。

声をかけたのは、一体どちらからだったのか。気がつけば三斎は、その女を肥後の八代まで連れ帰っていた。船の中で、女は少し羞《は》じるような素振りを見せ、下腹を撫《な》でるようにして囁くように言ったのだ。

「わたくしは、腹が空《す》いておるのです」

と――。

女は、名を安珠と名乗った。安寿《あんじゅ》と厨子《ずし》王《おう》の安寿かと聞くと、『たま』の方だと小さく言った。その様子がいじらしく、たまらなかった。

安珠の体は素晴らしかった。しなやかな体は勿論《もちろん》、秘所の具合がすばらしく、挿入する度、まるで陽根ごと喰われるような愉悦が襲う。目の前で何度も何度も光が砕け、心の臓の痛みさえ感じない。あの、京一番の太夫を超える凄まじさだった。その日から、三斎は安珠に溺れた。毎晩のように獣のごとく交わっては、その白い体の中に、しとどに精を放ち続けた。

捕食されるような快楽は何物にも代えがたい。その快楽を失わぬ為に、三斎は、安珠の望みをすべて叶《かな》えた。

屋敷も造り替えたし、ありとあらゆる宝玉も美味もなんでも与えた。若い男と浮気することさえ許した。

そして二人で永遠を得るために、禁止されている南蛮貿易を独自に行い、そして《荷》を買ったのだ。あれさえあれば、この皺《しわ》だらけの老いた体は再び生気を取り戻し、永遠に安珠と交わっていられる——。

そこまで考えてから三斎は、ふっと我に返った。なんだか体がうそ寒い。何故《なぜ》寒いのかを考えて、隣に眠っているはずの女を探すが、そこはもぬけの殻だった。

寒いのも当然で、安珠の膚《はだ》が側にないのだ。慌《あわ》てて視線を巡らせると、二間ほど離れた場所に絖《ぬめ》のような白い裸体が闇の中に浮かんでいる。

安珠は闇の中、微動だにせず座っていた。軽く目を瞑《つむ》り、まるで音楽でも聴くような風情《ふぜい》だ。安珠の体の側に、何やら輝く糸のようなものが見えるが、錯覚だろうか。

安珠の表情が、ふと動いた。

闇の奥、障子の向こうから、ばたばたと叩《たた》くような音がする。見れば、何か掌《てのひら》くらいの大きさの黒い影が障子紙へ体当たりをしているようだ。

やがてそれは障子紙を突き破り、室内へと入り込む。それは一匹の蛾《が》であった。翡《ひ》翠色《すいいろ》の、見ようによっては美しい、まるで蝶《ちょう》のような姿をしている蛾だ。

それを見て艶然《えんぜん》と微笑《ほほえ》むと、安珠は白魚のような指を蛾に向かって差し出した。

「来《こ》よ」

相変わらず、少女のように可憐《かれん》な、鈴を転がすような声である。その声に導かれるように翡翠の蛾はふらふらと安珠の元に舞い寄ると、差し出された手の上に止まってみせた。翡翠の翅《はね》がわずかに閃《ひらめ》く。

蛾は、太い触角を震わせ、何かを訴えかけるようでもある。目の色が灼《や》けたように赤いのが妙に不気味だ。その声を聞くように、安珠が微《かす》かに笑ったようだ。

まるで話をするように小声で囁きながら蛾の背を撫で、安珠は静かに笑っている。

やがて会話も一段落ついたのか、安珠が、ふっと息を吐く。

次の瞬間。安珠は無拍子で、抓《つま》んだ蛾を口の中へぱくりと入れた。喉《のど》が大きく動き、翅ごと蛾を嚥下《えんか》する。安珠は茫《ぼう》とした眼のまま、顔色一つ変えていない。悪夢のような悍《おぞ》ましさと美しさがそこにあった。

三斎は、その様子から目が離せない。息を詰めるようにして安珠を見つめた。視線に気付いたらしい安珠の眼が、三斎を真っ直ぐ捕らえる。瞳孔《どうこう》が片目に四つずつあるようなのは気のせいだろうか。瞬《まばた》きをする三斎に、安珠が艶然と微笑み囁く。

「これははしたないところをお見せしましたわ。でも、御前様。わたくしは、腹が空いておるのです」

そういって笑う安珠の瞳孔は、あたりまえだが一つずつしかなかった。やはりあれは目の錯覚であったのだろう。赤い舌でちろりと唇の端を舐《な》める姿は、震いつきたくなるほどに妖艶《ようえん》だ。ぞろりと背骨を数匹の蛇が這《は》うような感覚を味わう三斎に、安珠は言う。

「吉報でございますよ、御前様。無事に《荷》が見つかったそうです。今、天草の方に運ばれたとか。早速引き取りに参りましょうか」

安珠はそれをいつの間に知ったのか。そのことを思いつくような頭は、三斎にはもはやなかった。言われるが儘《まま》、まるで見えない糸に引っ張られるようにして起き上がる。

《荷》が見つかったならそれでいい。あれを喰らえば、自分は、安珠と――。

三斎の頭を占めるのは、それしかなかった。

安珠が静かに微笑むのが、ちらりと見えた。

二

夢を見た。

遠い異国の、海の夢だ。

それは、ずっとその海にいたのだった。いつ生まれたかも定かではなく、自分が何かも知らず、ただ、仲間とともにそこにいた。

獲物を招くために歌を覚えた。歌う度に、海は荒れ、そうして愚かな獲物がふらふらとやってきて、自らその喉を差し出す。女の血は薄いが甘く、男の血は、不味《まず》いが濃厚だった。そうやって、幾つもの船がそこを訪れ、気がつけば、残骸の船の城が幾つも築かれる。

ある日、いつものように、大きな船が波の向こうから現れた。仲間と同じように歌い始めたが、しかし、その船はいつもと様子が違う。黒い巨大な船の帆と思われたのは、蝶や蛾の塊だった。ばたばたという羽音が歌を掻《か》き消し——。

十兵衛が真っ先に見た物は、黒ずんだ天井だった。煤《すす》と埃《ほこり》で汚れきり、なんだか獣の匂《にお》いもする。

視線を巡らすと、すぐ側に木で作られた頑丈そうな格子《こうし》が見えた。どうやら此処《ここ》は牢《ろう》の中であるらしい。十兵衛は、手足も縛られずに牢獄の板の間に直接転がされていた。そのせいで体中がひどく痛むが、特に外傷はないようだ。強いて言えば、息苦しい。閉じ込められているが故の圧迫感だろうか。

当たり前だが、刀は奪われていた。十兵衛は、壁に躰《からだ》を寄せて躙《にじ》るように起き上がると、改めて周囲を見回す。

壁も床も、分厚い木の板で作られていて、並大抵のことでは壊せないようになっている。牢獄だから当然なのだろうが、いかに手足が自由であっても、道具なしに脱出は不可能だろう。

ここは、どうやら船の中のようだった。外からの水音と、始終揺れていることからすぐに察する。

匂いからすると、海の上にいるようだ。山人と海というのは相性が本当に悪い。世人が爽《さわ》やかだという潮風は、ただ生臭いだけの湿った風だし、塩気を含んで体中が重くなるのも駄目だった。海の上にいるのがわかっただけで、現金にも気分が頗《すこぶ》る悪くなる。

少しでも気分を晴らそうと上を見ると、明かり取りらしい小さな窓から、微かな光が差し込んでいた。月明かりであるようだ。少なくとも半日は気を失っていたものらしい。

何処《どこ》かに抜け道でもないかと一応は探ってみるが、まぁ、無駄だろうというのは端《はな》からわかっていることだ。ここが何処かは勿論だが、何故、自分が捕らわれているのかさえ見当もつかない。自分だったら昏倒《こんとう》したのを幸いに、さっさと殺しておくものだが、そうしなかったというのは、何か理由があるのだろう。しかし、その理由がわからない。異人の娘である紅絹《もみ》はともかく、ただの山猿の自分には、何の価値もないからだ。

暗闇に目が慣れてくると、辺りの様子が朧《おぼろ》に浮かぶ。元から十兵衛は夜目が利《き》く。わずかな月明かりでも、これだけあれば十分だった。

闇を透かすと、同じような部屋が幾つか並んでいるのが見えた。牢以外にも、ここは倉庫として使われているようで、鉄の箍《たが》がついた大きい樽《たる》が山のように積まれているのが良く見える。奥には丸い鉄の塊の山や、木箱も同じく積まれていたが、そこからは何か物騒な臭《にお》いしかしなかった。

船倉の広さから察するに、これは、かなり大きい船らしい。

公儀からの命令で、五百石以上の船は造ってはいけない決まりになっている。となれば、これはどこかの商人や、藩の船ではないことくらいは察しが付いた。しかし、十兵衛がわかるのはそこまでだ。

内部は何処までも堅牢で、木の手触りもなんだか不思議だ。山人として馴染《なじ》んできた、熊本の木々とまったく違う。見た感じは杉のようだが、香りが違った。

窓はかなり高い位置にあり、そこによじ登って外の景色を見ることは不可能だろう。もっとも、窓の外が見えたとして、それが何かの助けになるとは思えなかった。

紅絹は一体どうしただろうか。何があったかはわからないが、無事に逃げおおせてくれていれば良いと思う。それとも同じ場所に捕らわれてしまっているのだろうか。だとしたら、何としても助け出さねばならない。

そこまで考え、十兵衛は、ふと、大悲《だいひ》のことを思い出す。七人の屍《かばね》を喰いに行ったきり、あれもまた帰ってこない。十兵衛達と同じように、異形に襲われたのだろうか。であれば、助けを期待することも無理だろう。

そもそもあの怠惰な鬼が助けに来るとは思えなかったし、万一助けようと思ったとして、海の上ではどうすることも出来ないはずだ。

死ぬまで憑《つ》くと言っていたくせに、あの鬼は、相変わらず肝心な時に役に立たない。十兵衛は、大悲の存在を一旦《いったん》忘れることにした。変な希望があると、いつまで経《た》っても現実的な策が湧《わ》かないからだ。あれのことは勘定に入れずに考えた方が絶対に建設的だ。

何をするにも、とりあえずは体力だった。いざというとき動けないのが一番困る。すっかり固まってしまった躰の筋を解《ほぐ》しながら、十兵衛はいつの間にか斬《き》られていた腕や背中の傷が手当てされていることに気がついた。脇腹《わきばら》の傷こそ紅絹によって消されていたが、それ以外は浅手ながらも傷ついたままである。それがわざわざ手当てされていると言うことに気がついた十兵衛は、ふん、と一つ鼻を鳴らした。

——殺すつもりはない、ということか？

殺す気があるのなら、わざわざ手当てなどしないだろう。そもそも気絶しているうちにとどめを刺しているはずだ。しかし、おそらくは仲間であろう七人とあの異形を殺した男を助けようと思うものだろうかという疑問もある。尋問なり拷問なりで、何かを聞き出すつもりだろうか。

そんなことを思案していると、ふと、遠くで板の軋《きし》む音が聞こえてきた。足音のようである。突き当たりの上のほうから、だんだんと明かりが下がってくるのが見えた。

どうやら誰かが降りてくるものらしい。

暫《しばら》くすると、牢の前に二つの人影が現れた。

明かりを持って先導しているのは隻腕《せきわん》の老爺《ろうや》で、こんな暗がりでもはっきりとわかるほどに顔色が悪い。後ろに控えた一人は、六尺近い長身の侍で、身なりの良い姿と、すっきりした目元が印象的だ。十兵衛は咄嗟《とっさ》に立ち上がろうとして、ひどい立ち眩《くら》みに大きく呻《うめ》いた。やっぱりどうも息苦しい。

それを見て、長身の侍が苦笑した。窘《たしな》めるような声で言う。

「まだ肺の穴が塞《ふさ》がっておらぬのだ。もう暫く大人しくしているがいい」

柔らかな声だった。どことなく、侍というよりは学者めいた理知的なものを感じる。しかし、十兵衛は決して油断しなかった。その身のこなし、足運びから、かなりの手《て》練《だ》れだとわかったからだ。だから、探るように訊《き》いてみる。

「……穴？」

「下手な鍼医《はりい》には背中を打たせるな、と言うだろう。背中の肉は薄いからな。簡単に肺腑《はいふ》に穴を開けられる」

その言葉で、十兵衛は、何故あの時、急に意識がなくなったのかをようやく察する。

あのちくっとした痛みは、何らかの方法で背中に針を撃ち、肺に穴を開けたものだったらしい。

十兵衛は、伝えられた情報に安堵《あんど》した。とりあえず体の不調の理由がわかればそれでいい。理由さえわかればいくらでも対処のしようがあるからだ。

忠告通りに大人しくなった十兵衛に、男は優しげな目をして告げる。

「手荒な真似《まね》をして悪かったな。お前が我等の仲間とは思わなかったのだ」

「……どういう意味だ？」

唐突に告げられたその言葉に、十兵衛はだいぶ用心して尋ねる。初対面の人間に、仲間だ何だと言われる筋合いは特にない。そういう事を言う手合いにこそ、用心深く接しなくてはならないだろう。暴れるのは簡単だったが、それは最後の手段にするべきだ。

大人しい割に警戒を隠さない十兵衛に、男が肩を竦《すく》めてみせた。

「まぁ、警戒するのも無理はない。だが、案ずるな。私はお前を殺したくはないと思っているのだ。その腕、惜しいと思ってな」

どことなく謎《なぞ》かけのような物言いだ。殺すつもりがないというのは、手当てをされたことである程度は察していたが、実際に言われてみるとなんだか奇妙な感覚だった。

「惜しい？」

探りを入れるように訊き返してみると、男は少し笑ったようだ。

「お前、あの化け物を対一で斃《たお》したそうだな。あの女の作った《狩人《かりうど》》を、刀だけで斃せる人間など、然々《そうそう》居ない。おまけに、その前にお前は侍を七人斬り殺していたそうではないか。まだ若いのに大した腕だと思ったのさ」

男の言葉に、傍らの老人が無言で頷《うなず》く。顔半分を火傷《やけど》で覆《おお》われたこの老人は、何故か、食い入るように十兵衛の顔を見ている。

「……何が望みだ」

十兵衛は用心しつつ、少しでも話を引き出すために質問を続けた。何はともあれ、現状を知り、自分がどういう立場に置かれているのかを理解しなければ、逃げることも策を練ることも出来はしない。

その問いにも、男はあっさりと口を開いた。

「その腕、惜しいと言っただろう。侍というものは、人殺しが仕事のようなものだが、しかし、いざ敵と対面したとして、刀を抜ける者は案外少ないのだ。お前のように、あっさりと人を殺せるのは才能だ」

男の言うとおり、たとえ命の危機が迫ったとしても、相手を殺せる人間は案外いない。人間は殺しを忌避する生き物だと、十兵衛は主水《もんど》から再三聞かされていた。

例えば、人間は、相手の顔を見ると殺しを躊躇《ためら》ってしまうという。罪人を斬首《ざんしゅ》する折、顔を白い紙で覆うのもそういう理由だ。

しかし、侍というものは、人殺しをするためだけに存在する生き物だ。その為だけに扶持《ふち》をもらい、藩に奉公している。だからこそ、殺しを躊躇っていては存在の意義がない。十兵衛は、松山主水によって正しく殺人をするための心構えや方法をさんざん叩き込まれていた。かつていくさ人と呼ばれた人々が当たり前のように持っていた技である。

その事を褒められたわけだが、十兵衛は少しも嬉《うれ》しくはなかった。むしろ、そんなことを買われた事に不快感があった。ただでさえ自分は人でなしだと感じている十兵衛には、大層応《こた》える。

不快感を隠すため、十兵衛はまったく別の質問をする。

「……紅絹は何処だ」

本当は、真っ先に訊きたかったことである。自分の不快感よりも、紅絹の安否が気になって仕方がない。あの娘はどこにいるのか。無事であって欲しいという思いが強くある。

割合と切実な十兵衛のその問いに、男が、ふっと哀れむような目をする。その目のままで、低く言った。

「紅絹？……ああ、あの《せいれん》のことか」

「せいれん？」

それが、紅絹の本名なのだろうか。そう思った十兵衛に、男は少し首を振るようにして言った。

「やはり、お前もあれに誑《たぶら》かされた一人だったか、気の毒に。悪い夢でも見たと思って諦《あきら》めろ」

「……どういう意味だ？」

意味深長な男の言葉に、十兵衛は低く訊く。なんだか妙な胸騒ぎがあった。胸に刺さった痛い棘《とげ》が、なんだか疼《うず》くような思いがある。男が、哀れんだ目のままで答えた。

「あれはな、人の形をしているが、人ではない。北の果ての海に棲《す》む、せいれんという獣なのだ。あれは、人を誑かす」

「海に棲む、獣……」

普通の人間が聞いたら、正気を疑うようなことを男は淡々と言った。十兵衛も、馬《ば》鹿《か》なことをと、笑い飛ばせば良いはずだった。しかし、それが出来ない。紅絹と目を合わせたときに、何度か見えた、あの夜の海の光景が頭にあった。

波間を照らす、雲間から射《さ》す月の光と、律動する波音の間に響く、女の歌声――。

「歌声……」

思わず十兵衛が呟《つぶや》くと、男は哀れみの色を更に濃くした。やはり、という風情をして、二、三度頭を振る。

「そうだ。あれは、本来は声で人を誑かす。北の海を渡る船を歌声で誘い、そうして喰うという獣なのだ。どんな人間の心にもある耐えがたい哀《かな》しみや、遣る瀬《やせ》無さを呼び覚ます歌を歌う。それを聞いた人間は死しても良い、と思うらしいな。死を呼び覚ます歌なのかもしれぬ」

男の言うことは何処か煙に巻くようだったが、しかし、十兵衛はなんとはなしに理解した。陣太鼓の音は戦場で仲間を鼓舞するために打ち鳴らされたというし、祭りの時の笛の音は、豊作の喜びに満ちていて、聞く者の心を浮き立たせる。人の感情を揺さぶるものが音や歌にあるのなら、死に誘う歌だってあるだろう。

「その獣の姿は様々だ。禽獣《とり》の体に女の顔がついた《せいれん》もいれば、上半身は人間だが、下半身は魚の姿をしているという《せいれん》もいるという」

この国の人魚という妖《あやかし》と似ているとは思わないか、と問う男に、十兵衛は、以前絵草紙で見た人魚の姿を思い出す。その絵の人魚は確かに女の首の下に魚の姿の化け物であったが、その顔は人というより猿や獣に近かった。むしろ悍《おぞ》ましい姿であり、紅絹のような可憐な姿とはほど遠い。

咄嗟に十兵衛は反論しようとするのだが、上手《うま》く言葉に出来なかった。紅絹に感じていた違和感の正体が、男の言葉で見る間に露《あら》わにされていくような気がしたからだ。男は呆然《ぼうぜん》とする十兵衛を諭すように、ゆっくりと話を続けた。

「あれはな、人の姿をした獣というよりも、もっと恐ろしい魔性のものだ。異国の船乗りは口を揃《そろ》えて言う。『その声には逆らえぬ。ある時は優しき母の子守歌の如《ごと》く、またある時は愛《いと》おしい恋人の睦言《むつごと》のような甘さでもって人を狂わす』と――。その声を耳にした者の心身共に痺れさせ、死すらも受け容《い》れる気持ちに追い込むのだそうだ。あれに捕らわれた者は、自らその喉を差し出したとも聞いている。故に、使う時には、声を奪っておくものらしいな」

「……使う？」

問い返す自分の声は、何故こんなに掠《かす》れているのか。十兵衛は、まるで他人事《ひとごと》のようにそう思っていた。綺麗《きれい》な姿をしたものを『使う』というのは、きっと男の劣情を満足させるためだけの、碌《ろく》でもないものに違いない。

獣だの魔性だのという割に、そういう風な目で見て喰いものにするというのは、なんだか臭い泥に浸《つ》かるような気がしてしまう。十兵衛の嫌悪《けんお》感を察してか、男はあえてそれには言及しなかった。きっと、口にするのも悍ましいようなものなのだろう。かわりに、哀れむように言った。

「声を奪っても、あれはまだ人を誑かすことが出来る。あれの目に見つめられると、大概の人間は、あれのために命を投げ出してしまうのだ。邪眼、ともいう」

「邪眼……」

山人の祖父が教えてくれた。蛇が獲物を狙《ねら》うとき、その目でもって金縛りにするように、妖《あや》しのモノも、その目でもって人を操り不幸を撒《ま》き散らすのだという。祖父は、目というのはあらゆる力の源であり、鍵《かぎ》だと言っていた。だから仏には三つの目を持つものもある。

男は十兵衛の理解が良いことに微笑みながら、しかし、決定的な一言を告げた。

「あの獣に見つめられた者は、初対面であっても、狂ったように虜《とりこ》になる。例外はないらしい。お前は、あの目に何度見つめられたかね？」

その言葉に、十兵衛は、頭を殴られたような衝撃を受ける。

確かにそうだ。

自分が紅絹を守らなくてはと思ったのは、まさに出会った瞬間の、あの深い碧《あお》に見つめられた時からだった。あの目を見た瞬間に、自分は彼女を守りたいと感じたのだ。

「嘘《うそ》だ……」

茫然と呟く十兵衛に、男は静かに首を振る。嘘を言っているような気配はなかった。男の代わりに、老人が口を開く。苦いような声で言う。

「お前がその娘と出会ったとき、周りに屍はなかったか？　殺されたのではなく、自死した者の屍だ。せいれんの目は声と同じく死に誘う力があるという。お前が自死せずにすんだのは、利用できるから殺さなかったから。単に運が良かっただけだ」

男達の言葉は、信じがたい程に十兵衛の体験といちいち符合していた。だからきっと、嘘ではない。ただ、十兵衛自身が認めたくないだけだ。

無言で俯《うつむ》く十兵衛を見て、男が動いた。無造作に牢の鍵を開け、中に入る。少し慌てて老爺が制止の声を上げた。

「槙田《まきた》様……」

槙田と呼ばれた男は、わずかに微笑み、それに逆らう。十兵衛の肩に手を置き、至《し》極《ごく》真っ当な声音で言った。

「信じがたいのはわかる。しかし、それが真実なのだ。お前は《せいれん》に誑かされていただけだ。だから、手荒な真似をしたくはなかった。お前も犠牲者なのだからな」

「犠牲者……」

槙田の言葉は、ひどく甘いものだった。騙《だま》されていたのだから仕方がない、お前は悪くないという肯定は、一種の免罪符のようなものだ。

それにすがれば楽になれるとわかっている。しかし、そんなものを慰めに出来るほど、十兵衛の業《ごう》は浅くない。

父の仇のために五十人近い人間を殺し続け、その屍を鬼に喰わせるという所行に比べれば、生きるために十兵衛を誑かすしかなかった紅絹の罪など、無いに等しいと知っていた。しかし、それを言ったところで理解はされないことも知っている。

「……紅絹は何処だ？」

だから、十兵衛は、改めて槙田に訊いた。槙田は微かに嗤《わら》ったようだ。救いようのない小僧だと思ったのかも知れないが、それは十兵衛自身も思っていることだからどうでもいい。

「それを訊いてどうする？」

「わからない。ただ、会いたい」

会って、自分が本当に誑かされているだけかを確かめたかった。誑かされているだけなら良い。しかし、そうでないのなら……。

槙田は十兵衛を静かに見ていたが、やがて、哀れみの目のままで言った。

「良いだろう。せいぜい、《せいれん》に操られ、自決しないように気をつけろ」

「俺が死のうが生きようが、あんたには何の関係もないだろう」

十兵衛の言葉に、槙田は薄く微笑んだ。今までとは違う、どこか歪《いびつ》な笑みだった。

槙田が言う。

「その腕が惜しい、と言っただろう。松山十兵衛。父上の真の仇を討ちたくはないか？」

その言葉に、十兵衛は飛び上がるほど驚いた。今まで一度も十兵衛はこの男に自分の名前を告げていない。更には、身元がわかるどんな物をも身につけてはいないのだ。唯一《ゆいいつ》の例外は《狗《こう》》の銘が入った刀だったが、それとて松山主水の差料だと知るわけがない。

唖然《あぜん》とする十兵衛を見て、槙田が薄く嗤ってみせた。

「種明かしをすれば、お前が《狩人》に名乗っていたのを、たまたま鳶丸《とびまる》が聞いていただけだ。ああ、こちらも名乗るのを忘れたな。私は槙田儀右衛門だ。熊本藩で近習《きんじゅ》をしている。これは鳶丸。私の右腕だ」

鳶丸と呼ばれた老爺がほんのわずかに頭を下げた。槙田はそれを見て更に続ける。

「こうみえて、近習という立場は情報を集めるのに重宝するものでな。殿に何を伝えるかを取捨選択する立場故、藩内であったことは大体が耳に入ってくる。松山主水殿が亡《な》くなった日に、十五名もの加藤家浪人が失踪《しっそう》した事、それ以降、神隠しにあうのも加藤家浪人ばかりとくれば、誰かが松山殿の仇を討とうとしているというのは容易にわかる。もっとも、松山殿に子がいるというのは知らなかったが」

槙田の言葉は嘘ではないと何故か思った。しかし、真の仇のことまで知っている理由にはならない。十兵衛は、胸に刺さった棘の疼きに耐えながら、必死に冷静を装《よそお》って訊く。

「真の仇……。《御方《おかた》さま》とかいう女のことか?」

それを聞いた槙田が、感心したように目を細めた。一つ頷いて言う。

「ほう。よもや《御方さま》まで辿《たど》り着いていたとはな。少々お前を見くびっていたようだ」

さすがに喰ったものの記憶がわかる鬼がいて、それに死体を喰わせて調べていたとは言えなかった。言ったとしても信じまい。十兵衛は小さく首を振って言った。

「俺が知っているのは、松山主水殺しの命令が《御方さま》から出ていたと言うことだけだ。《御方さま》が何者なのかも知らない」

正直に話すと、槙田がそれでも感心したように頷いた。

「それだけでも大したものだ。《御方さま》は細川藩の最高機密の一つだからな。だからこそ、その正体を知ったものは死なねばならなくなったのだ」

「《御方さま》ってのは何なんだ？」

核心を突く質問だったが、十兵衛は出来る限りそれを素っ気なく訊いた。こういう言い方のほうが、人は案外口が軽くなるものだ。もっとも、槙田にそれが通用するかはわからない。この男はどうにも胡乱《うろん》だ。

案の定、槙田はわずかに口許《くちもと》を歪《ゆが》めて見せた。それもわざとだと十兵衛にはわかっている。表情を巧みに使い、そうして自分の有利な方向へ仕向けているのだ。大悲《だいひ》のおかげで、そのあたりの機微はわかっている。

「そうだな。お前には知る権利がある。松山殿は、あの女を追っていた。そうしてあんな死に方になったのだから」

そう言うと、槙田はゆっくりと《御方さま》に松山主水が殺された理由について語り出す。

きっかけは、寛永十年頃、隠居した細川三斎が、ある女を愛妾《あいしょう》として八代で囲ったことだ。

若く美しく、可憐であるのに妖艶な、そういう雰囲気の女だった。かつての三斎の妻女に似ているという者もいた。

その女は詩歌を能《よ》くし、茶の道にも長《た》けていた。歌も巧みで、古い様式の歌を特に好んだ。数寄者としても名高い三斎は、その女の雅《みやび》なところに惹《ひ》かれたらしい。

三斎が何処でその女を拾ったのかわからない。氏素性も一切わからない女であったが、ただ、三斎はその女を『安珠』と呼び、欲する物は何でも与えるようになった。どこかの公家の娘ではないかという噂《うわさ》もあったが、その真偽は未《いま》だわからない。ただ、そう言われるだけの妙な気品がある女だった。

傾城《けいせい》、という言葉がある。

城を傾けるほどに美しい女性のことだが、実際、三斎の女への傾倒ぶりは、藩を傾かせるほどの勢いだったらしい。領内どころか国中から美しい衣や宝石をかき集め、そうして女を飾り立てた。

女のために、せがまれるまま、八代に新たに城を築こうとしたくらいだから、その寵愛《ちょうあい》ぶりもわかるという物だ。

当然ながら、それを止める者がいた。三斎の息子で、現熊本藩主、細川忠利その人である。忠利は三斎をたびたび諫《いさ》めたが、それが正論であればあるほど、逆に火に油を注ぐ結果となった。

元から細川忠利と三斎の確執というか、折り合いの悪さは有名である。それは、三斎の妻であり、細川ガラシャと呼ばれる明智たま女の死から延々と続いているものだった。

息子は間接的に母を殺した父を許さず、また、父親も妻の忘れ形見である息子を憎んだ。この確執の根の深さは、たま女が細川三斎の最愛の妻でありながら、明智光秀の娘であり、かつ切支丹《きりしたん》だったということに由来するらしいが、詳しいことは一切伝わっていない。

藩主家の親子の対立というのは、自然、下にも影響する。忠利の家臣と三斎の家臣はたびたび小競《こぜ》り合《あ》いを起こし、それもまた、親子の溝を深める要因になっていた。

事件が起こったのは寛永十一（一六三四）年だ。大坂から帰る時、細川家では船を使う。家臣団は各々《おのおの》船を仕立てるのだが、家臣団の仲が悪いので、道中は海を挟んで罵《のの》り合いになるのが常だった。船と船の間は距離があるので、お互いに報復を怖《おそ》れず思うさま罵りあえるのだが、その日は少し様子が違った。

忠利側の家臣である松山主水が、いつのまにか三斎側の船に乗り移っていたのである。松山主水は思うさま船の中を暴れ回ったあとで、忠利側の船に戻ったとされている。刀こそ抜くことはなかったが、下駄を手にし、のべつ幕無しに周りの連中を殴りまくり、かなりの怪我人《けがにん》が出たらしい。

実は、この時の主水の本来の役目は、三斎の愛妾の暗殺だった。忠利の命令である。不仲とはいえ父は父だ。女に誑かされ変貌《へんぼう》した三斎を見るに見かねての処置だった。

主水は騒ぎに乗じて愛妾を撲殺するなり、海に突き落とすなりの手筈《てはず》であったのだが、しかし、これは運悪く失敗した。愛妾は用心深く、普段より、人目に付くところにはほとんど顔も出さなかったからである。

三斎はこのことに激怒し、主水の暗殺を命じた。三斎が命じたというよりも、実際は命を狙われた愛妾が陰で糸を引いていた、というのが正しいが、とにかく、表向きはそういう理由で、主水は殺害されることになったのである。

「表向き?」

話を聞きながら、思わず十兵衛は尋ねてしまう。突飛な話であるのに、しかし、妙に心が騒ぐものがあるからだ。

「そう、表向きだ。松山殿は、女の正体を知り、公儀隠密《おんみつ》にそれを伝えようとしたからこそ暗殺されたのだ」

十兵衛の問いに、槙田は淡々と話し出す。

「公儀隠密……」

「その人物が誰かはわからぬ。あと少しというところでそれは阻止されたからな。しかし、松山殿は諦めてはいなかった。松山殿は、柳生《やぎゅう》十兵衛と立ち合ったと称し、自ら手傷を負って、療養の場に光円寺を選んだのだ。隠密とは光円寺でまた落ち合う予定だったらしいが、それがどうなったかは、お主も知っているだろう」

槙田の言葉は素っ気ないと言えるほどにあっさりしていた。報告書をそのまま読むような口ぶりだったが、だからこそ信憑性《しんぴょうせい》が高いと思う。

十兵衛は、ようやく光円寺に居合わせた人間が皆殺しにあった理由に思い当たる。寺の中に公儀隠密がいるとして、誰が該当するのかがわからなければ、その場にいた全員を殺すしかないだろう。

一方で、槙田はその場に十兵衛がいたことは知らないはずだ。死人に口なし、追っ手全員を殺し、その屍は大悲がすべて喰らっている。証拠もなければ手がかりもない。そう判断した十兵衛は、槙田の言葉に一つだけ頷くにとどめておく。余計なことは言わない方が絶対に良いと思ったからだ。だから、さりげなく話題を変えた。

「……何故、父は、《御方さま》の事を公儀隠密に伝えようとしたんだ？　藩主の父が得体の知れない女を囲い、それに藩政を掻き回されているなんて公儀に知れたら、細川家は改易になる。藩に扶持を貰《もら》っている者が、そんな真似をするだろうか」

話題を変えたとはいえ、それは十兵衛が知りたいことでもあったから、自然と語気にも力が入る。槙田はわずかに首を振る。

「そこまではわからぬな。松山殿なりに何か思うところがあったのであろうが、私は松山殿と口を利いたこともない。人となりもわからぬでは、予想の仕様もないだろう」

確かにそうだろう。実の息子の十兵衛でさえ、松山主水大吉という男が一体どんな人物だったかわからないのだ。七つの頃から師弟という関係であったが、剣の稽古《けいこ》以外はほとんど口を利いたこともなかった。

剣を交えることで相手を理解できる、とかいう考え方もあるようだが、主水の教えはそれとは真逆のものだった。

曰《いわ》く、戦いの最中に相手を理解した者は死ぬらしい。剣を交えるということは、相手を殺すか、自分が死ぬかの一つに一つだ。二つは選べない。刀というのは人殺しの道具であり、それを腰に帯びているのだから、それを抜いたときは必ず誰かが死ぬものだ。自分が死にたくなければ相手を殺すしかないし、相手を殺したくなければ自分が死ぬしかないのである。

相手を殺したくないときは、大体相手を知ってしまったときだという。だから、死にたくなければ決して相手を理解するな、と再三口を酸《す》っぱくして言われていたのだ。

主水の振る舞いに傲慢《ごうまん》なところがあり、且《か》つ、友の一人もいなかったというのはそういうところに由来していたのかもしれなかった。実の息子である十兵衛と十年近く共にいて、色にも出さないというところにも、それは如実《にょじつ》に現れていると思う。

けれど、父は父なのだ。抱き上げられたことはもちろん、剣術以外で言葉を交わすこともほとんどなかったが、しかし、主水が父だと名乗ったとき、十兵衛には、なんだかすとんと腑に落ちた。

父のことを思った途端、あの胸の奥に刺さった棘がどうしようもなく疼いたが、しかし、それを十兵衛はひたすら無視する。今はそんな場合ではない。状況の把握が先だった。

槙田は淡々と、どこか醒《さ》めた風に言葉を続ける。

「あの女は公儀に己のことを知られることを怖れていた。いや、怖れていたというのは正しくないな。事を起こすまではこの九州の地に警戒の目を向けられては面倒だ、程度の感覚だろう」

「……事を起こす？」

十兵衛の問いに答えたのは、槙田ではなく、鳶丸とかいう老爺だった。鳶丸は青ざめた顔のまま、けれどしっかりとした声で言う。

「あの女は、どこからかは知らぬが、島原の窮状を聞きつけたのだ。そうして、裏から手を回し、我等、天草と島原の切支丹に繋《つな》ぎを取ってきた」

「切支丹？」

先ほどから阿呆《あほう》のように鸚鵡《おうむ》返《がえ》ししかしていない気がするが、話が大きすぎるというか、突飛すぎてそうするしかないのが現状だった。

鳶丸は頷き、ぽつり、ぽつりと話し出す。

島原では元和二（一六一六）年に松倉重政が入封《にゅうほう》し、以降の切支丹弾圧により、領民達はキリスト教を棄教させせられていた。教会を統轄《とうかつ》し儀式をつかさどる司祭もおらず、聖書も失われた今では、切支丹達も、己の信仰を取り戻すことなど不可能かと思われた。

しかし、三年前、ジュワンと名乗るポルトガル人宣教師が現れ、バスチャンという男を弟子に取り、一つの暦を伝えたことで状況は一変する。

その暦は、キリスト教徒が儀式を執り行うべき祝日が細々と記され、且つ、その方法までを伝えるものであった。この暦により、聖書がなくとも信仰の道を貫けるようになったため、一度棄教をした者が再度キリスト教徒に立ち返りはじめたのである。

時を同じくして、日本人宣教師の手によって『マルチリヨの心得』という殉教の手引き書も作られた。信仰が戻る下地は十分に整えられていたのであるが、彼等が再度キリスト教徒として結束したのは、それだけではなかった。

二十五年前に追放されたイエズス会のマルコス神父が、日本を離れる際に残した預言の日が近づいていたからである。

その預言書には、追放の二十六年後に必ず『善人』が生まれるとされていた。その者は習わないで字が読め、天にも徴《しるし》が現われ、人々の頭に『くるす』（十字架）が立ち、雲が焼け、木に饅頭《まんじゅう》がなり、人々の住居をはじめ野も山も皆焼けるだろう、というものであった。

それは、火の『ぜいちょ』と呼ばれる審判の図でもある。

キリスト教の世界では、この世の終末に近くなると主イエス・キリストが再臨して、異教徒が裁かれて地獄に堕《お》ち、キリスト教徒は天に導かれて神の国を確立するという信仰がある。

かつて、この地は小西家や有馬家のような熱心な切支丹大名が統治する時代が長かった。しかし、領主が変わってキリスト教の棄教を迫られ、多くの仲間を「殉教」で失い、不作であるにもかかわらず過酷な税をかけられて、払えなければ拷問《ごうもん》の末に殺されるような生活は、まさに「この世の終末」、火の『ぜいちょ』の時が近づいてきている証《あかし》であろう。

そう考えた島原の切支丹達は、天草の切支丹と密に連絡をとりあった。最後の審判のために、迫害者達と戦う準備を始めたのである。

「島原は元は有馬の領地であった。前藩主の有馬直純公は、幕府の命にて日向《ひゅうが》へ移封せられたが、公は若干の臣下しか連れて行かなかった。これに対して、新しくこの地に入ってきた松倉重政公は、ほとんどの家臣を率いて入部したのだ。これがために有馬の旧家臣らは、仕官もならず、やむなく武士を捨てて百姓となったのだ。形は百姓であっても、武器の使い方には精通している。儂《わし》も、かつては有馬家に仕えた忍《しのび》であった。我等はぽるとがると手を結び、弾薬や鉄砲などの、様々な物資を融通して貰っているのだ」

とんでもない話をさらりと聞かされ、十兵衛はひどく困惑したが、しかし、貫左から聞いた噂話のこともあり、とりあえず切支丹が今、反乱を起こそうとしている事情は呑《の》み込めた。

しかし、三斎の愛妾である《御方さま》が何故《なぜ》、島原と天草の切支丹と手を組もうとしたかがわからない。島原や天草で乱が起きれば、隣接する熊本藩も無事では済むまいし、そもそも、熊本藩の近習の槙田が何故、切支丹と行動を共にするのかも不審な話だ。

正直にその事を告げると、槙田が苦笑して言った。

「槙田家は、大友家に仕えていた頃から代々切支丹の家系なのだ。小西家が滅んだ後で加藤家に仕えたのは、内通者として弾圧の気配有れば即座に知らせるため。怪しまれぬよう権力者に尾を振るのが私の役割だ。同胞を守るためならば、女狐《めぎつね》の情夫にもなろうし、裏切りも辞さぬよ」

ずいぶん自分を卑下するような物言いだが、内容はかなりきわどいものだった。つまり槙田は、切支丹が細川藩に送り込んだ細作《さいさく》ということになる。

こんな大事を部外者である十兵衛に漏らすということは、おそらく、仲間になるか、殺されるかの二択を迫られているということだ。

元から無事では済まないとわかってはいるが、しかし、より慎重にならざるを得ない。当たり障《さわ》りもないような口調で、十兵衛が訊いた。

「……あんたの事情はわかったよ。だけど、なんで《御方さま》は切支丹と繋ぎを取ろうと思ったんだ？　細川三斎の愛妾が切支丹な訳もない」

その問いに、槇田が明朗に答える。

「左様。あの女が欲しているのは、切支丹ではない。切支丹の裏にいる、ぽるとがるとイエズス会の力さ。我等の一揆《いっき》が成功し、島原と天草を占拠した暁《あかつき》には、領海内の港をぽるとがるの艦隊の基地として差し出す約束だ。天草島、すなわち志岐は小さく、軽快な船でそこを取り囲んで守るのが容易であり、また艦隊の航海にとって格好な位置にあるからな。そうすることで、明《みん》をも攻められる程の軍勢がそこに集まる。あの女が欲するのは、その兵力だ」

焦臭《きなくさ》いを通り越して、火薬の臭いがぷんぷんする話だった。ここまで聞いてしまったら、もはや十兵衛を見逃す気などないのだろう。

そんなうそ寒い思いを味わいながらも、十兵衛は更に訊く。毒を喰らわば皿まで、という気分だった。

「兵力？　《御方さま》はただの愛妾だろう？　なんでそんなものを欲するんだ？」

《御方さま》が細川三斎の愛妾として、ある程度の戦力を自由に使えるのは、松山主水の暗殺に五十人もの加藤家浪人を差し向けたことで証明されている。更なる戦力を欲するというのは何故か。

しかし、槙田は静かに首を振る。

「私にもそれはわからぬ。忠利公とご隠居を争わせ、この藩を乗っ取るつもりなのかも知れぬが、確証が持てない以上は断言できぬ。私にわかるのは、あの女が奇妙な妖術《ようじゅつ》を使い、人を誑かすのは勿論《もちろん》、蛾《が》を操ったり、死体をつなぎ合わせて化け物を作れるということくらいだ」

さらりと告げられたその言葉に、十兵衛は啞然とする。あの真冬の蛾……腹の中に大量の血を蓄えたあの蟲は勿論、異形と化した荘林十兵衛を作ったのも《御方さま》だというのか。

「あの女が何なのかは私にもわからない。しかし、怪しい術を使うが、あの女は神社仏閣は勿論、くるすに触れても平気だから、人には間違いないのだろうが……」

坊主《ぼうず》の形《なり》をして、経文まで読める鬼を知っている十兵衛としては、槙田の言うことを素直に受け入れられない。鬼がこの世にいるのだから、《御方さま》もそういった妖《あやかし》の類《たぐ》いかも知れなかった。しかし、《御方さま》が妖だとして、紅絹を手に入れて、一体どうする気なのか。死を誘う歌を手に入れて、そうして国中の人間でも殺しまくる気なのかもしれない。

その事を問おうとした十兵衛だったが、槙田の言葉にさえぎられた。槙田はふと気付いたように言う。

「随分長く話し込んだな。お前を《せいれん》に会わせるのだった。ついてこい」

あまりの突飛な成り行きに、十兵衛は紅絹のことを一瞬忘れていた。その事を羞《は》じるとともに、しかし、父の仇《かたき》と紅絹を追う者が繋がっていたという奇妙な偶然に困惑もしている。

紅絹が化け物だと聞かされても、十兵衛はまだそれを鵜呑《うの》みには出来なかった。自分はそこまで操られているのだろうかとも思ったが、しかし、もっと違う何かがある気がするのだ。なんというか、胸の奥に、もっと灼《あらた》かなものがある。その正体を確かめるためにも、紅絹に会わねばならなかった。

十兵衛は、促されるまま立ち上がろうとしたが、長い間板の間に座っていたせいで、思わずよろめく。あちこちが痛かった。

十兵衛に背を向けて、槙田はゆっくりと歩き始める。無防備なようでいて、鳶丸がぴたりと十兵衛の背後についているあたり、きちんと用心はしているらしい。十兵衛が暴れたら即座に殺す気なのだ。

一分の隙《すき》もないその背中を見ながら、十兵衛は無言で槙田の後を追う。

狭くて急な階段をのぼると、廊下に並ぶ幾つもの扉が目についた。

どうやらこの船は三層構造のものらしい。十兵衛がいたのが船倉なら、真ん中は居住の場所といったところか。長い廊下を歩むうち、明らかに異人らしい者と幾人もすれ違った。妙に瘦《や》せた日本人も多く居たが、彼等が天草と島原の切支丹だろうか。

「この中だ」

最奥の、おそらくは船尾であろう立派な扉の前で立ち止まると、槙田が言った。随分分厚い扉だった。樫《かし》の木だろうか。

槙田は懐《ふところ》から鍵を取り出すと、慣れた手付きでそこを開ける。促されるままに中を覗《のぞ》いた十兵衛は、視線の先に、蠟燭《ろうそく》に照らされた、巨大な玻璃《はり》の箱を見た。

鉄で出来た柱が等間隔で並び、釣り鐘状に玻璃を補強している様は、なんとなく巨大な鳥かごを連想させる。玻璃の箱はどうやら水槽になっているようで、たっぷりと水が湛《たた》えられていた。

その中に、何か人らしい姿を認め、十兵衛は思わず槙田を押しのけるようにして部屋の中に入ってしまう。背後で槙田が苦笑するような気配を感じたが、そんなことはどうでも良かった。

玻璃の水槽の中には、見覚えのある金の髪が揺蕩《たゆた》っている。紅絹だった。どうやら全裸で水の中にいるらしい。向こう側を向いているため、顔は見えないが、白い背中が痛々しかった。

「紅絹！」

十兵衛は思わずそこに駆け寄った。そうして中を見た一瞬、言葉をなくす。

そこに居るのは、確かに紅絹だった。人の気配に、水の中にいた紅絹がゆっくり振り向く。十兵衛を見た途端、ひどく悲しそうに微笑《ほほえ》んだ。

別れたときと、紅絹の姿は変わりない。

金の髪、碧い目、傷が斜めに走った顔、白い肌、華奢《きゃしゃ》な腕。薄く膨らんだ乳房の先端がほんのり桜色に色付いているのを認め、思わず十兵衛は視線をずらす。脇腹辺りに何か抉《えぐ》れたような傷があるのを見た途端、何か言い知れぬような感情が湧き上がる。

「これは、まさか……」

十兵衛の受けた傷を、紅絹は己の体に移すことで癒《い》やしてくれたのだと初めて気付く。その時紅絹がわずかに動いた。

鉄柱に隠された下半身が露わになる。十兵衛の視界に、赤く煌《きら》めく何かが入った。

それは巨大な魚の尾であった。紅絹の下腹部から下は赤い鱗《うろこ》に覆われた魚体になっている。

見たこともないような大きさの、しかし、滑らかな動きをするそれは、作り物では決してない。

「これは……」

茫然《ぼうぜん》として呟くと、槙田が哀れみを込めた声で言う。

「これが、お前が『紅絹』と呼んでいたものの正体だ」

確かに、槙田の言葉に嘘はなかった。

半身が人、そして半身が魚の海の魔物。

空《うつ》ろな目をする十兵衛に、紅絹が哀しそうに、けれど、困ったように少し笑う。

その姿はやっぱり可憐《かれん》で……何処かひどく、禍々《まがまが》しかった。

三

隣室からは、男の呻《うめ》く声が延々と続いていた。三斎の物ではない、壮年の男の声だ。明らかに苦痛の声を上げている。ぶつり、ぶつりと畳を縫いあわせる時のような音がすると、その音は更に甲高くなった。

何を縫いあわせているのかはわからないが、そこで香を焚《た》いているのは確かなようだ。ふすまを隔てても、甘い香の匂《にお》いが漂ってくる。一人の老婆《ろうば》が糸車を回していた。その匂いをうっとりとした風情《ふぜい》で嗅《か》ぎながら、生糸だけを縒《よ》り合わせて、ぷつぷつと、軽快な音を立てながら親指と人差し指で糸を縒る。太い糸にしているのは顕生尼《けんしょうに》だ。

男の声が一際《ひときわ》高くなり、やがて途絶えた。暫《しばら》くすると、裸体に薄物を羽織っただけの美しい女が襖《ふすま》の奥から現れる。安珠だ。その白い肌のあちこちに、染《し》みのように返り血がついていた。まるで人を喰ったかのような有様で、それが美しい女人だというだけで、ぞっとするような美しさが滲《にじ》んでいる。

顕生尼は糸を縒る手を止めて平伏しようとするが、鈴のような可憐な声に止められた。

「構わない、続けておくれ。婆《ばば》の縒る糸はほんに素晴らしい。おかげで縫い合わせは至極巧《うま》くいったぞ」

その言葉に、顕生尼が犬のように笑う。糸を縒りながら、笑みを浮かべて言った。

「姫様の為《ため》の糸ですからな。決して御手を傷つけぬよう、そうして肉によく馴染《なじ》むように縒っております」

安珠は薄く歯を見せ笑う。その笑みは透き通るような美しさだが、どこか禍々しいものがある。ぽつりと言った。

「折角縫い合わせて親子一緒にしてやった荘林《しょうばやし》は、あっさりと壊されてしまったのでな。また、新しい狩人を作らねばならなくなった。素材はいくらでもあるとはいえ、それに合わせる材料を考えるのは厄介じゃな」

面倒でどうも堪《たま》らぬ、と呟く安珠に、顕生尼が小さく首を振った。

「オシロワケめに石窟《せっくつ》を焼き払われたせいで、だいぶ材料が失われましたからな……。せめて八田さえ残っておれば……。しかし、いかな材料が足らぬとはいえ、姫様の施術で作られたあれを倒すとは、一体何者でしょう。一筋縄では行かぬ相手でございますぞ」

声を潜める顕生尼に、安珠は艶《あで》やかに微笑んだ。軽やかな声で言う。

「なに、あの裏切り者が、笛を用いて動きを止めて、皆で壊しただけじゃろう。いくら急ごしらえであったとしても、普通の人間が真っ当に戦って勝てるような造りではない」

その言葉に、顕生尼が微かに眉尻《まゆじり》を上げて問う。

「裏切り者……。やはり、槙田めが……」

怒りの籠《こ》もった顕生尼とは裏腹に、安珠の声は軽やかだった。こみ上げる笑いを堪《こら》えるような顔で言う。

「元から裏切っておった男を裏切り者と呼ぶのはおかしいか。使える男故《ゆえ》にしばらくは泳がせていたが、《荷》を手に入れた以上はもう用済みだ。《荷》を引き取りに行くついでに、あれも始末しておくのが良いだろうな。まったく愚かな事よ。異国の神のために、結局すべてを失うのだから」

　顕生尼が糸を縒り合わせながら笑った。

「あの生意気な若造も、よもや我等にすべて見透かされているとは思いますまい。あのしたり顔も見納めかと思えば、実に愉快、愉快」

「妾《わらわ》は、槙田の顔は気に入っておる故、あれは残してやろうと思う。それ以外は不要故、婆の好きにして良いぞ」

　安珠の言葉に、顕生尼はニィと笑った。やはり、どこか犬のような顔つきだった。

「有難うございます。では、それを愉《たの》しみに、早う糸を紡《つむ》がねばなりませぬな」

うきうきと糸を縒る顕生尼を眺めながら、安珠は微かに微笑む。微かに膨らむような下半身を白い手で押さえると、小さく言った。

「まさか、オシロワケに封じられていた千数百年の間に、下（九州）より海人が居なくなり、肝心のてい人国への道が閉ざされてしまったのは誤算だった。我が一族に子を生《な》させぬ為の小細工だろうが、オシロワケも考えたものだ。しかし、異国にも同じ獣がいるのは幸いじゃった。これで精がつけられる。さすればお前達も……」

回る糸車の音にかき消され、最後までは聞き取れなかったが、安珠の顔に浮かぶ笑みは、異様なほどに壮絶なものだった。


満月が煌々《こうこう》と辺りを照らしている。

甲板から眺める冬の海は、驚くほどに美しかった。雲間から射《さ》す月の光がきらきらと波の飛沫《しぶき》に反射して、まるで氷の粒が舞うようだ。

少し遠くに見える陸地は、天草の島の一つだろう。十兵衛は、気を失っている間に、かれうた船に乗せられていたのだ。

この船に乗せられてから、かれこれ三日が経《た》っていた。三日も土を踏んでいないのは初めてだから、なんだか足下が心許ない。

一方で、肺の穴は塞《ふさ》がって息苦しさがなくなり、動いても平気になったのは救いだろう。

かれうた船の舷側《げんそく》に凭《もた》れ、十兵衛はただ一人、風に吹かれて海を見ていた。一応は信用をされているのか、見張りもいない。

船の手すりに頰杖《ほおづえ》をつきながら、十兵衛は三日前のことを思い出す。

玻璃を隔てて紅絹と対面した十兵衛は、彼女の本当の姿を見て、ただただ何も言えなかった。

紅絹の姿は美しかった。地上にいるときはどことなく儚《はかな》いだけの少女だったのに、水の中では不思議な精気が満ちている。

金の髪も碧の目も、水の中でこそ本来の輝きを取り戻すかのようだった。鱗に覆《おお》われた下半身や尾ひれさえ、異形のようにはまるで見えない。

人間の自分とはまるきり異なるが、元からこれはそういう生き物なのだ。ただそれだけにしか思えなかった。

化け物、というのは容易《たやす》い。けれど、化け物というには、この少女は随分と悲しげだ。水の中でわからないが、紅絹はどこか泣いているようにも見えた。

「紅絹……」

ふらふらと玻璃の水槽に近寄ると、十兵衛は思わず掌《てのひら》をそこに押しつけた。なんとなく、そうするしかなかったのだ。

紅絹もまた、玻璃を挟んで同じように手を当てる。冷たく分厚い玻璃越しだ。熱など感じるはずもない。なのに、十兵衛は紅絹の体温を確かに感じた。

紅絹が何かを喋《しゃべ》ったようだ。その口から、真珠のように丸い泡がぷかりと浮いた。

十兵衛はただ、紅絹を静かに見つめるのみだ。

紅絹もまた、玻璃の向こうでこちらを見つめる。

脇腹《わきばら》についた傷にはきちんと皮が張っていて、完全に癒えているようだった。紅絹が不必要に痛い思いをしているわけではないとわかって、それだけが救いのような気がする。紅絹の顔に走る傷も、誰かの傷を移したあとなのだろうかとぼんやり思った。だとしたら、この娘はやっぱり優しい。

無言で見つめ合う二人の仲を裂くように、槇田が言った。

「この娘が人ではないと納得したか？」

冷たさよりも、同情の方が濃い声だった。哀れみとでも言うべきだろうか。

槇田の声に、十兵衛は無言で一つ頷《うなず》く。納得したというよりも、納得せざるを得なかった。

「ああ。……あんたの言うとおりだった」

ぽつりと呟《つぶや》く。その瞬間、胸に刺さった痛い棘《とげ》が、今まで以上に激しく痛んだ。疼《うず》くような、沁《し》みるような、そんな奇妙な痛みだった。

「……紅絹は、これからどうなるんだ」

小さく訊《き》くと、槙田は静かに言った。

「あの女の手に渡すわけにはいかぬのでな。この船に置いておく予定だ」

「それは故郷に帰す、っていうことか」

十兵衛の問いに、槙田は一つ頷いた。

「あの女に奪われる前に、遠くへやるのが良いだろう」

その言葉に、十兵衛はわずかに安堵《あんど》する。自分以外の救い主が現れたのなら、それで良かった。故郷が何処《どこ》かは知らねど、大悲曰く、紅絹はぽるとがる語を解するのだ。であるのなら、きっとそのあたりに違いない。

これで良かったのだと無理矢理自分を納得させていると、槙田が穏やかに声をかけてきた。

「お前はどうする？　切支丹になれとは言わぬ。だが、敵が同じであるのなら、手を結ぶことはできると思わぬか？」

もともと仲間になるか、殺されるかの二択である。紅絹のことが片付いたら、後は、父親の仇を討つことしか十兵衛には残されていなかった。胸にぽっかりと空いたこの穴を埋めるには、きっとそれしかないのだろう。

「……わかった。俺は父の仇を討てるなら、それでいい」

低く十兵衛が頷くのを見て、槙田が微笑む。まるで同じ道場の後輩にするように、十兵衛の肩を軽く叩《たた》いた。

「決まりだな」

そうして十兵衛は完全に自由の身になったのである。刀も返され、船の中を好きなように歩き回って良いと言われたが、しかし、一向に気分は晴れない。

それ以降、十兵衛は甲板で風に吹かれて海を見ているか、或《あるい》いは紅絹のところへ行くかの二つしかしていない。時折切支丹の礼拝に誘われることもあったが、そこに足を運ぶことはまずなかった。彼等の信じる神を否定する気はないのだが、素直に入信する気にもなれないからだ。

槙田が話すキリスト教の神話はえらく不思議で、そうして妙に気に障るものが多かった。気に障るというよりも、なんだかひどく不条理で、なのに何処か懐《なつ》かしい気がしてしまう。血の中に隠れた恥の記憶に触るような感じというのが正しいだろうか。

中でも『天地始之事《てんちはじまりのこと》』という話は特に十兵衛には気に障った。

たとえば『天地始之事』の中には、アダムとエワの間に生まれた兄妹が地上に降りて、そこで夫婦の契《ちぎ》りを結ぶという件《くだり》がある。その結果、人の数は増えたのだが、悪事を働く者もまた増えて、それがデウスの怒りに触れた。島はデウスの力で滅び、生きのこった人間は《はつは丸し》という帝王と、その七人の子だけだという。《はつは丸し》は残った子供と力を合わせ、改めてこの世界を一から作りなおしたらしい。そこから切支丹を束ねる者を《はつは丸し》と呼ぶようになったそうだ。

それを初めて聞いたとき、十兵衛はなんともいえない胸のむかつきを覚えたものだ。血の繋がった者同士が契るというのもそうなのだが、勝手に人を生み出しておいて、それが誤った道に向かったら、丸ごと殺すというデウスも何様だと思う。

更に気に障るのは《丸血留《まるちる》》という教えだった。丸血留というのは殉教のことで、神のために戦って死ねば、どんな罪人であっても死後に《はらいそ》とかいう極楽浄土にいけるらしい。十兵衛は何とはなしに、地獄はあるが極楽なんぞない気がしている。地獄というのは肌に馴染むが、極楽なんぞは見たことも感じたこともないからだ。あるかどうかもわからないあの世と引き換えに死ねというのは、なんだかどうにもいかがわしかった。

キリストの教えはなんとなくいかがわしくて、どうにもこうにも辟易《へきえき》するのだ。人が何を信じようが構わないし、それに水を差すのも無粋の極みだから、十兵衛は切支丹を否定はしない。疑問に思ったこともわざわざ口にしない。

けれど、自分がデウスを信じることはないというのははっきりわかる。

この場所でもやっぱり自分は外れていると、そう思った。

一方で、玻璃の水槽の中にいる紅絹は、十兵衛が会いに行くたびにぎこちなく笑ってくれる。それがわずかな慰めだった。

けれど、十兵衛はどういう表情をしていいかわからずに、ただ、玻璃の壁に手を当てるのみだ。

玻璃越しにお互いに手を当てるようにするだけで、会話も何もそこにはない。元から紅絹とは会話なんて出来ないのだが、しかし、声をかけるくらいは出来ていた。紅絹が人ではないと知った日から、十兵衛は紅絹に声をかけることも出来なくなった。何を言っていいのかわからないし、何か喋れば、それだけ自分が空っぽになるような気がしたからだ。

目を見るな、と槇田に厳命されていたが、しかし、十兵衛はそんなことに頓着《とんちゃく》しない。二人きりになるときは、玻璃と水越しではあるが、紅絹の碧《あお》い目をじっと見た。

それで紅絹が自分を操るというのなら、それはそれで構わなかったが、しかし、自分はどうも正気のようで、彼女を助けるためだけに無謀な手立てを企てるような衝動もまるでわかない。

紅絹が人を操るというのも槙田の嘘《うそ》かもしれないし、そうではないのかもしれない。十兵衛は、一体何を信じたら良いのかわからなくなっていた。

ただ、紅絹の澄み切った碧い目は相変わらず綺麗《きれい》で、それだけは真実のような気がする。

嘘塗《うそまみ》れでも一分の真《まこと》さえあればそれで良いような気もするし、そう考える自分はつくづく底抜けだと思う。けれど、それの何が悪い、とも思うのだ。

紅絹はこの船に乗って、故郷の海に帰れるだろう。

自分も、一年余に亘《わた》って追い詰めた、真の仇の元へと辿り着けた。

良いことずくめの筈だった。

なのに、何故か、胸の奥の棘が疼くのだ。未練というのとも少し違う。なんだか奇妙な違和感がずうっと胸の奥に蟠《わだかま》り、気分がまるで晴れなかった。

こういう時、十兵衛はいつも甲板に上がって海を見る。黒っぽくうねりを帯びた冬の海は、南国の割に寒々しくって、それが逆に慰めだった。

自分はこれからどうすべきなのか、どうにも何か引っかかってすっきりしない。胸に刺さったあの棘に妙に何かが引っかかるのだ。

胸の中に咲く悔恨の花はますます赤く、これが散る日は来るのだろうかとも思う。

こんな時に大悲がいれば、それなりの知恵を出してくれるのに、こういう時に限ってあの鬼はいないのだ。

そもそも、今あれはどうしているのだろう。

生きているのか、死んでいるのかさえわからない。そうは容易く死なないとは思うのだが、乾涸《ひか》らびてしまえば動けなくなる程度の鬼でもある。

「鬼のくせに、ほんとに肝心なときに役に立たねぇ……」

胸の中のもやもやの八つ当たりのように、十兵衛はこの場にいない大悲に悪態をつく。返事なんか予想もしていなかった。

しかし――。

ぼそっと呟いた瞬間、不意に信じられぬ程に間近から声が聞こえた。

「随分な言いぐさだな。せっかく迎えに来てやったのに」

どことなく上機嫌で、耳に馴染みの呑気《のんき》な声だ。はっとして声のした方――真下を見ると、船の側面に、甲板と平行になって立っている大悲がいた。十兵衛から一間も離れていない。舷側に立っているくせに、まるで、そこが地面のような自然な姿勢だ。

十兵衛は、本当に心底驚いた。驚きすぎて、完全に固まった。この鬼と知り合ってから一年と少しだが、まだ驚くようなことがあったかと思う。

「あんた、一体今まで何を……」

驚きの余りに頭の整理が何もつかず、思い切り間の抜けたことを訊いてしまうが、大悲は笑って答えるのみだ。

「話せば長くなるのだが、お前に頼まれた死体を喰いに行ったらな、いきなり妙な爺《じじい》に襲われてなぁ。少々癪《しゃく》に障ったので、腕を一つ貰ったら、そうしたら爆薬で吹っ飛ばされた。七つ死体を喰っておいたおかげで、寸前に神蟲《しんちゅう》の牙《きば》が抜けて誠によかった。でなければ、元に戻るにも難渋するところだ。で、塒《ねぐら》に戻ってみれば、いつの間にかお前等二人は消えているし、小屋はあちこち穴だらけで雪は吹き込んでくるしで、居心地が悪すぎて結局出てきた」

そういえば、あの荒《あば》ら屋《や》は荘林十兵衛の化け物との戦いで屋根から壁から床にまで大穴が開いてしまっていたのだった。もしやと思うがこの鬼は、小屋に雪が吹き込んでこなかったら、ずっとあそこで寝転んでいるつもりだったのか。

試しに十兵衛が尋ねてみると、大悲はさすがに苦笑する。

「俺はお前に憑《つ》いているのだ。さすがにそこまで薄情ではないつもりだぞ。俺の方も、まぁ、色々あったが、幸い、木《こ》っ端微塵《ぱみじん》に吹っ飛ばされたので、神蟲の牙も真っ二つだ。おかげで往時の力が戻ったのは不幸中の幸いというやつだな」

「木っ端微塵に吹っ飛ばされた？」

「炸裂弾《さくれつだん》で血肉が千以上にばらばらだ。何処に何処を当てはめれば良いか、己の体なのに苦労をしたぞ」

吹き飛ばされたのは聞いていたが、木っ端微塵になったというのは想定外だ。唖然《あぜん》として問いかける十兵衛に無造作に答え、大悲は平然と船の横っ面《つら》を歩きながら甲板まで登ってきた。

この鬼はどうやってここまで来たのか。何か小舟にでも乗ってきたのかと、慌《あわ》てて海面を見回すが何もない。

「ちょ、ちょっと待った、大悲さん。あんたどうやってここへ来たんだ？　海の上だぞ⁇」

焦《あせ》ったように問う十兵衛に、大悲は平然とした風情で答える。

「力が戻ったので、海を歩いて渡って来たのだ。天狗《てんぐ》ではないからさすがに空は飛べないが、それくらいは朝飯前だ」

空を飛ぶのも海の上を歩くのも、異常だという点では変わらないが、しかし、中々凄《すさ》まじい。改めてこれは人ではなかったと思い出す。

言われてみれば、確かに、今までの大悲とは少し違っているようだ。何というか、今までに感じていた禍々しさも神々《こうごう》しさもすっかり鳴りを潜め、普段にも増してぼんやりとした風に見える。美しさは相変わらずだが、より、人に近づいたような、そんな感じだ。

十兵衛は、これで本当に封じられていたとかいう力が戻ったのかと、大悲へ疑いの目を向ける。余計にうすらぼんやりして、いよいよ役に立たなそうだ。しかし、大悲はそんなことは意に介さず、ますますのんびりした声で言う。

「さて、俺の話はそんなところだ。ところでお前は何をしている？　随分と思い詰めたような顔をしていたぞ」

緊張感も何もない大悲の声は、救いのように十兵衛には聞こえた。胸の奥の棘が少し緩んだような気さえする。

十兵衛は、それに促されるようにして、紅絹の正体や《御方さま》のこと、そうして槙田と切支丹のことについて一気に喋った。紅絹が故郷に帰れることや、自分も槙田と共闘することになったことなどもまとめて喋る。こんなに喋ったのは生まれて初めてだというくらいに喋り、そうして、話し終わったときには、妙に気分が楽になっていた。

これだけの話を、胸の中に収めているのがどれだけ苦痛だったかということだろう。

喋ってしまえばある程度楽になるのが不思議だった。

一方で、大悲の方は、普段ののほほんとした表情が、一転、ひどく真面目《まじめ》なものになっている。腕を組み、唸《うな》るようにして言った。

「……話の筋は、まぁ通る。《御方さま》の目的も、切支丹のことも綻《ほころ》びは特にない。だが、どうにも間尺《ましゃく》に合わんな」

「間尺に合わない？」

十兵衛の問いに、大悲が珍しく難しい顔で言う。

「紅絹のことだ。紅絹が《せいれん》とかいう異国の魔性のものであるというのは別に構わん。俺だって鬼だしな。しかし、紅絹は何故、わざわざこの国に連れてこられたのだ？　何の必要があって、《御方さま》は《せいれん》を欲し、槙田はそれを奪う必要があったのか、という話だ」

「紅絹は……他人の傷を自分の体に移せるみたいだから、それに使おうとしてるんじゃないのか？」

《御方さま》は女であるから、もしかしたら、体に何か醜い傷でもあるのかもしれない。しかし、十兵衛の意見に大悲は納得していないようだ。

「その程度の目的ならば、別に槙田とて、《御方さま》から紅絹を奪わなくても良いではないか。そもそも槙田の言うことが正しければ、紅絹は『人の姿をした獣というよりも、もっと恐ろしい魔性のもの』であるのだぞ？　そんなものを、危険を冒して奪い取るか？　傷を消すだのなんだのだったら、別に放っておけば良かろう」

確かに大悲の言うとおりだった。女が自分の傷消しに紅絹を使うのであれば、槙田が紅絹を奪おうとする理由が弱い。思えば、槙田は肝心なところで巧く話をはぐらかしていた。

確かに槙田は嘘は言っていない。ただ、都合の悪いことは何一つ言わないだけだ。それがどういう意味かは、貫左に対して同じ対応をする十兵衛にも良くわかる。都合の悪いことというのは、絶対に知られてはいけないことだ。一度でも嘘をつけば、そこから芋づる式に次々と多く嘘をつかねばならなくなり、そこから破綻《はたん》が生じるものだ。しかし、何も言わなければ、嘘を重ねる必要はなくなる。

絶対に知られてはいけないからこそ、そこまで慎重になるのだ。つまり、何故《御方さま》……安珠という女が紅絹を必要としていたのかを槙田は確実に知っている。そうしてその理由を十兵衛には言わないというのはつまり……。

十兵衛の逡巡《しゅんじゅん》を知ってか知らずか、大悲がぽつりと言った。

「俺を吹き飛ばした爺の腕を喰ったとき、《継続する丸血留》という思念が異常に渦を巻いていた。恐ろしいはどにあの爺はそれに拘泥《こうでい》しておってな。もしかすれば、それが関係あるかも知れぬが……」

丸血留の意味がわからないらしく、首を傾《かし》げる大悲に、十兵衛がそれを教える。

「丸血留ってのは、切支丹の言う殉教のことらしいぜ。この船の連中はそう教えてくれた」

「なるほど、丸血留はすなわち殉教、か。一つ勉強になった。ありがとう」

素直に頭を下げた大悲だったが、しかし、まだ疑問は晴れないらしい。更に首を捻《ひね》りながら言った。

「殉教を切支丹が丸血留と呼ぶのはわかった。しかし、継続、というのはどういう意味だ？　人は、死ねば終わりだと思うのだがな……」

大悲は鬼であるが故に、死の概念が人とは異なる。だから、信仰のために命を捨てることが尊いという概念もないらしい。

一方で十兵衛にも、継続する殉教、というものがなんであるかが見当もつかなかった。殉死はともかく、殉教という概念自体が十兵衛の中にそもそもないのだ。

二人で額を寄せるようにして意見を交わしあっているうちに、ふと、大悲が、何かを思いついたような顔になる。ぽつんと言った。

「八百比丘尼《やおびくに》……」

「やおびくに？」

突然、《継続する殉教》とは関係のなさそうなことを言い出す大悲に、十兵衛が怪訝《けげん》そうな顔で訊く。大悲が短く説明した。

「若狭《わかさ》の国にかつて住んでいたといわれる白比丘尼のことだ。人魚を喰って、不老不死となり八百年生きたが、やがて自然に死ぬことが出来ないと悟って入定《にゅうじょう》したという話だ。槙田とやらは、《せいれん》と人魚は似ている、と言ったのだったな？」

「あ、ああ」

「それは少々おかしくないか？　人魚と紅絹は、まぁ半身が魚という点では似ているが、容姿自体はまったく違うと思うのだが」

十兵衛は実際の人魚を見たことがないからわからない。ただ、絵草紙でみた人魚は胸から上が醜い人間で、胸から下は魚だった。一方で、紅絹――《せいれん》は、臍《へそ》の上からが人間で、その下が魚体だ。そうして見目麗《みめうるわ》しい姿をしている。

槙田は確かに人魚と《せいれん》は似ていると言っていた。同じ海に棲《す》む魚体の魔物だから、そう言ったのだろうと思ったのだが、今思えば、確かにこの国の人魚と《せいれん》は形からしてどうにも異なる。

大悲は更に首を傾げる風にして言う。

「人魚を喰うと、不老不死になるという。いかにも女が欲しそうなものではないか。安珠とかいう女は、紅絹を喰うつもりで葡萄牙《ぽるとがる》から買ったのかもしれんぞ」

とんでもないことをさらりと言われ、十兵衛は思わず目を剝《む》いた。紅絹が喰われるなんて考えたくもないことだった。だから、それを否定したくて、十兵衛は思わず反発するように嚙《か》み付いてしまう。

「人魚なんて、この国にもいるんだろう？　なんでわざわざ異国から仕入れる必要があるんだ」

そう反論する十兵衛に、大悲が呆《あき》れたように言う。

「人魚と一口に言うが、あれは『てい人国』という国に棲むものだ。『てい人国』への道を開けるのは海人か狐《きつね》だけだが、狐はともかく、海人はもはやこの国にはおらぬのでな。狐を探すくらいなら、異国から仕入れた方が余程に手っ取り早いのだ」

大悲の言葉に、十兵衛が困惑しきって問いただす。

「『てい人国』って何処の国だ？　海人はともかく、狐が門番ってのも訳がわからねぇよ」

何もかもが初耳だった。海に棲む漂泊の民を海人というのは知っているが、しかし、てくれる。

狐というのは何のことか。困惑する十兵衛に、大悲がこの鬼にしては懇切丁寧に教え

「『てい人国』というのは海に連なる妣《はは》の国の事だ。妣の国というのは、お前達山人の言う地下の国のようなものだろう。地下の国は山人と鵄《とび》が門番になっているが、妣の国は海にあるだけあって、海人や狐が門番になっている。海人は山人と同じように、妣の国に属する一族だ。狐というのは、その昔、平清盛の父である平忠盛が三越左右衛門という狐に人魚の漁業権を売ったのさ。みだりに人が不死を得ぬようにするための処置であるが、以降、人魚は総《すべ》て番人である海人か、あるいは狐を通さねば手に入れることが出来なくなったのだ。平安の昔ならいざ知らず、今は神格のある狐も随分減った。だからこそ、わざわざ異国の人魚……《せいれん》とやらを仕入れる必要があったのだろうな」

海人が山人と同じだと言われれば、『てい人国』の話も確かに納得するしかない。狐についてもそんな話は初耳だったが、確かに稲荷《いなり》神社には狐が祀《まつ》られているように、そういう狐も居るのだろう。

腑《ふ》に落ちてはいないが、一応は十兵衛が納得したのを確認し、大悲は続ける。

「実際に《せいれん》を喰ったとして、不老不死になるかはわからん。大体半身が人

間、半身が魚という大雑把なくくりで一緒に出来るものかどうかもわからんしな。だが、仮に《せいれん》の血肉が不老不死の妙薬だとすれば、槙田とやらも、そのまま葡萄牙に帰すというのは人が好《よ》すぎる話ではないのか？　そもそも、切支丹《きりしたん》達は一揆の準備をしているのだぞ。戦の勝敗なんぞ、とどのつまりは死人の数で決まるのだ。死なない兵隊がいれば、どんな戦でも勝利は確実ではないか」

大悲の言葉に、十兵衛は、すっと背中に冷たいものが走るのを感じる。槙田が紅絹のことを再三『獣』だと言い続けていた事を思い出したのだ。

大悲という鬼は、ごくつぶしだが、そのかわり知恵が働く。故に、その言葉には妙な信憑性《しんぴょうせい》があった。十兵衛は、大悲に向かって一つ訊く。

「槙田は、紅絹を『遠くへやる』って言っていた。もしかしたら、最初から、あの女を裏切って、紅絹を一揆の連中に喰わせる気だったとしたら……」

当初からそのつもりなら、『遠くへやる』という言葉に嘘はない。十兵衛が騙《だま》されるのも当然だろう。

大悲がふっと思い出したように言った。

「永遠の生というものは、いわば死のようなものではないかと、以前に問われたことがある。《継続する丸血留》というのは、つまりは……」

皆まで言われなくとも、十兵衛は大悲の言葉の意味を理解した。永遠の生が死と同じであるなら、不死《しなず》の体になることも、継続する死と変わらないのではないか、ということだ。

辿《たど》り着いた結論に、十兵衛はずるずると舷側に凭れるようにして甲板に座り込んだ。立っている気力もない。頭を抱え、低い声で小さく訊いた。

「……あんたは、紅絹が人ではない、って最初から知ってたんだな」

大悲は一つ頷いて、訊かれなかったからな、と小さく呟く。続けて言った。

「人ではないが、お前はあれに自分を見ていたようだったのでな。水を差すのもどうかと思って、敢《あ》えて何も言わなかっただけだ」

「自分を、見る……？」

「お前、紅絹におそらくは、自分と同じ孤独を見ていたのだ。お前があれを助けようとするのはな、幼き日の自分を助けたいというような、そういうものだ。そして、あの娘は、お前しか選択肢がなかった。だから、お前にすがったのだろうなあ」

なんとなく、ひどく苦い物言いだった。十兵衛は、その言葉を更に苦い思いで聞いていた。自分と同じ孤独を紅絹に見ていたということがひどく応《こた》える。大悲の言うことが真実ならば、やっぱり紅絹は自分を誑《たぶら》かしたわけではないと思った。

里の者でもなく、山の民でもない宙ぶらりんな自分の孤独を、日本へ連れてこられた異国の娘へと勝手に重ね合わせていたのであれば、それは十兵衛が己の心の水平を保つために、紅絹のことを利用していたに他ならない。であれば、それは槙田の言うこととまったく逆だ。

「……紅絹を助けないと」

頭を抱えた手を膝《ひざ》へ移し、思い詰めたような声で十兵衛が言った。

「そうなれば、切支丹と《御方さま》、双方を敵に回すことになるなぁ。四方八方敵だらけだが、お前はそれでも構わないのか?」

他人事《ひとごと》のように大悲が言った。けれど、その目には以前にはまったく見受けられなかった妙な光が奥にある。その光に励まされるように、十兵衛ははっきり言った。

「それはそれで構わない。俺が紅絹を自分と同じだと思っているってあんたは言ったな。だったら、紅絹を助けることと、先生……父の仇を取ることもまるで同じだ。元から《御方さま》って女が父の仇であることには変わりがないし、それを妨げるものがあるのなら、神だろうが仏だろうがぶった斬《ぎ》る」

改めて口に出すと、なんだかすとんと腑に落ちた。ようやく何もかもが自分の中にうまく収まったような気がする。

そうだ。紅絹は自分のために涙を流してくれた、ただ一人の存在なのだ。あの涙で、多分自分は救われた。紅絹を助けるには十分すぎる理由だろう。

腹を括《くく》った十兵衛に、大悲が低く笑ってみせる。その顔は、今まで以上に美しく、この鬼の顔なんぞとうに見慣れていたはずの十兵衛でさえ魅入られる程だ。

今まで十兵衛が聞いたこともないような声で大悲が言った。

「なるほどな。その答え、気に入った」

気に入ったから、どうするという言葉はなかった。ただ、大悲は今まで以上に美しい風情をしている。先刻《さっき》までのあの薄ぼんやりした風情から、がらりと中身が入れ替わった、そんなかんじだ。

「気に入ったから、どうなんだ」

大悲の顔に見惚《みと》れるように、ぼんやり十兵衛が訊き返す。なんだか頭の芯《しん》がぼうっとしているのに、背骨には冷たい氷水を注がれているような、そんな妙な心持ちがあった。緊張と微睡《まどろ》みが混じるような感覚とでも言った方が良いだろうか。

「何、俺はお前に憑いている鬼でもあるが、紅絹の名付け親でもあるということさ」

そう言うやいなや、大悲が、しゃがみ込んだままの十兵衛の首根っこをひっつかみ、ひょいと後方へ放り投げた。不意を突かれた十兵衛だったが、尻餅《しりもち》をつくこともなく見事に着地したのはさすがであろう。

「何しやがる……！」

ふざけている場合ではないと抗議しようとした十兵衛だったが、次の瞬間、自分の居た場所に轟音《ごうおん》と共に鉄の球がめり込んだのを見て咄嗟《とっさ》に黙る。あちらこちらから、同時に凄まじい音がした。

「何だ」

思わず喚《わめ》くようにして叫ぶ十兵衛に、一部始終を見ていた大悲は、どことなくのんびりしたような声で言った。

「どうやら石火矢《いしびや》を打ち込まれたものらしいな」

「石火矢⁉　そんなもん、どこから……」

言いかけた瞬間に、また、二発目の轟音が鳴り響いた。十兵衛は、落雷のような音と同時に、今度は船首側の帆柱が折れるのを目の当《ま》たりにする。

大悲が闇《やみ》の向こうを指差し、言った。

「熊本の方角だ。見えるか？」

その方向に目を向けた途端、十兵衛は愕然《がくぜん》とする。そこにあったのは、数隻《せき》の軍船《いくさぶね》だ。細川の紋が入っているのが微《かす》かに見えた。

「あれは……」

茫然《ぼうぜん》とする十兵衛に、大悲が首を捻るようにして答える。

「細川の軍船のようだが妙だな。ここはそもそも天草で唐津藩の縄張りの筈《はず》だ。細川が寺澤に喧嘩《けんか》を売るような真似《まね》をするとは思えんが……」

首を捻る大悲であったが、その間にも、砲弾は次々に撃ち込まれてくる。弾自体は炸裂弾ではなく、ただの鉄の塊だが、しかし、数が多すぎた。丈夫なはずのかれうた船が、次々と土手っ腹に穴を開けていくのはぞっとしない。

大悲が言った。

「お前はこの船が沈まぬうちに紅絹を助けろ。俺はそれまでの時間稼ぎをしてやろう」

のんびりとした物言いだったが、しかし、それは紛れもない真実の声だった。この鬼にしては珍しい。

「時間稼ぎ？」

「これ以上弾が当たらぬようにする。多少は時間が稼げるだろう」

そういうと、大悲はさっと手を振った。どういう理屈か知らないが、かれうた船の目の前に何か巨大な物が現れる。それはどうやら何処かの城のようだった。六角形の天守を持つ、妙に煌びやかな黒い城だ。砲弾はその城に妨げられて船までは届かない。

「なんだ、これ……」

海の上に急に現れた天守に唖然とする十兵衛に、大悲が言った。

「安土城の天守の写しだ。神蟲の牙が抜けたからな、今の俺にはこういう芸当ができるのさ。とはいえ、体をつなげるのに、だいぶいろいろ使ったからな。これだけ大きい物だと外側しか写せない。張りぼてのようなものだから、そう長くは保《も》たんぞ」

まるで説明になっていないが、とにかく大悲が城を盾にすることで、かれうた船を守ってくれているのだけはわかった。で、あるのなら、詳しい話はあとでいい。

「恩に着る、大悲さん！」

十兵衛はその場に大悲をおいたまま、慌てて階段を飛び降りた。一刻も早く、紅絹をあそこから救い出さねばと思う。船が沈んだところで、あの魚体ならばきっと泳いで逃げ出せるのだろうが、しかし、万一砲弾の直撃を受けたりしたら事だった。

甲板の下は、右往左往する男達でごった返している。此方《こちら》からも砲撃を開始するようだ。船倉から弾薬や銃を運ぶ男達の姿もあった。

盾のように現れた城を見て、イエズス様の奇跡だと祈っている連中もいたが、それを掻《か》き分け掻き分け、十兵衛は、必死になって奥の部屋へ辿り着く。

取っ手を握り、中に入ろうとするが扉は開かない。どうやら鍵《かぎ》がかかっているようだ。

十兵衛は素早く刀の鯉口《こいぐち》を切った。目に力を入れて扉の表面を凝視する。すると、あの鋼《はがね》と同じく、《目》のようなものが走っているのがはっきり見えた。十兵衛は、気合いと同時に、扉へと刀を一閃《いっせん》させる。《目》のあたりから、分厚い木の扉が真っ二つに斬り割れた。

刀を鞘《さや》に収めるのももどかしく、十兵衛は抜き身をひっさげ室内へと駆け込んだ。瞬間、強い血の臭《にお》いが鼻につく。

「紅絹!!」

悪い予感に背筋を震わせながら、十兵衛は部屋の中を見回した。途端に目の前に飛び込んできた光景に硬直する。

大筒の直撃を受けたものだろう、壁には大きな穴が開いていて、外の景色が丸見えだった。室内には潮風が吹き込んで、波の音がすぐ近くに聞こえる。玻璃《はり》の水槽は無残にも割られ、鉄柱が拉《ひし》げていた。そのせいで、室内は水浸しになっている。

しかし、十兵衛が動けなかったのは、そんな理由からでは決してない。

視線の先にいたのは槙田だった。細い紅絹の首を片手で摑《つか》み、持ち上げるようにして立っている。小柄な紅絹の体は、足……この場合は尾ひれだが、それが床についていない。

紅絹はぐったりとして動かなかった。首を絞められているからではない。その胸に、大刀が深々と刺さっているからだ。

紅絹の胸から流れる血が、魚体を伝い、水浸しの床の上へと紅《あか》い水たまりを作っている。まだ微かに息があるのか、胸がわずかに上下していた。口からも大量の鮮血が零《こぼ》れ落ち、白い肌を伝うのが痛々しい。

茫然と立ち尽くす十兵衛に、紅絹が気付いたようだった。

弱々しく微笑《ほほえ》んで、ゆっくりとこちらへと手を伸ばす。

それは、助けを求めるというよりは、会いたかったと言っている風にも見えた。あるいは、別れの挨拶《あいさつ》かもしれない。胸の奥の棘が弾《はじ》けたように鋭く痛んだ。

「紅絹!!」

胸の痛みに弾かれるように、十兵衛は、その手に向かって真《ま》っ直《す》ぐ駆ける。

その気配にようやく乱入した十兵衛に気がついたのか、槙田が此方を振り向いた。

邪魔だと言わんばかりの醒《さ》めた目で十兵衛を見る。

そのまま、更に深く紅絹を刺した。紅絹が思い切り仰《の》け反《ぞ》って、かはっと更に大量の血を吐いた。

「やめろッ!!」

十兵衛は槙田に向かって飛びかかった。しかし、槙田は視線すら投げず、飛びかかった十兵衛の腹を、逆寄せに蹴《け》り上げる。重さのない十兵衛は、自分の勢いをそのまま受けて、部屋の隅まで吹き飛んだ。

蹴られた角度や頃合いから、十兵衛は槙田が凄まじい手練《てだ》れだと直感する。背中を壁に強《したた》かに打ち付けて息が詰まった。しかし、それよりも凄まじい怒りが先にある。

「何を、している……」

即座に立ち上がり、十兵衛が小さく言った。声が掠《かす》れ、おまけに語尾が震えているのは、蹴られたときの痛手ではなく、怒りのためだ。

その問いに、槙田は何一つ悪びれることなく言った。

「あの女に渡さぬ為《ため》だ。鮮度の問題で、ぎりぎりまで生かしておこうと思ったが、こうなれば逆に足手まといだ。であれば、この場で殺した方が楽だろう」

平然と告げる槙田の傍では、鳶丸とかいう老爺《ろうや》が直刀でもって、紅絹の下半身を抉《えぐ》り取っていた。その切れ目から、血をまとう真っ赤な肉がちらりと覗《のぞ》く。魚身でも、そこに詰まっているのは明らかな肉だ。こいつらは、それを喰う気だと何故《なぜ》かわかった。十兵衛は思わず叫ぶ。

「お前等、最初から紅絹を喰う気だったんだな。あの女から紅絹を奪い、そうして不死になってから、改めて一揆《いっき》をおこすつもりだったのか！」

それを聞いた槙田が、初めて感心したように言う。

「このわずかな間に、良くそこまで気付いたな。あの女に辿り着いた件といい、やはりお前は殺すに惜しい」

この結論に辿り着いたのは十兵衛ではなく、大悲だったのだが、その事を言う気はなかった。大悲の考えが正しかったということに、眩暈《めまい》のような絶望を覚える。

怒りのあまりに無言になる十兵衛を見て、鳶丸が鼻で笑うように言った。

「この獣の命一つで、三万七千の切支丹の同胞が救われる。それの何が悪い。どのみちこれは、喰われるためにこの国へ来た。それがこの獣の運命だ。ならば、あんな女に喰わせるよりは、余程有意義な使い道だろう」

鳶丸の言葉に槙田も頷く。どこか遠くを見ているような目で言った。

「この国にはもうじき善人が生まれ、そうして我等を千年の楽園へ導いて下さる。我等は善人の刀、盾となるのだ。化け物の力を借りてでも、我等は神の国を作り上げる。その為には、外道《げどう》と呼ばれても構いはせん」

そう語る二人の目は、どこか恍惚《こうこつ》として、何かに酔っているようにぎらぎらと光っている。酔っているというよりも、もっと何か、地獄の底にいるような目だ。

極楽を語る癖に、こいつらは地獄にいると、そう思った。

だが、狂っている、とは思わなかった。人にはそれぞれに生きる理由が必要で、他人からは狂っているようにしか見えなくとも、本人にはその道しか選べないのだということを、十兵衛は身に沁《し》みて知っている。

だからこそ、十兵衛は自分の理由でこれらを殺すと、そう決めた。こいつらを殺して紅絹を救い、そうしてこの船から出て行くのだ。

十兵衛は、無言で刀を八双《はっそう》に構える。二階堂平法の構え方ではない。流派を知られないように、真剣での立ち合いは八双でいけと、父に散々叩き込まれている。

それを見た槙田が紅絹の体を鳶丸に預け、静かに言った。相変わらず哀れみが濃い声だ。

「まったく、こんな獣に誑かされよって……。お前にも一切れ肉を分けてやろう。そうして不死《しなず》の躰《からだ》になれば、父の仇《かたき》も容易《たやす》く討てるぞ。こんな獣のために、父の仇討ちを捨てるつもりか？」

十兵衛は、それにには何も答えなかった。父の仇討ちは確かに大事だ。けれど、紅絹のことだって大事なのだ。

槙田にとって紅絹は獣であったとしても、十兵衛にとってはそうではない。大悲にいわれた言葉が蘇《よみがえ》る。

『お前はあの娘に自分を見ていたのだ』、と——。

それはつまり、自分の中に咲いた悔恨の花、自分の胸に刺さったままの痛い棘《とげ》、それらと同じものをあの少女が抱えていると、自分はそう感じたということだろうか。

であるのなら、十兵衛は、何が何でも紅絹を助けなければならない。紅絹が自分のためだけに流してくれたあの涙のおかげで、十兵衛は多分救われたのだ。

大悲ではないが、自分だけが救われるのは、間尺に合わない。そう思った。

人は、ひとつにひとつ、二つは選べない。ならば十兵衛が選ぶのは、死んだ父より、生きている紅絹だ。

十兵衛は、渾身《こんしん》の力で槙田に向かって斬りかかった。

槙田は紅絹から刀を抜くと、それで十兵衛の刃を受ける。血で真っ赤に染まっていたが、刃文が美しい、いかにも高そうな刀だった。双方の刃から火花が散る。

槙田は、すかさず鍔迫《つばぜ》り合《あ》いへと持ち込むと、呆れたように言った。

「まったく、まだ目が覚めぬようだな。お前はこれに誑かされているだけだと言っただろう」

必死の形相の十兵衛に比べ、槙田には余裕があった。刀をあわせて改めてわかったが、槙田は凄まじく腕が立つ。純粋な剣技だけなら、父である松山主水さえも凌《しの》ぐかも知れなかった。

「黙れ！」

気圧《けお》されることのないように、十兵衛は腹に力を入れて叫ぶ。しかし、体格の差もあって、十兵衛は徐々に押されていった。

槙田が諭すような風情《ふぜい》で告げる。

「こんな事をしている場合ではなかろうに。ここはもうじき、戦場となる。いい加減、目を覚ませ」

そういえば、今、細川の軍船からの砲撃を受けているのだった。大悲が食い止めてくれているが、それがどれくらいまで耐えられるかわからない。

槙田の言うことは正論だ。しかし、そんな事はどうでも良かった。ただ、どうしようもない怒りと哀《かな》しみだけが十兵衛を突き動かしている。槙田の、正論の中の冷酷さが憎かった。

悔恨の花は燃え盛るし、痛い棘はただただ深い。この痛みに比べたら、体の痛みなど、どうと言うこともないだろう。

そう思い立った十兵衛は、鍔迫り合いをしている状態から、わざと一瞬力を抜いた。

そのまま、槙田の刀を自分の躰に深く食い込ませる。

ぶつん、と肉が裂ける音がした。灼《や》けるような痛みが走る。

しかし、十兵衛は一向に構わなかった。

これで、槙田の刀を一瞬封じる。

「なッ……」

槙田が明らかに動揺した。これだけの剣の達者でも、やはり人を斬るのには多少の躊躇《ちゅうちょ》があるようだ。その隙《すき》を逃さず、十兵衛は鍔迫り合いから自由になった切っ先で、宙にむかって円を描く。

喉《のど》から出たのは、気合いというより、獣のような咆哮《ほうこう》だった。あの日以来、何度試しても出来なかった、あの大きな塊が自分から放たれるのがはっきりわかる。

〈心の一方〉——。父から受け継いだ、十兵衛にしか受け継げなかった、そんな唯一《ゆいいつ》の技である。

真正面から気の塊を受け、槙田が三間以上吹き飛んだ。十兵衛は吹き飛ぶ槙田を追いかけて、そのまま己の刀を思い切り振り下ろす。手加減も容赦もなかった。この男だけは確実に殺さねばならぬと信じた。

ぷつん、と皮膚を破る感触がして、ごつん、と骨を断つ振動が腕に伝わる。その刃は、槙田の体の肩口から胃の腑の辺りまで、身に深く潜り込む。太い血管を切ったのか、そこから噴水のように血が噴き出した。即死だったか、〈心の一方〉にかかったままであるせいか、断末魔の声もない。

「槙田様！」

直刀を紅絹の下半身に突き立てていた鳶丸が叫んだ。その時には既に十兵衛は動いている。

「紅絹から離れろッ！」

叫びながら十兵衛は、自らも肩口を緋《ひ》に染め、目にもとまらぬ早技で鳶丸を斬った。老人は衝撃で吹き飛び、粉々に割れた玻璃の中に突っ込んだが、十兵衛は一瞥《いちべつ》さえしない。枯れ木のような手応えのなさが気になったが、それよりも紅絹の手当てが先だった。

「紅絹！」

十兵衛は、血を流して倒れている紅絹へ飛びついた。紅絹は、穴の空いた壁際《かべぎわ》の、床のぎりぎりに引っかかっている。かろうじて息があるらしく、十兵衛の呼びかけに、紅絹は薄く目を開けた。

一瞬だけ、微かに笑う。

その微笑に胸の棘がひどく疼《うず》いた。十兵衛は、紅絹の体を抱きかかえ、耳元で言う。

「もう少しだけ頑張れ。今、大悲さんのところに連れて行く。血さえ止まれば……」

大悲には、傷は癒《い》やせないが、血を止める力がある。血さえ止まれば、なんとか助かる筈だと、祈るようにそう思う。神蟲の牙が抜けたのだ、きっと何とかしてくれる。

慎重に紅絹を抱き上げ、立ち上がった瞬間だった。ぶつん、と体の中で音がして、背中にひどい熱さを感じる。灼けるような熱さなのに、反面、氷のような冷たさが胸の内を貫いた。何があったのかわからない。

ぐらっと揺れる視界の中で、紅絹が大きく目を見開くのが見える。

紅絹の視線の先、十兵衛の胸からは、緋に濡《ぬ》れた直刀の切っ先が突き出ていた。背後を見るまでもなかった。鳶丸が、手にした刀で十兵衛を背後から貫いていたのである。

「化け物に、誑かされた、ぜんちょなぞに……」

鳶丸が息も絶え絶えに言う。ぜんちょというのは確か異教徒のことだったと、十兵衛は、この三日で覚えた切支丹の言葉をぼんやり思い出す。

この老人は、十兵衛に斬られた瞬間、自ら飛んで、即死を回避したのだろう。だから手応えがなかったのだ。しかし、それを悟るには遅すぎた。喉の奥からせりあがる塊がごぼっと音を立てて口から洩《も》れる。奇妙に真っ赤な血の塊だ。

鳶丸もまた、十兵衛を刺した後、力を使い果たしたように、その場へと倒れ込む。絶命したかどうかはわからなかった。そんなことより、十兵衛は、呼吸する度に迫り上がる灼けるような熱さの血が、喉から溢《あふ》れて紅絹の白い胸にかかるのが申し訳ないように思う。

――紅絹だけは、せめて助けなければ。

そう思ったが、躰が言うことをきかない。

前のめりに体が揺れる。

十兵衛は、紅絹を抱えたまま、穴の空いた壁から真っ逆さまに海へと落ちた。自分の血が緩やかに空中で珠《たま》になるのを奇妙な気持ちで眺めていた。

赤い珠は十兵衛達とまったく同じ速度で落ちる。こんな軽そうなものが、二人分の体重と同じ速さで落ちるのが不思議だった。

落ちながらも十兵衛は、無間《むげん》地獄というのは、二千年間落下して、そうしてようやく底につくのだ、ということを何故だかふっと思い出す。

五十人には足りないが、それくらいは殺している。一人殺しただけで地獄行きなら、自分はどれだけ深い場所に落ちるのか。地獄はある意味馴染《なじ》みだったが、それと永劫《えいごう》に付き合うのは気が重いな、とぼんやり思う。

異国の娘の紅絹は、無間地獄へは落ちないだろう。そもそも紅絹に罪はない。罪があるのは自分だけだ。きっと自分は一人きりで、二千年間落ちるのに違いない。

一人はやっぱり応えるだろうか。

水柱を上げて、十兵衛は海面へ頭から突っ込んだ。

水の中へ落ちる感覚だけはあるが、まるで暗くて何が何やらさっぱりわからず、まるであの世のようだとぼんやり思う。

不意に腕の中で紅絹が動いた。動く度にそこから赤い血が漏れるのが霞《かす》む目にもはっきり見える。

――動いたら駄目だ、血が全部流れてしまう。

そう言いたかったが、口の中からは泡が零れるだけだ。

そんな十兵衛を慈《いつく》しむように、水中で、細い腕がその頬を微かに撫《な》でる。冷たい手だが、海水よりは温かい。閉じようとしてしまう目を辛うじて見開くと、驚くほど間近に紅絹の顔があった。

相変わらず可憐《かれん》な顔だ。

顔に走った斜めの傷が痛々しいが、しかし、その表情は何処《どこ》までも穏やかで優しかった。その目の碧《あお》が、水の中でぼんやりゆらぐ。

紅絹は、ひどく緩慢な動きで十兵衛の首を引き寄せる。そのまま、ゆっくりと口を合わせた。口付けだ、と気付くのには時間がかかった。

死に瀕《ひん》している筈なのに、いや、それだからか、その口付けは随分と暖かい。

こういうことはなんとなく、甘やかな香りや味がするものと勝手に思い込んでいたが、紅絹とのそれは、錆《さび》の匂《にお》いと血の味しかしなかった。紅絹の血が口の中に零れているのだと、それで気付いた。

——この血を無駄にしちゃ駄目だ。

何故か、そんな思いが胸を過ぎった。口付けの際に、どこか心が交わったからかもしれない。

十兵衛は、最後の力でそれを呑《の》み込む。こくりと喉が鳴り、水の中でも物は飲めるのだと、間の抜けたことをぼんやり思う。何処か、操られるような感覚だった。

ふと気がつくと、紅絹の躰の近くから、細かい泡が舞っていた。まるで紅絹が泡に化けているような雰囲気だ。

化けるのではなく、溶けていく、と言った方が正しいだろうか。

十兵衛が血を飲み込むのを確認すると、紅絹は、嬉《うれ》しそうに微笑んだ。嬉しそうというよりも、どこか慈しむような目だと思う。

こんな目を十兵衛は今まで知らない。でも、これは、十兵衛のためだけに為《な》された目だった。あの時の涙と一緒のものだ。

出会ってから、おそらくは七日にも満たない筈なのに、何故か、その笑みが目に染《し》みた。あの涙もそうなのだが、この娘はどうしてこんなに十兵衛の心を揺さぶるのだろう。

その笑みをしっかり焼き付けておかねばならないと思うのに、だんだん十兵衛は、目を開けていることが出来なくなる。ひどく眠くてかなわなかった。

直《じき》に己は死ぬかも知れない、とぼんやり思う。必ず助けると言ったのに、結局彼女を救うことは叶《かな》わなかった。その事だけが唯一の心残りだ。一方で、父の仇はどうしたと、叱咤《しった》する自分も何処かにいるのが不思議だった。なんだか自分が二人居るようで、それが少しだけ可笑《おか》しい。

紅絹が、もう一度、今度は深く口付けをしてきた。さっきよりはどことなく甘やかで、柔らかい。

その刹那《せつな》、聞いたこともない、妙《たえ》なる歌声が胸に響いたような気がする。哀しみも喜びも何もない、ただ美しいだけの歌声だった。耳に残るその声を、十兵衛は必死に頭に刻み込む。そうしなければならないと、何故か思った。

——この声を、絶対に忘れるもんか。

強くそう決意し、十兵衛は意識を完全に失った。

愛《いと》おしげに十兵衛をかき抱いていた紅絹の躰が泡になり、波の間へ溶けるように消えたのは、それから暫《しばら》く後のことだった。

四

夢を見た。

異国の夢だ。

声を奪われ、歌うことさえままならない。

仲間は次々いなくなった。生きているのか、死んでいるのかもわからない。

商人に売り飛ばされ、彼等の船に積み込まれ、幾つもの夜を越えた。

逃げる機会を窺《うかが》ったのは最初だけだ。そのうち、逃げる気力もなくなった。暗い船倉で鎖に繋《つな》がれ、ただ呼吸だけをしている。

あんまり長い間そこにいたので、いつしか船にいる人間の言葉を覚えた。歌だけですべてが伝わる仲間達とは異なって、人の言葉は使えば使うほど、想《おも》いとかけ離れるようだ。

こんな不完全なものを使っていれば、それはわかり合えるはずもない。

だから人は争うのだろう。

そんな夜が長く続き、気がつけば陸にいた。今度は箱に入れられ、見も知らぬ男女に売られたものらしい。

此処《ここ》が旅路の果てだと、なんとなく理解した。

あの時、あいつらを殺し合わせたのは偶然だ。たまたま荷車が穴に落ち、そうして閉じ込められた箱から外へ放り出される。

慌《あわ》てたように駆け寄ってくる見張りの男と図らずも目があった。

その目は自分を《荷》としてしか見ていない。

だから殺してやったのだ。

操って、女を斬らせ、その悲鳴で駆けつけた全員と目を合わせる。目さえ合えばこちらのものだ。心など自由に出来る。

そうしてその場に居る連中を自死に追い込み、自分もここで死ぬかと思ったときだった。

人っ子一人いないはずの場所に、不意に一人の少年が現れた。妙に目がぎらぎらした、人のくせに獣のような目をした少年だった。

この小僧も殺そうと思ったが、何故だかそれは出来なかった。

一目見たときから、これは己と同じだと、そう思ったのだ。

差し伸べられた手は、何故だか奇妙に熱かった。


気がつくと、十兵衛はただ一人、仰向けになって夜の海を漂っているようだった。

紅絹の姿は何処にもなかった。背から胸を突き破る直刀の切っ先が、真っ先に目に入る。痛みはあるのだかないのだか、それすらもわからない。

ただ、妙に疼くような感覚がある。

「気付いたか」

海の上なのに、随分間近で声がする。声のする方向を見ると、大悲が、妙に優しげな顔で水の上に立っていた。海の上であるのに、まるで地面にいるような有様に、十兵衛は、そういえばこの男は鬼だった、とぼんやり思う。

「……ここは、地獄か」

刀に胸を貫かれて生きていられるわけがない。きっと自分は死んでいる。であるなら、ここは地獄に違いない。地獄というのは海に似ているところだとぼんやり思う。大悲は鬼だから、地獄までついてこられたものなのだろうか。そう訊《き》いてみると、大悲が静かに首を振った。

「生憎《あいにく》、まだ娑婆《しゃば》だなぁ」

優しいような、冷たいような、そういう声だ。そのまま大悲は片手で十兵衛の小袖《こそで》の襟を摑み、軽々と宙へぶら下げた。猫の子みたいな扱われ方に文句の一つも言おうかと思った途端、大悲はそのまま、無造作に十兵衛の体から刀を引き抜く。あんまりにも無造作すぎて、痛みに耐える準備も出来ない。

しかし、その瞬間の激痛よりも何よりも、十兵衛は、その刀傷がみるみるうちに塞《ふさ》がっていくことに愕然とする。

「これ、は……」

傷が塞がるというよりも、跡形もなく消えていく、という方が正しいだろうか。瞬《まばた》きの間に、もう髪一筋ほどの傷も残っていない。

自らの体に起こったことに、ただただ茫然とする十兵衛を眺め、大悲ははじめて悲しそうな顔で頭を振った。

「紅絹の最後の贈り物、という奴《やつ》だろうな。まぁ、ある意味では呪《のろ》いかもしれんが」

「呪い……？」

「死なない、というのはな、裏を返せば死ねない、ということさ。まぁ終わりがないということだ。終わりがないのは中々にしんどいものぞ」

素っ気なくそう言うと、大悲は懐《ふところ》から綺麗《きれい》な真珠のような玉を二粒取り出した。白く美しい珠だった。海に落ちる寸前に見た、血で生じたあの赤い珠に何処か似ている。

大悲がぽつりと呟《つぶや》いた。

「お前の躰についていた。あの娘の、多分涙だ。悪いと思ったが一つ喰わせて貰《もら》ったぞ」

ひどく優しい声だった。この鬼は元から優しげな声ではあるのだが、しかし、これは、心からの言葉のようだ。

十兵衛は、今までにこんなに優しい声を聞いたことがない。なんだか泣きたくなった。

優しい声のまま、大悲は静かに話を続ける。

「紅絹は、お前に自分の血を呑ませたようだな。どうせ死にゆくのならば、せめてもの礼に、と思ったらしい。どうやら《せいれん》も人魚も、その血肉には同じ効き目があるとみえる。遠い親戚《しんせき》か何かのようだ」

「礼……？」

何の礼だと思った。十兵衛は、結局紅絹を助けることは出来なかったし、何もしてやれていない。その問いに、大悲がぽつり、と言う。

「人を操る技に長《た》けたものはな、他人からの好意をすべて、その技に操られただけだと思い込む。だから、自分への好意も素直に受け取れないし、また、他者を愛することも赦《ゆる》されぬと思うらしいな。馬鹿馬鹿《ばかばか》しい。あれは、お前に惚《ほ》れていたのだ。健気《けなげ》なことに、自分は死んでも、お前だけは生きていて欲しいと願ったのだろうなぁ」

十兵衛は、大悲が何を言い出したのかが一瞬わからなかった。大悲は十兵衛を水に下ろすと、その襟首を摑んだまま、ふらりと水の上を歩き出す。何処かへ行こうとしているというより、歩きたいから歩いているといった風情だ。大悲は続ける。

「まったく水くさい娘だ。お前はどのみち、あの娘を好いていたのだから、むしろ手間を省いただけだろうに。人間やそれに近い生き物は、そういうところが面倒なのだ。物ならば、もっと純粋に他を好くぞ」

「俺も、紅絹を……好いていた……？」

引き摺《ず》られながら茫然として呟く十兵衛に、大悲が妙に無慈悲な声で言う。

「好いていたに決まっている。端から見れば一目瞭然《りょうぜん》だ。まったくお前は妙に老成《ねび》ているくせに、そういうところで小童《こわっぱ》だから、そんなことにも気がつかぬのだ。好いてもいない娘のために、命まで賭《か》けるわけがないだろう」

優しいくせに何処か無慈悲なその声は、十兵衛の胸を鋭く穿《うが》つ。

器物の魂を喰う鬼は、どうやら怒っているらしかった。理不尽な説教だったが、十兵衛は黙って聞いていた。

悲しいというよりも、何もかもが理不尽だという思いの方が強かった。紅絹の顔の傷や、奪われたという声もそうだが、数日しか共にいられなかったことがひどく応える。

あと少し共にいられれば、そうすれば何かが変わったのだろうか。

変わったかもしれない。

変わらなかったかもしれない。

わからないけれど、でも、あの娘はもっと長く生きられた。

ふと、遠くで大きな爆発音がした。見れば、遠くに浮かぶかれうた船が炎上するのが見える。いかな巨大なかれうた船といえども、周囲を軍船にかこまれて、ひっきりなしに砲弾を浴びせかけられてはひとたまりもないのだろう。幾つもの海を越えた船なのに、壊れるときは一瞬だ。

槙田が死んで、切支丹達はどうなるのだろう。かれうた船が沈んでも猶《なお》、一揆を起こすものなのか。

ぼんやりとそんなことを考えて海を見る。満月が反射して、そこは奇妙に美しい。月光のせいなのか、燃えさかるかれうた船も悪夢のように美しかった。

そんなかれうた船を囲む軍船のうち、ある一隻に十兵衛は目をとめる。

その船は、軍船の中でも一際異彩を放っていた。なんというか、妙に白く美しいのだ。真新しいというよりも、特別にあつらえた、というような気がする。

その船の甲板の上、戦装束に身を固めた男達の中に、一人だけ、優美な姿の女がいた。その女はまるで巫女《みこ》か何かのように、恍惚の表情で炎上するかれうた船を見つめている。大悲のような美しさとはまた違う、邪悪すぎるが故《ゆえ》に美しいという、そんな美だ。

――あの女が、《御方さま》だ。

十兵衛は一目でそれを直感する。

あの女がすべての元凶なのだと、何故だかわかった。

はじめて十兵衛の胸の奥に、凄《すさ》まじい怒りが湧《わ》いた。胸に刺さった痛い棘は、紅絹の死により、刃となって更に大きく傷口を抉るようだ。堰《せき》を切ったように、そこから何かどろどろした熱いものが溢れてくるような気がする。

その熱さに堪えながら、十兵衛がぽつりと言った。

「大悲さん。あそこに父を殺し、紅絹をこの国に連れてきた女がいるんだ」

「……そうか」

相変わらず当《あ》て処《ど》もなく水の上を歩きながら、大悲が言った。十兵衛は引き摺られるままに、静かに尋ねる。

「今からその女を殺しに行くと言ったら、あんた、俺を止めるかい？」

十兵衛の言葉に、大悲が少し笑った。ようやっと立ち止まり、なんだか黒い声で言う。

「別に止める理由がない。俺は紅絹の名付け親だ。仇を取るのに吝《やぶさ》かではないさ」

「決まりだな」

十兵衛が呟くと、大悲が小さく牙《きば》を見せて笑う。それは、普段の大悲とはまったく異なる、十兵衛がはじめて見る《鬼の顔》、というものだった。

安珠は、船の舳先《へさき》で、炎上する南蛮船をうっとりと見つめている。あそこに《荷》がいるのだとわかっていたが、火を掛けろと命じたのは安珠だ。

《荷》が焼けることはないと安珠は知っている。水に属するものは、火にも耐える。しかし、耐えられるが逃れられるわけではない。火に括られるからである。

ああいう水の精を捕らえるときは、真っ先に火を掛けろという伝承は万国に共通するもので、《せいれん》とても例外ではない。

人が焼け死ぬ、という光景は、実に滑稽《こっけい》で面白かった。人の苦しみは他者には常に滑稽に見えるものだが、身を捩《よじ》り、かっと目を見開いて悶《もだ》え苦しむ焼死の様はまた格別だ。島原の城主が、蓑踊《みのおど》りを好むというのもよくわかる。

オシロワケの子孫どもは、今でもこの国の王として都に君臨しているらしい。事が済んだら、その子孫どもも残らず焼き殺してやろうと思う。その光景はさぞや素晴らしいことだろう。

槙田亡《な》き後、切支丹《きりしたん》どもを騙《だま》すのは容易いことだ。あれを先兵にして、この国を切り崩す。そうして千数百年前の恨みをはらすのだ。

何もかも、計画通りだ。安珠は下腹部を撫でながら薄く笑った。

あとに残る問題は、あの、不死になることですべてが手に入ると思い込んでいる老いぼれをどう始末するかということくらいだ。船倉に放り込んではいるのだが、このまま海の中に捨てるわけにもいくまい。使い道を探し、そうして殺すがよいだろう。

「槙田は惜しいことをした。あれの顔と躰は実に好《よ》かったのだが」

安珠の言葉に、かたわらに控える顕生尼《けんしょうに》がたしなめるように言う。

「姫様。ああいう小賢《こざか》しい男を傍に置いておけば、いずれ足下をすくわれますぞ」

「小賢しいだけの野心家であれば、末永う可愛《かわい》がってやったものをな。勿体《もったい》ないことだ」

安珠はそう言うと、うっとりとした目で船を見る。

「生きたまま身を焼かれる槙田は、さぞや良い顔をしていただろうに。それが見られぬということがいささか惜しい」

そう呟く安珠の顔は、凄絶《せいぜつ》とも言える美しさに満ちていた。慈悲と嗜虐《しぎゃく》が相俟《あいま》った、壮絶な表情だ。あまりの美しさに、周囲にいた護衛達が思わずごくりと喉を鳴らす。

すべてがうまくいっている。その事に、《それ》は喜んでいた。

その時だった。不意に、甲板にいた兵士達がざわめきだした。身を乗り出すようにし、海上を指差して何かを言っている。

「なんだ、あれは……。人が海の上に立っている」

まさか《荷》か。そう思い、安珠は咄嗟《とっさ》に兵士達が指差す方向を見る。

そこには、確かに人がいた。しかし、《荷》ではないようだ。

二人の男が、波打つ海面の上へ、まるで地面のように平然と立っている。

一人は長身の僧のようであり、もう一つは小柄な少年のようだ。相当な距離があるのに、何故だか真っ直ぐこちらを見ているのがわかった。

人影の正体は、十兵衛と大悲である。大悲は海の上に立っているが、十兵衛はそうではない。海の中に大悲が作った、とある足場の上に立っている。大悲がのんびりと言った。

「あとは、俺が道を作ってやる。お前はただ走り続けるだけでいい」

「わかった。任せる」

大悲の言葉に、十兵衛は短く答える。そうして徐《おもむろ》に、額の辺りに左手の人差し指の爪《つめ》を突き立てた。そのままギリギリと力を込めて、顔に傷を入れていく。肉が裂け、血が滴《したた》る。額から、左頬にかけて、長い一本の傷が刻まれた。

それは、紅絹の顔についていた傷とまったく同じ物だ。

顔に傷を入れ終わった十兵衛が、小さく呟く。

「松山十兵衛、いざ、参る」

言うやいなや、凄まじい勢いで駆けだした。足を出しても水の中に沈まない。一見すると、まるで水の上を走るようにも見て取れた。まるで重さがないようだ。

しかし、十兵衛は水に浮いているわけではない。よくよく見れば、十兵衛が一歩足を踏み出す度に、足下に、何かが現れては沈んでいく。

それは、何百本もの刀だった。大悲が今まで喰った『モノ』の魂から作った写しだ。封じられていた力の一つであるらしいが、詳しいことは知らない。ただ、大悲は、喰った物ならなんでも写しを作れるのだと言う。実際、さっきまで十兵衛が立っていたのも、かつて大悲が喰った神木だ。

大悲は、それと同じ要領で、今度は十兵衛の足の下に刀を呼び出している。十兵衛は、それを踏んで走っているのだ。

十兵衛は大悲を信じてただ走る。水面に視線もくれず、安珠の乗る船を目指してひたすら駆けた。

船の方から弾丸が雨霰《あめあられ》と降り注ぐ中であっても、その速度が変わることはない。実際、何発か躰に弾を喰らっているが、十兵衛はひたすらにそれを無視して走っていた。当たっても肉は勝手に塞がるし、弾も勝手に体の外に押し出される。

あっという間に十兵衛は、船の下まで辿《たど》り着く。水上で大悲が手を振ると、舷側《げんそく》にまるで階段のように何本もの刀が突き刺さって現れた。十兵衛は刀の鎬《しのぎ》を踏み、一気に甲板へと駆け上がる。そこには既に十数人もの侍が銃を構えて待ち構えていた。

十兵衛が甲板に姿を現すと同時に、号令が鉄砲頭らしき男からかかる。

「撃《て》ェ！」

銃口が一斉に火を噴いた。近距離からの狙撃《そげき》である。外しようがない。たとえ、水に沈まぬ化け物であっても、文字通り蜂《はち》の巣になるはずだった。あたりが煙硝の煙で包まれる。しかし——。

煙硝の煙の中から飛び出してきた少年は、まるで無傷のようだった。よく見れば、衣服は穴だらけで、あちこちに血の跡が見えるが、その体には傷一つない。

「化け物め！」

恐慌《きょうこう》を起こした侍達は、銃を投げ捨て、少年に向かって抜刀する。銃が駄目なら斬《き》り殺すまでだ。

瞬間、少年も腰の刀を抜き払い、切っ先で何かを空に描く。そうして、まるで一匹の獣のように吼《ほ》えた。

凄まじい声だった。魂消《たまげ》る、というのはこういう声を聞いた時の状況に違いない。声と同時に、侍達はすべて金縛りに遭《あ》い、全員が意識を失った。そのまま一斉に背後に吹っ飛ぶ。まるで、見えない巨大な手に薙《な》ぎ払われたような風情だった。

十数名の侍が一瞬で戦闘不能になったが、十兵衛は、彼等には目もくれず、船首に立つ二人の女の前へと向かった。美しい女を庇《かば》うようにして老尼僧が叫ぶ。

「無礼者！　この御方をどなたと心得る！　下賤《げせん》の者が気安く近寄れる方ではないぞ！　姫に無体を働く者は、この顕生尼が許さぬ！」

随分と高飛車な言葉であったが、しかし、それを聞いても十兵衛は無言だった。顕生尼と名乗った尼を無視し、《御方さま》、確か安珠とかいう名前の女の前へ歩いて行く。

安珠は、まったく怯《おび》えていない。それどころか、ひどく落ち着き払って口を開いた。

「妙な技を使う者よの。忠利の手の者か？　それとも切支丹の生き残りか？　誰に命じられて、妾《わらわ》を殺しに来たのだ？」

鈴の音のような、美しく可憐な声だった。一見すると、槙田の言う『女狐《めぎつね》』のようにはまったく見えない。

「誰に命じられたわけでもない。ただの仇討《あだう》ちだ」

淡々とした十兵衛の言葉に、安珠が少しだけ小首を傾《かし》げ、笑って言った。

「仇か。心当たりが多すぎて、誰のことやらわからぬ」

「……松山主水という名に覚えはないか。お前が、荘林十兵衛に命じて殺させた男だ」

十兵衛が静かに言う。刀の鯉口《こいぐち》は既に切ってあった。柄《つか》を握る腕にわずかに力が入る。主水の名を聞いた安珠が、微《かす》かに笑った。

「松山主水か、覚えておるぞ。忠利の犬だった男だな。あれは、いささか鼻が利《き》きすぎた。人間の分際で、妾の正体にまで辿り着いた上に、危うく殺されるところまで行ったからな。小賢しいだけなら飼っても良いが、忠義者というのは、どんな者であれ使い難い。妾の誘いにも乗らず、召し抱えた忠利への忠義を貫くというあの心根が気に食わなかった。だから殺してやったのだ」

安珠は、淡々とした口調で、あっさりと主水の殺害を認めた。忠義という言葉を発するとき、安珠は微かに顔を歪《ゆが》める。あからさまな嫌悪《けんお》が滲《にじ》み出ていた。この女にとって、忠義とは賞賛に値するものではないらしい。ふと、安珠が訊いた。

「お前は松山主水とどんな所縁がある? 小姓か何かか」

その言葉に、十兵衛が低く答えた。

「……松山主水は、俺の父だ」

そう言った途端、安珠が白い喉を仰向けて嗤《わら》った。

「なるほど、それで腑《ふ》に落ちた。血は争えぬ。親子揃《そろ》って妾を狙《ねら》うか。執念深い事よの」

一頻《ひとしき》り嗤った後、安珠が唇をわずかにすぼめた。口笛のような澄んだ音が辺りに響く。

ふと、背後に妙な気配を感じ、十兵衛は咄嗟にその場から飛び退《の》いた。一拍おくれて、十兵衛がいた場所に、真上から手槍《てやり》らしきものが降ってくる。

「!」

思わず上を仰ぎ見た十兵衛は、帆柱の上に立つ、笠《かさ》を破った大男をその目に認めた。逆光で顔などまるで見えないが、体の輪郭はよくわかる。それは、まるで阿修羅のように六本の腕を持つ化け物だった。手にはいずれも大刀を一本ずつ持っているらしい。

その姿に、これは荘林十兵衛と同じ『物』だと直感する。一方で、その輪郭には何《な》故《ぜ》だか妙に覚えがあった。何故だか胸が大きく騒ぐ。

その正体を見極めるよりも早く、大男が、六本の刀をすべて真下に構えて帆柱から落ちてくる。蜘蛛《くも》の姿にそっくりだ。

十兵衛は素早くその場から飛び退いて、その一撃を難なく避けた。そのまま、大男が体勢を立て直すより早く斬りかかる。しかし、思った以上にその化け物は俊敏で、十兵衛の刀は被《かぶ》っている笠だけを切り裂いた。

藁《わら》の切片が舞い散り、月明かりに不気味に煌《きら》めく。

笠を斬られ、男の顔が露《あら》わになった。土気色のそれは、正しく死人としか言い様がない。塒《ねぐら》を襲った、あの荘林十兵衛と同じ『物』だ。

荘林十兵衛と違うのは、その背から生えた手が、一対ではなく二対だと言うことだろうか。まるで阿修羅だという連想はあながち間違いではないようだ。これはもう人ではなかった。

その顔は、異形となった荘林十兵衛と同じく、目や口を赤い糸で縫い合わされている。目や口を開けようとしているのか、顔中が痙攣《けいれん》しているのがひどく不気味だ。

それを見た途端、十兵衛は戦いの最中だというのにもかかわらず動きを止め、茫然《ぼうぜん》となった。

異形の悍《おぞ》ましさに恐れ戦《おのの》いたからではない。男の顔に見覚えがあったからだ。愕然《がくぜん》としたまま、思わず呟く。

「先生……」

それは、一年前に目の前で殺された筈《はず》の男の顔だった。見覚えがあったどころではない。

変わり果てた松山主水を目の前にして色を失う十兵衛に、安珠が面白そうに笑ってみせる。

「どうじゃ、中々の出来じゃろう？　いけ好かない男であったが、その剣の腕は捨てるには惜しい。それゆえ、こんな折のために骸《むくろ》をとっておいたのじゃ。まさか親子の対面になるとは、運命にしても味があるのう」

安珠の言葉に従うように、主水はぎくしゃくとした動きで刀を構える。その構えは生前のままであり、だからこそ、よりいっそう悍ましかった。

一足一刀の間合いは、知らぬ間に越えられた。

横薙ぎに凄まじい一撃が飛んできた。紙一重でそれを避けた途端、主水の背にある二対の腕が息つく間もなく次々と剣戟《けんげき》を放ってくる。

六本の腕から繰り出される斬撃《ざんげき》の速さは凄まじい。避けるには間に合わず、受け流すのがやっとなほどだ。

十兵衛は主水とどうにか距離を取ると、刀を構え、何とか心の動揺を抑えようとした。

安珠と顕生尼は、そんな防戦一方の十兵衛を嘲《あざわら》うかのように見ている。顕生尼が犬のように笑って言った。

「やはり実の父親が相手だと、剣先も鈍ると見えますなぁ。荘林と同じく、父の死の真相を探る子が、よりにもよって当の父親本人に殺される様を見物するというのも乙なものでございましょう」

その言葉に、安珠もまた微笑《ほほえ》んだ。

「ああ、半十郎とか言う小倅《こせがれ》じゃな。あれもまた聡《さと》い小僧だったが、よもや実の父親に突き殺されるとは夢想だにしなかったようだ。あの時の愕然とした顔は見物だった」

言いながら、安珠はさも面白そうに忍び笑いを漏らす。十兵衛は、腹の中で思わず呻《うな》った。

大悲が市で聞きこんできたあの噂《うわさ》が頭をよぎる。荘林半十郎を殺したのは、異形となった荘林十兵衛だったのだ。この女は異形になった荘林十兵衛に命じ、実の息子を殺させたに違いない。戦った十兵衛だからわかるが、異形と化した荘林十兵衛はまともな思考が出来ていないようだった。ただ戦うための武器、あるいは人形のようなものだ。本来ならば我が子を殺すのを拒んだろうが、それさえも出来ぬよう、この女は荘林十兵衛を身も心も化け物として作りかえたのだろう。この女はこうして自分の手を汚さずに、一体何人殺してきたのだろうか。

十兵衛の考えを読んだように、安珠が艶然《えんぜん》と笑って言った。

「荘林の小倅は、自分の父親に暗殺を命じた人間のことを探っておってな。妾まで辿り着く前に、鬱陶《うっとう》しいから荘林に殺させた。その後、手慰みに父親と縫い合わせてやったのだ。お前も死んだ後は父と一つにしてやろう。ここまで辿り着いた褒美《ほうび》に、な」

その言葉に、十兵衛は、荘林十兵衛の腹に縫い合わされたあの若い男の顔を思い出す。絶命するときに『父上』と叫んでいたのが今更ながらに蘇《よみがえ》る。

十兵衛が安珠の言葉に心を乱した瞬間だ。主水の凄まじい斬撃が飛んでくる。辛うじて避けられたが、しかし、浅く腕を切られた。ぱっと血が飛び、刀を持つ手が一瞬痺《しび》れる。その隙《すき》を見逃さず、主水は再度、怒濤《どとう》のような斬撃を開始した。六振りの日本刀が嵐《あらし》のように襲い来る。避ける術《すべ》は何処にもなかった。

十兵衛は、主水の剣の強さを文字通り身に沁《し》みて知っている。通常の仕合では、確かに三本に二本は取れるようになっていた。しかし、道場外の、文字通り『なんでもあり』の戦いでは、十兵衛は主水に勝ったことが一度もない。ありとあらゆる実戦的な戦いに於《お》いて、主水は驚異的なまでに強かったのだ。

戦いというのは口を利いたら負けるだの、常に精神的な優位を保たねば格下の敵にも負けるだの、そういった戦いの基本もすべて主水から教わっている。通常なら、十兵衛にはまず勝ち目がない戦いだった。

たちまちのうちに追い詰められ、十兵衛は六本の刀で存分にその身を切られた。いずれも頸動脈《けいどうみゃく》、心の臓、腹などを存分に薙いでいる。一太刀だけでも十分な致命傷になる傷を同時に六ヶ所も受け、十兵衛は全身から血を噴いてその場に倒れた。

それを見た顕生尼が子供のように手を叩《たた》く。

「おうおう、見事じゃ松山主水。見事、己の子を殺したなぁ。褒美に、あとでこの小僧をお前に縫い合わせてやろう。文字通り、親子水入らずで未来永劫《えいごう》使ってやるわ」

その言葉に、松山主水の異形がぎくしゃくとしたまま振り返る。赤い糸で縫い合わされ閉じられた目と口が、何かを言いたげにびくびく動いた。縫われた瞼《まぶた》の間から、涙のように、黒い液体が一筋垂れる。

一瞬だけ、主水の体に張っていた気が逸《そ》れた。

その瞬間、死んだはずの十兵衛がいきなり跳ねるように起き上がる。体中のあちこちから血を撒《ま》き散らし、それでも逆袈裟《ぎゃくけさ》に伸び上がるように切り上げた。

逆さの稲妻のような青い光が、主水の股間《こかん》から頭頂までを一気に走る。

「何」

顕生尼が驚いたように目を見張った。あれほどの斬撃を受け、常人が生きていられるはずがない。まして、このような凄まじい刀を振るうことなどあり得なかった。

空中で伸び上がる十兵衛の体には、確かに六つの深い刀傷が認められる。しかし、その傷は、みるみるうちに塞がっていった。斬られたはずの箇所が一瞬で再生していく。夢か現《うつつ》か幻か。そんなあり得ない光景だった。

しかし、それは夢幻でもなんでもない、現実の光景だ。

実際、赤い筋が走ったかと思うと、主水の体が股間から頭蓋《ずがい》まで、真ッ二つに分かれていく。

体がずれる寸前に、主水の唇を縫い合わせる糸が切れて解《ほど》けた。その口が微かに動いて言葉を紡《つむ》ぐ。

「……よく、やった、じゅう……べ……」

その声に、斬撃の形を取ったまま宙にあった十兵衛の目が張り裂けんばかりに見開かれた。それは紛れもない父の声だ。

無意識のうちに、口が開いた。

「父上……！」

生まれて初めて父と呼んだ瞬間に、主水だった『物』は、切れ目から黒いどろどろを噴き出し倒れる。

その泥の中から、青い蝶《ちょう》がふわっと羽ばたくのを十兵衛は確かに見た。その蝶は、ふっと一瞬だけ十兵衛の頭に止まった後で、風に流れるように虚空《こくう》へと消えていく。

人の魂は蝶や蛾《が》の姿をしていると言った大悲の言葉が蘇る。

あれは父の魂だと、何故だか思った。

数瞬だけ、十兵衛はなんとも言えない感慨に身を浸《ひた》す。けれど、何時《いつ》までもそうしてはいられないのも理解していた。

主水が倒れたことにより急激に開けた視界の先に安珠がいる。この女がすべての元凶だという確信があった。

この女のせいで父は死に、そうして紅絹も……。

十兵衛は、沸き上がる怒りに突き動かされるように、真《ま》っ直《す》ぐに安珠の元へと駆けていく。一瞬で己の間合いに安珠を入れると、十兵衛は何の躊躇《ためら》いもなく水平に刀を薙いだ。

しかし――。

その刃は、安珠には届かなかった。まるで見えない壁に阻《はば》まれたように、安珠の目の前で刃が止まる。月明かりに微かに煌めくものがあった。

「な……ッ」

驚愕する十兵衛に、安珠が妖艶《ようえん》に笑ってみせた。いつの間にか安珠の手には白い小さな糸玉が握られている。ふわっとなにか髪の毛のような物が頬に触れる気配があった。

ひやりとする気配に無意識に頬に触れた十兵衛は、そこにぬめる何かを感じて、慌てて指先に視線を向ける。指先にはべっとりと血がついていた。

一瞬で、女の手にしたその糸が頬を切ったのだと理解する。

距離を取るべく十兵衛は、その場から飛び退こうとしたが、その瞬間、空中で体が磔《はりつけ》になった。逃れようにも、体がまったく動かない。

「かかったな」

顕生尼が犬のような顔で笑っているのが目に入る。

いつの間にか、周囲には目に見えぬほどに細い糸が幾重にも張り巡らされていた。その糸が四肢に絡《から》み、動きを封じていると気付いたときには遅かった。蜘蛛の巣の中に我から飛び込めばこうなるだろう、という有様だ。こんな、目に見えぬほどに細い糸が、十兵衛の体を宙に張り付けているという事が信じられない。

十兵衛は手にした刀で何とか糸を断とうとする。しかし、細すぎるくせに異様になめらかなそれは、刃を滑らせるのみであり、どうやっても糸の一本も斬ることが出来ない。藻掻《もが》けば藻掻くほど、糸はどんどん絡みつく。その様子を眺め、安珠が嗤った。

「婆《ばば》の縒《よ》った糸は、比比羅木之八尋矛《ひひらぎのやひろほこ》でも断ち切れぬ。そんななまくらで切れるわけもないだろう」

そう言うと、安珠は一頻り愉快そうに笑ってみせた。

笑顔のままで、安珠は、ずい、と十兵衛に顔を寄せ、血の滲む頬を、指の背で、つい、と撫でる。魂が凍るほどに冷たい指だ。

安珠は、白いままの指先を見て言った。

「やはりな。お前、あれを喰ったのか」

そう言って、安珠は十兵衛の胸を撫でる。指には例の糸が絡んでいるようだ。軽く触れただけなのに、そこから一気に血が繁吹《しぶ》いた。傷自体はすぐに癒《い》えるが、しかし、痛みは感じるせいで、十兵衛は低く苦痛に呻《うめ》いてしまう。

安珠が低く笑って言った。

「人というのは相変わらず愚かなことよ。不死《しなず》の体とはいえ、痛みもあれば飢えもする。死なないだけで、中身はただの人のままなら、それに一体何の意味があろうか。人の手には余る呪いを受けてまで、そうしてまで父の仇を討ちたかったか」

それは侮蔑《ぶべつ》に満ちた声だった。浅ましい人の欲を笑うようでもある。紅絹の誠意を、そんな欲と思われてはたまらない。十兵衛は、それを否定するように大きく吼えた。

「違う！　これは、紅絹が俺に自分の命をくれたんだ！」

きっぱりと言いながら、大悲の言う『贈り物』と『呪い』というのは、つまりはそういうことなのだと、十兵衛は心の隅でぼんやり思った。

安珠の言う意味もわかっている。死というのは終わりのことだ。どんなことでも終わりがあるから耐えられる。終わらないという事は果てがないということだった。悟りも開けぬ人間にとって、それは明らかに呪いだろう。

それでも、紅絹は自分の命と引き換えに、十兵衛を生かす道を取ったのだ。紅絹は、自分の命をくれてでも、十兵衛に生きて欲しいと望んでくれた。だから、自分は死なずにずっと生きねばならない。呪いであったとしても、それは紅絹の想いそのものだからだ。

それが呪われた道であっても、あの一滴の涙のためなら耐えられる。

その覚悟を確かめるように、十兵衛は安珠に向かって言い放つ。

「俺は、呪われようがなんだろうが、必ず父上と紅絹の仇《かたき》を取ってみせる。絶対に何があっても諦《あきら》めない！」

紅絹の名を口にする時、自然と思慕が籠《こ》もった声になった。それを敏感に察知し、安珠が蔑《さげす》むように嗤う。

「紅絹、だと？　ははは、名前を付けてもあれは獣ぞ、『人』ではなかろう。お前、あれに誑《たぶら》かされたな。あれに関わる者は、皆、お前と同じようになる。腑抜けて、あの獣のために総《すべ》てをなげうち、そうしてあれに尽くすのだ」

安珠は嗤いながら、随分と愉快そうだった。愉快そうに、十兵衛の体のあちこちを撫《な》でるように触れていく。

指と同時に、例の糸が十兵衛の肉を切り裂いた。

その度に斬られるような痛みが走る。触れられた箇所の肉が裂け、血が迸《ほとばし》った。

切り裂く場所がなくなると、安珠は傷の上から十兵衛の体を軽く押す。

一見軽く押しているだけのように見えるのに、しかし、それは凄まじい圧力だ。胸を押されると肋《あばら》が砕け、腹を押されると胃の腑が爆《は》ぜ、腸《はらわた》が千切れる激痛に目の前に火花が散った。

それらの傷は、暫くすれば完全に癒えるのだが、しかし、癒えた途端にまた壊される。果てが無い。

最初は律儀《りちぎ》にすべての傷が癒えるまで待ってから、新たに傷つける作業をしていた安珠だったが、段々興が乗ったのか、癒えるのを待つ事さえせず、壊れた箇所を更に壊すようになっていった。一口に傷が癒えるといいつつも、一度離れた血肉が合わさるのは案外痛い。修復の苦痛と壊される苦痛が同時進行となり、十兵衛は今自分が感じている痛みが、一体どちらの痛みなのかもわからなくなっていた。

余りにあちこち壊されすぎて、食い縛る歯の隙間から、得体の知れない液体の混じった血が零《こぼ》れたが、十兵衛はそれでも極力悲鳴を上げずに耐え続ける。

一切《ひときり》ほど嬲《なぶ》った後で、安珠はようやく十兵衛の体から手を離した。見る間に傷が癒え、体が綺麗に修復されていく。しかし、流れ出た血までは戻らないようで、その膚《はだ》は血塗《ちまみ》れだ。足下の甲板に大きな血だまりが出来ていることからも、どれだけ激しく壊され続けたかは容易にわかる。

ようやく痛みから解放されて、ぜいぜいと大きく喘《あえ》ぐ十兵衛に、安珠が言った。

「顔も体も好みではないが、壊すときの感覚と、痛みに耐える顔は良いな。気に入った。最後の一欠片《かけら》まで心が壊れるまで飼ってやろう。一年でも、十年でも、いっそ百年でも責め嬲り続けてやる。だから、簡単に壊れてくれるなよ……」

舌舐《したな》めずりをするような顔だった。嗜虐を隠しもしない。言葉通り、安珠は飽きもせずに何年でも十兵衛を痛めつけ続けるに違いなかった。それに同調するように顕生尼も笑う。

「それでは婆も、ありとあらゆる責め具を使い、この小僧を苦しめ、姫様を楽しませてみせましょう。どれくらいで屈するか見物ですなぁ……」

意地を立てて耐える間も愉《たの》しいが、屈して泣き喚《わめ》いて赦しを請《こ》う姿も愉しいと、顕生尼が卑《いや》しい顔で笑って告げる。

折角ここまで辿り着いたのに、結局自分は仇もとれず、この女の慰み者になるのかと思うと堪《たま》らなかった。この女どもを今すぐにぶった切ってやりたいが、糸のせいで身動きが取れないのが悔しすぎる。女もそれを承知でこうして十兵衛をいたぶっているのだ。なのに、どうすれば此処《ここ》から逃れられるのか、自分では皆目見当もつかない。

このままでは本当に、百年でも拷問《ごうもん》されて壊され続けるに違いない。

未来永劫の苦痛は兎《と》も角《かく》、この女どもにわずかな瑕疵《かし》もつけられないのが悔しかった。紅絹の贈り物である不死の体が、この女どもの娯楽にされるというのが耐えられない。余りの己の不甲斐《ふがい》なさに、ギリッと奥歯を嚙《か》みしめた瞬間だ。背後から間延びした声がした。

「なんだ、だいぶん手こずっておるようだな。四半刻《しはんとき》も経《た》つのに戻る様子もないから、何があったかと思ってきてみれば、ずいぶんと好《い》い様だ」

声の方角を見ずともわかる。大悲だった。声と同時に何か影のようなものが十兵衛の体を這《は》うと、途端に糸から自由になれた。

安珠の手による拷問で精根尽き果てていた十兵衛は、そのまま甲板にへたり込むようにして落ちてしまう。それを見て、大悲が少し笑ったようだ。

「折角のテンコウも、百年経たねば、ただの丈夫な鉄だしなぁ。これを斬るには、ちと若すぎるか」

意味不明なことを言いながら、大悲は十兵衛の側に行き、襟首を摑《つか》んでその体を引っ張り上げた。

「ほれ、しゃんとしろ、しゃんと」

笑いながら、十兵衛を立たせる大悲は何処《どこ》までも場違いに呑気《のんき》だった。しかし、十兵衛は、何故かその事に安堵《あんど》する。大悲が来ただけというのに、何故だかこの場の空気が変わった気がした。

「貴様、何者！」

新手の闖入者《ちんにゅうしゃ》に、顕生尼が安珠を守るように前に立つ。しかし、安珠はいきり立つ顕生尼を抑えるように手で制すると、大悲を見て妖艶な笑みを浮かべた。

「おや、随分と美しい坊主《ぼうず》じゃのう。婆の糸を斬るとは中々の法力の持ち主のようじゃ。気に入った、妾の情人にならぬか？　さすればこの小僧を見逃してやっても良いぞ」

安珠の誘いに、大悲は、にこっと微笑んだ。片手を振って呑気に言う。

「生憎《あいにく》、俺は八百年間惚れっぱなしの女がいてな。そいつに操《みさお》を立てておるので、都《つ》知久母《ちぐも》と懇《ねんご》ろにはなれんのだ」

その言葉に、安珠が少し目を細めた。袖《そで》にされて怒ったというわけではない。大悲の言った《都知久母》という言葉に反応したのだ。

「……貴様、何を知っている」

今まで余裕に満ちていた安珠が、初めて動揺したような声を出す。何故だかわからないが、その体が細かく震えているようだ。のんびりした風情《ふぜい》で大悲が答えた。

「知るというより、単純にお前達が化けるのが下手なのだ。特にそこの尼殿など、目玉を隠すことも出来ぬようだぞ」

そういうと、大悲は何気なく顕生尼を指差した。

「ひぃッ」

途端に顕生尼の頭巾《ずきん》が破れ、額が露わになった。そこには四つの目が隠れているのが見て取れる。全部で三対の目を持つ尼僧が悲鳴を上げた。さっきまでの勢いは何処へやら、頭を隠すようにして、甲板に蹲《うずくま》り、ガタガタと震え出す。

「これは一体……」

信じられないものを見たように、茫然として十兵衛が訊《き》いた。こいつらがただ者でないのはわかっていたが、まさか本当に人ではないとは思わなかった。唖然《あぜん》とする十兵衛に、大悲がおっとりと告げる。

「こういう旧《ふる》い連中はな、見破られるとすぐに化けの皮が剝《は》がれるのだ。人間相手なら、うまくごまかせるようではあるが、見る者が見ればすぐにわかる」

古来、変化《へんげ》に長《た》けた化け物を調伏《ちょうぶく》するには、まずその正体を見破ることが肝要であるらしい。

「人というのは目に見えるものなら何でも滅ぼせるという、そういう生き物だ。故に、正体さえ見破れば、どんなものでも滅ぼせる。こういうものは、それがわかっているから己の正体を隠すために化けるのさ」

見破るという文字の如《ごと》く、見る、というのはそういう力があるのだと大悲が言った。

「じゃあ、こいつらの正体は……」

十兵衛の問いに、大悲はあっさり答える。勿体をつけることさえしなかった。

「土蜘蛛だ。この糸を見ればわかるだろう」

そう言うと、大悲は十兵衛の着物に纏《まと》わり付いた、細い細い糸を抓《つま》んでみせた。言われてみれば、それは確かに蜘蛛の糸だ。

「九州というのは昔から土蜘蛛が多く居た土地だが、日本武尊《やまとたけるのみこと》の父親である景行《けいこう》天皇により、かなりの数が滅ぼされ、また封じられた。日本書紀にもあるだろう。『景行天皇十二年十月。到碩田国《おおきたのくに》。其地形広大亦麗。因名碩田也。到速見邑《はやみのむら》。有女人。曰速津媛《はやつひめ》。茲山《このやま》有大石窟。曰鼠石窟。有二土蜘蛛。住其石窟。一曰青。二曰白』と。おそらくこやつらは、そんな土蜘蛛どもだろう。どういう経緯かは知らねど、景行天皇の封印を解いて表に出てきたものとみえる」

「どうしてそこまで断言できる?」

あんまりはっきりとその出自まで断言する大悲に、不思議に思って十兵衛が訊く。

「『古今著聞草紙《こんちょもんぞうし》』という書物にな、下（九州）の国に住み、人魚を喰う土蜘蛛の話が出ておるのさ。そいつらがあんまり人魚を食い過ぎるから、てい人国は土蜘蛛に人魚を獲《と》られぬように道を閉ざし、海人は琉球国に去ったという」

「人魚を喰らう……だって？」

やっぱりこいつらも紅絹を喰らう気だったのだ。しかし、先刻《さっき》安珠は不死を愚かな人の欲だと馬鹿《ばか》にしていた。そんなものが、不死のもとである人魚を何故喰らうのか。その疑問にも、大悲はあっさり答えてくれる。

「ああ、人魚を喰うとは言え、別に不死になるためではないぞ。化け物というのは死にはするが、寿命自体はないからな」

「じゃあ、何のためにそいつらは人魚を喰うんだ？」

「そりゃあ勿論《もちろん》、子のためさ。子を産むための精をつけるべく、土蜘蛛は人魚を喰らう。雌蜘蛛が子を産むために、交尾に使った雄蜘蛛を喰らうのとまったく同じ理由だ。そうだろう？　そこな都知久母」

大悲がのんびりした声で安珠に呼びかけた。安珠は細かく震えたまま、しかし、怯《ひる》むことなく優美に笑った。

「なるほど、そこまで我等のことを知っている者が未《いま》だにいるとはおもわなんだ。油断したわ」

笑ううち、安珠の額から顎《あご》までに、ピッと朱線が入っていく。蹲る顕生尼の方は、背の方が破れているのが見て取れる。

文字通り、化けの皮がはがれるように、女二人の皮が破れた。そこから這うように現れたのは、一丈はある大蜘蛛だ。腹の部分が妙に膨れた蜘蛛と、それより小柄な古びた蜘蛛の二匹である。

腹の膨れた大蜘蛛が、地割れのような声で言う。

〈しかし、我が本性を『見破った』が運の尽きよ！　不死の小僧と我等を見破る坊主なら、喰らえば人魚と同じ程度の精がつこうぞ!!〉

鈴を転がすような安珠の声とは似ても似つかぬ声だった。顕生尼と思《おぼ》しき蜘蛛は人語を話さず、キィキィと甲高く鳴くのみだ。地を這うようなしゃがれ声を聞きながら、大悲がうっそり笑って言った。刀を握る十兵衛の手を摑む。そのまま刀身を口元まで引き寄せると、薄く笑ったままで言う。

「お前もそろそろ目覚めたらどうだ？　一殺で一念《いちねん》と考えれば、三十数念分は稼いでいるぞ？　九十九年には満たずとも、とっくに九十九念分には達しておろうが」

刀に向かってそう囁《ささや》くと、大悲は自分の腕に刀の刃を薄く這わせる。白い肌にすぅと赤い筋が走ったかと思うと、刃に赤い血が絡む。

「大悲さん、あんた何を……」

驚く十兵衛に、大悲がのほほんとした顔に戻って言った。

「何、気にするな。俺は紅絹の名付け親だからな。だから、少しばかりの手伝いだ」

相変わらずこの鬼は、肝心なことを話さない。話さないというよりも、自分の常識が十兵衛にも通じると思っているようだ。鬼と人間のずれを感じるのはこういうときだが、それについて語り合っている暇はない。

空気を読んで黙る十兵衛に、大悲がにこりと笑って言った。

「さて、いよいよ本性のお出ましだ。いいか十兵衛。お前の刀は『膝丸《ひざまる》』ではないが、それに引けを取らん名刀だ。何があっても刀を信じろ」

膝丸というのは、『平家物語』に記してある、源頼光が土蜘蛛を斬った名刀だ。

その言葉に、十兵衛は素直に一つ頷《うなず》いた。貫左も確かに言っていた。『この刀は信ずるに足る刀だ』と。信ずるに足る刀とは、自分の命を預けられる刀のことだ。

「わかってる。これは、父上から継いだ刀だ。俺はこの刀を信じている」

そう、きっぱりと言い切ると、大悲が小さく笑ったようだ。

「では、思う存分やるが良い。俺はこっちの蜘蛛の相手をしよう。お前は仇を取るが良い」

その言葉が合図のように、巨大な蜘蛛がこちらに向かって突進してくる。まともに食らえば、十兵衛の体などひとたまりもないだろう。

しかし、十兵衛は避けることをしなかった。逆に刀を大上段に構え、大蜘蛛に向かって真っ直ぐに立ち向かう。

〈馬鹿め！　肉饅頭《にくまんじゅう》にしてやるわ〉

嘲う声と同時に、蜘蛛は嫌らしい笑みを浮かべていた。八つの目がぎょろりと蠢《うごめ》き、笑っているのがはっきりわかる。仮に刀で切りつけられても、兜《かぶと》のように硬い頭蓋を割ることは出来ないと知っているような笑みだった。確かに、糸すら切れない刀に、本体を切り裂くことなどできまい。

だが――。

「二階堂平法・十文字！」

そう叫ぶと同時に、十兵衛は大上段の構えから、一気に刀を蜘蛛の頭蓋めがけて振り下ろす。

完全に防御を捨てた、必殺の一撃である。父から継いだ二階堂平法の秘技の一つだ。刃が触れる寸前まで、大蜘蛛は笑っているようだった。己の重量で押し潰《つぶ》さんとばかりに、十兵衛に向かい、体当たりを大きく喰らわす。しかし、その体が十兵衛と搗《か》ち合うことは終《つい》ぞ無かった。

どぼっと真っ白い液体が宙を舞う。

魂消るような絶叫が周囲に轟《とどろ》いた。大蜘蛛の声である。

十兵衛の刀は、存分に大蜘蛛の頭蓋を断ち割っていた。まるで豆腐を切るように、大蜘蛛の体に易々《やすやす》と刃が潜り込んでいく。蜘蛛の体のつくりがどうなっているかわからないが、十兵衛が斬り割ったのは、大蜘蛛の頭蓋だけではない。その背も腹も何もかも、真っ二つに割っていた。

耳が腐るような絶叫を上げ、体を真っ二つに分かたれた蜘蛛は絶命する。絶命と同時に毛深い八本の足がきゅうと丸まるのが不思議だった。きれいに二つになった骸が、ころんと甲板の上に転がる。

散々苦しめられた割に、大蜘蛛はあっけない死に様だった。しかし、十兵衛はそれをあっけないとも、自分の手柄だとも思っていない。十兵衛は、刀を信じて大上段に振り抜いただけである。

父が教えてくれた技を、刀が見事に大蜘蛛に伝えた、と思った。膝が萎《な》えてその場にへたり込みそうになるが、なんとかとどまる。

少し離れた位置から、ギィギィと耳障《みみざわ》りな悲鳴が聞こえた。そちらを見ると、獣の形をした大悲の影が、大蜘蛛を生きたまま喰らっている。白い血や足が飛び散り、食い方がひどく汚い。相変わらず悪趣味だ。

あっという間に大蜘蛛を食い尽くすと、大悲が呟《つぶや》く声が風に乗って聞こえてくる。

「初めて喰ったが、蜘蛛も中々悪くはないな。思ったよりも味が濃い」

それを聞いた十兵衛が、呆《あき》れかえって大悲を見つめる。この鬼は本当に緊張感の欠片もなくて、何処までも呑気なのだ。こんなモノに憑《つ》かれていては、己も呑気になるしかないかも知れなかった。

十兵衛の視線に気付いた大悲が、のんびりとこちらへやってくる。上機嫌に笑って言った。

「お前も首尾良く仕留めたな、十兵衛。それもついでに喰って良いか？」

大悲の視線を追いかけると、そこには真っ二つに分かれた大蜘蛛の死体があった。さっきまでは気付かなかったが、真っ二つに分かれたその腹からは、無数の子蜘蛛の死体がぼろぼろと零れ落ちている。

「これは……」

「都知久母の腹の中に居た子であろうな。産むためには精がいる。人魚を喰らって精をつけるつもりだったのだろうさ」

大悲の言葉は淡々としていた。十兵衛は、少し気の抜けたようにぼんやり呟く。

「……子のために、やったことだったんだな」

憎い仇敵《きゅうてき》ではあるが、その動機が子を産むためだと知ってしまうと、罪悪感が胸を嚙む。そんな十兵衛に、大悲が言った。なんだか呆れたような顔をしている。

「お前はお人好《ひとよ》しに過ぎるなァ。だから怨霊《おんりょう》に向かぬのだ。たとえ動機が子のためであったとして、これがお前の仇ということはかわるまい。こういうことはな、勧善懲悪で、めでたしめでたし、と割り切るのが一番良いのだ。殺した相手の事情など考えぬ方が長生きできるぞ」

もっともな物言いだった。この鬼は、そうやって割り切れるから鬼なのだろう。それが羨《うらや》ましくもあり、でも、そうなったら自分は終《しま》いだという気もする。

ぼんやりそんなことを考えていると、大悲は影を伸ばして、さっさと子蜘蛛ごと大蜘蛛の死骸《しがい》を食い尽くす。どうにも悪夢のような光景だったが、目を逸らすことはしなかった。最後まで見届けることが自分の役目だと思ったからだ。

死骸をすべて食い尽くすと、大悲は満足そうな顔で十兵衛を見る。やけにのんびりした声で言った。

「顔の傷も消えたことだし、まぁ一旦《いったん》はこれで幕で良いだろう。他の船の連中が乗り込んでくる前に、さっさと消えておくのが良いな」

そういえばそうだった。細川の軍船《いくさぶね》は数隻《せき》あるのだ。見れば、ようやく異変を察知したらしい軍船が、何隻かこちらに近づこうとしているのがわかる。

顔を触ると、大悲の言う通り、さっき自分で付けた傷は、とうに消えていた。自分の身に起こったことが夢ではないと改めて思い知る。

大悲が、ふと思い出したように言う。

「女難、水難、剣難、おまけに火難も一応は当たったが、最後の死相は外れたな。いや、逆に大当たりでもある、か」

「何のことだ？」

「あの辻占《つじうら》の言うことさ」

大悲の言葉に十兵衛は、市で辻占に掛けられた言葉を思い出す。そういえば、熊本から天草は、丁度南西の方角だ。わずか数日前のことなのに、ひどく遠い日の出来事のように思える。その事を呟くと、大悲が朗らかに笑って言った。

「それはそうだ。お前は今日から『化け物』なのだ。人だった頃がひどく遠いのは当たり前だろう」

「化け物」

鸚鵡《おうむ》返《がえ》しに呟く十兵衛に、大悲は妙にさっぱりとした風情で言う。

「殺しても死なない人など、それはもう人ではなく化け物さ。そうして俺も、人に憑く鬼から、晴れて化け物に憑く鬼になったわけだ。実に面白いではないか」

何が面白いのか十兵衛にはさっぱりわからなかったが、しかし、鬼に憑かれる化け物というのは、なんとなく洒落《しゃれ》がきいているなと、少し思った。

その時、ふと大悲が妙な顔をする。顔をしかめ、何か不機嫌そうだった。

大悲のこんな顔を見たのは初めてだったから、十兵衛は半ば慌《あわ》てて尋ねる。

「どうした、大悲さん。また新手の敵か?」

その問いに、大悲が渋い顔のままで言った。

「……いや、どんな味かと思って松山主水を齧《かじ》ったのだが、これは不味《まず》いな。渋いというか甘苦いというか……腐った味だ」

「はぁ⁉ 仮にも人の父親だぞ⁉ 勝手に食うなよ!」

とんでもないことをさらりと言われ、十兵衛は大悲に食って掛かる。襟元を摑んで揺さぶられながら、大悲が言った。

「気になることがあったのでな。しかし……、これでようやく間尺《ましゃく》が合ったな」

「間尺？」

気になることとは何なのか。思わず襟元から手を放す十兵衛を見て、大悲が言った。

「いや、お前は自分の出生を、『剣術指南役になったがゆえに、妻《めと》を娶ることができなくなったから、山人の娘との間にひそかに子を生《な》した』と説明されていたのだろう？　そもそも松山主水が熊本藩の剣術指南役になったのは寛永九年のことだ。その言葉通りなら、お前は三つかそこらだという事になってしまうぞ」

言われてみればそうだった。唐突に実の子だといわれて動転していたという事もあるが、考えてみれば年が合わない。合わなすぎる。

急に沈黙する十兵衛に、大悲がさらりと言った。

「松山の一族は、どうやら公儀隠密《おんみつ》だったようだな。そうして公儀の命をうけて熊本藩を探っていたのだ。そのため、主水も以前よりたびたび熊本に足を運んでいたが、その折、山中でお前の母と恋に落ちたらしい」

「……え？」

寝耳に水どころの騒ぎではない。唖然とする十兵衛に、大悲は無造作に言葉をかける。

「家のことだの、〈心の一方〉なんぞ関係なしに、お前は初めから夫婦の子として生まれてきたのだなぁ」

感心したように頷く大悲に、十兵衛は何もいうことができなかった。あの時、父の魂である青い蝶が頭に止まったのは、そういう意味もあったのだろうか。

いつか父の口からそのことを聞く日があったかもしれないし、なかったかもしれない。

けれど、それは叶《かな》わないし、ありえない。

確かに父と紅絹の仇は取れた。しかし、仇を取っても二人が帰ってくるはずもない。おまけにその代償に、今の自分は化け物だ。

中途半端《はんぱ》な救いのなさが、却《かえ》って余計に面白い。十兵衛は、声を出して、思い切り笑う。笑いながら、涙を零した。

ありとあらゆることが無意味なのに、奇妙な爽快《そうかい》感があった。何もかも中途半端で、無意味で、得るものなんて何一つない。

ただ、胸の奥に刺さった棘《とげ》は、綺麗《きれい》さっぱり抜けていた。踏ん切りがついたというより、ふっきれたのだ。

仇を討つという意味は、多分これなんだなぁ、とぼんやり思う。

何一つ生み出さないが、しかし、どこかですっきりする。

冬の空に響く笑い声は、まるで、空に沈むように、奇妙に響いた。

終　火天大有《かてんたいゆう》——鬼に憑《つ》かれた化け物、熟《な》れて方《はじ》めて《何者》かになること

寛永十三年、十二月。

肥後山中にある蓮明寺《れんみょうじ》の境内は、夥《おびただ》しい人で埋もれていた。六斎市《ろくさいいち》が立っているのだ。

正月も近いため、今日は人の出が普段以上に多かったし、また、騒々しさも倍だった。

貫左はいつものように鍛冶《かじ》の店を出しながら、正月のための包丁研ぎをこなしていた。

ここ最近は、藩主の話で持ちきりだ。なんでも、ついこの間、細川忠利と三斎が直接対面をし、長年の確執から、ついに和解したらしい。忠利と三斎の仲の悪さは折り紙付きだ。だから、何故《なぜ》急に仲直りをしたのかと、家臣一同、首を捻《ひね》っているそうだ。

噂《うわさ》では、八代《やつしろ》まで、わざわざ忠利が出向いて、形の上では息子が折れたようだが、

実際は三斎の方が頭を下げたのだという。

近くの天草と島原が焦臭《きなくさ》い今、藩の問題が片付いたのはやはり良いことなのだろう。確執がなくなった途端、景気も上向きになってきたようで、農具が飛ぶように売れたのは、やっぱりめでたい事だった。

余りに儲《もう》かったので、今年の正月は、贅沢《ぜいたく》でもしようかとちらっと思ったが、しかし、考え直してそれは止《や》めた。儲かった金で、良い鋼《はがね》を買ってきて、それで一振り、刀を鍛《う》ちたいと思ったからだ。

先々代を超える刀を鍛つことは、貫左の唯一《ゆいいつ》の望みである。悲願と言ってもいい。そんな刀が鍛てた暁《あかつき》には、それを十兵衛に渡してやろうと貫左は思う。

そんなことを考えていると、外から聞き慣れた声がかかった。

「兄御《あにご》、居るかい？」

間違いなく十兵衛の声だった。貫左は少し苦笑して、普段通りの返事をする。

「居るに決まってる。用事があるなら入ってこい。冷やかしなら余所《よそ》にいきな」

筵《むしろ》をあげて入ってきたのは、案の定十兵衛だった。奇妙なことに、今日は旅姿をしている。背後には、笠《かさ》を深く被《かぶ》った例の坊主《ぼうず》がいた。貫左は、その顔を見ないように注意しつつ、十兵衛に問いかける。

どうやらこの坊主は、以前に貫左に言ったとおり、仇討ちが終わった十兵衛に何か見える。貫左は思わず大悲《だいひ》を見上げた。大悲が笠を被ったまま小さく頷く。

その顔は随分と明るかった。今までの険が嘘《うそ》のようになくなって、年相応のように

「ちょっとした用心棒の仕事だよ。やりたいことが出来たんだ」

「天草に仕事って、何しにいくんだ?」

るのも悪い気がして、結局何も訊かなかった。代わりに他のことを訊く。

貫左は、ふと、あの異人の少女の顚末《てんまつ》について訊こうとしたが、何故だか深入りす

「そうか……」

「仇討ちは終わったよ。何もかも中途半端《はんぱ》な終わり方だったけど」

く、吹っ切ったような笑みでもあった。

心配して貫左が訊《き》くと、十兵衛は少し苦く笑って言った。苦い笑みだが、どことな

「天草だって? 仇討《あだう》ちはどうなったんだ」

なったんだよ。当分留守にするから、兄御に挨拶《あいさつ》しに来たんだ」

「ああ。ちょいと天草で仕事が見つかったもんだから、しばらくそっちに行くことに

その問いに、十兵衛が妙にさっぱりとした顔で頷《うなず》く。

「どうした、その格好は。何処《どこ》かへ行くのか?」

の道を示してやったのだろう。

明るい顔の弟分に、貫左は一言だけ、心からの言葉を告げた。

「そうか。お前の望みがかなうといいな」

「うん。ありがとう。時々は戻ってくるから、そうしたら、また刀を研いでくれ」

十兵衛がニッと笑って答える。久しぶりの明るい笑みに、貫左も何処か嬉《うれ》しくなった。

「わかった。いつでも研いでやるから、帰ってきた時には、かならず俺に顔を見せろよ」

「ああ。頼むよ。その時は、今度は奪った刀の代わりに隕鉄《いんてつ》を探してくるよ」

十兵衛は、貫左の悲願を知っている。弟分の気遣いに、貫左は十兵衛の頭をくしゃっと撫《な》でた。

「ありがとよ。それじゃあ、気をつけて行ってこい。俺は、いつでも待ってるぞ」

その言葉に、十兵衛がひとつ、はっきりと頷いた。

餞別《せんべつ》に刀を研いで貰《もら》った後、貫左の店を出た十兵衛は、妙に澄んだ師走《しわす》の空を仰ぎ見た。ここ一年は、俯《うつむ》いているばかりで、碌《ろく》に空なんて見ていなかったと思い出す。

良い空だ、と漠然と思う。ふと気がついて、背後にいる大悲に言った。

「別に、あんたまで俺にくっついてくることはないんだぜ？」

「化け物と鬼が、人魚の用心棒をするというのも変わっていて面白い。お前が死ぬまで憑いてやるという約束だ。鬼は、約束を破らぬものさ」

愉《たの》しそうに笑う大悲に、十兵衛もつられて笑った。半月近く前のことを思い出す。


あの後、二人は大悲の出した小舟に乗って、天草の海を漂っていた。潮の流れのせいか、二人の乗った小舟は滑るように軍船《いくさぶね》から離れ、少しずつ西へ西へと進んでいく。

東にある陸地から、段々離れていくようだったが、二人は何もしなかった。遠くに見える水平線をぼんやり眺める。

夜明け前の海は何処までも凪《な》いでいた。波の向こうに島影がうっすら見える。満月が海上に光の道を作っていた。

その道は、遥《はる》か西まで続いている。なんとはなしに十兵衛が呟《つぶや》いた。

「なぁ、大悲さん」

「ん？」

「西の海の果てには、補陀落山《ふだらくせん》があるっていうけど、本当だろうか」

古来より、補陀落山という浄土をめざし、何人もの僧侶《そうりょ》が船出をした。海の彼方《かなた》にある異界へ行くためだ。それを補陀落渡海という。

補陀落渡海は、肥後の人間には馴染《なじ》みが深い。単に船に乗って西へ向かうことからの連想だったが、大悲は意外にも至極真面目《しごくまじめ》に答えてくれる。

「さぁなぁ。だが、実際、俺も海の向こうには死者の国があると聞いたことがある。何故だかこの国の人間は、海の向こうにそういうものがあると信じるらしいな」

「死者の国？」

地獄や極楽のことかと問う十兵衛に、大悲は笑って違うと言った。

「死者の国とは、常世《とこよ》の国だ。一説に常世の国とは、罪のない、別の世界を言うのだそうだ」

「罪？」

「人というのはな、罪を犯さずとも、『生きている』それだけで罪なのだそうだ。だから、死者の国が罪のない別の世界となるらしい。生きるというのは時が動くということだろう。だから、時が止まった、永遠の世界が死者の国だという理屈だな」

そう言うと、大悲は幾分遠くを見るような目になった。それはなんだか望郷にも似た憧憬《しょうけい》の色が濃い。それを見て、十兵衛はふと、あることを思い出す。

「そういえば、あんた、惚《ほ》れた女がいるんだろう。俺に憑いてていいのかよ」

ついさっき知ったことだが、この鬼には八百年も惚れている女がいるらしい。惚れた女を放って置いて、自分なんかに関わっている暇があるのだろうか。この鬼の故郷がどこだか知らないが、帰る場所があるのなら、帰った方が良いに決まっている。

そんなことを尋ねると、大悲が呵々《かか》と朗らかに笑って言った。

「ああ、その話なら気にするな。その女なら、八百年前に死んでいる。今ではたまに墓参りに行くくらいだ」

「死んでる」

あまりに意外な一言に、十兵衛は仰天し、鸚鵡《おうむ》返《がえ》しに訊き返す。相変わらずの朗らかさで、大悲が笑って答えてくれた。

「その女は普通の人間だったからな。まったく気の強い女でなぁ、鬼であるこの俺に、賭《か》けを持ちかけてきたのだよ。初対面であるにもかかわらず、俺が自分に惚れたなら、生涯人を殺して喰らわないよう迫ってきた。まぁ実に面白い女だったぞ。面白すぎて、気がついたら惚れていた。賭けに負けたという奴《やつ》だな。だから俺は、人を殺せぬ身の上なのさ」

清々《すがすが》しい物言いだった。懐《なつ》かしむような風情《ふぜい》もある。

そういう理由で大悲は人を殺さないのだと合点はしたが、なんだか返す言葉がなかった。訊いてはいけないことを訊いてしまったような気がして、十兵衛は素直に大悲に頭を下げる。

「すまん。そんな大事な話を迂闊《うかつ》に尋ねて悪かった」

「かまわぬよ。昔の話さ。それに、その女とはまた会えるような気もするから、終わった気にもならんのだ」

あっけらかんとした大悲だったが、十兵衛は、なんだか胸を突かれたような気分になった。鬼と人間は考え方も違うだろうが、しかし、似ている部分もある。八百年も惚れっぱなしというのだから、相当好きだったに違いない。十兵衛とて、紅絹《もみ》のことを思うだけで胸が痛いのだ。そんなところに土足で踏み込み、悪いことをしたな、と心底思う。

大悲の顔を直視できず、思わず俯いたその時だ。

視界の隅に、ちらっと何か、奇妙なものが飛び込んだ。海の中に何か居る。視線を向けて凝視すると、それは、人のような猿のような顔をした何かだった。

「何者だ！」

十兵衛は、咄嗟《とっさ》に刀を抜きながら、小舟の上で立ち上がる。しかし、それを止めたのは大悲の呑気《のんき》な声だった。

「これは珍しいな。見ろ、十兵衛。これが人魚というモノだ」

海の中を覗《のぞ》き込み、愉快そうに大悲が言った。その言葉に、十兵衛も恐る恐る海を見る。

大悲の言うとおり、水の中には胸から上が人に似た、けれど明らかに魚のようなモノがいた。どうやらこれは一匹ではない。水底の方に、十匹以上は軽くいる。

人魚というのは、やっぱり《せいれん》とはまったく違うかんじがあった。少し怯《おび》えている風に見えるのは、刀が何に使う道具なのかをきちんと知っているからだろう。

大悲が落ち着き払っている以上、多分これは害がない。そう思った十兵衛が刀を鞘《さや》に収めた途端、人魚の代表らしき一匹が、ちょこんと水面へと顔を出した。

改めて見る人魚の顔は、男だか女だか人だか猿だかなんだかわからない、ちょうど中間の顔をしている。なんだか間の抜けた、人の好《よ》さそうな顔だった。

人魚が何かキィキィと、何かを載せた手を差し出し、喋《しゃべ》りかけるように声を出す。

それを見た大悲が、一瞬ひどく驚いたような顔をした。

大悲がこんな顔をするのは滅多にない。十兵衛は、慌《あわ》てて人魚の手の上を見た。

そこには、真っ赤な尾ひれの小魚が載っている。鮮やかなその赤には見覚えがあった。十兵衛は、思わず叫んだ。

「紅絹⁉」

その声に大悲が大きく頷いた。そのまま、何か不思議な声で人魚に話し掛ける。この鬼は鬼だけあって人魚とも話せるのかと思ったが、口に出すことはしなかった。そんなことより、紅絹に良く似たこの魚だ。

人魚は大事そうに赤い魚を水中に戻すと、大悲とじっくり話し合っているようだった。

一刻も早く内容を聞きたかったが、急《せ》かすわけにもいかず、十兵衛は随分やきもきして二人の会話が終わるのを待ち続ける。

一切《ひときり》は話していただろうか。ようやく会話が終わったようで、大悲が十兵衛の方を見た。大悲が口を開くより早く、十兵衛が急かすように言う。

「なんて、なんて言ってるんだ？　さっきの魚は紅絹なのか？　なぁ、大悲さん……‼」

慌てふためく十兵衛に、大悲が少し呆《あき》れていった。

「とりあえず落ち着け。じっくり話してやるから安心しろ」

そう言って十兵衛を制すると、大悲は人魚の話を丁寧に纏《まと》めてくれた。

島原と天草の間の海は、元々は『てい人国』に通じる道があった場所らしい。人魚は土蜘蛛《つちぐも》の餌《えさ》にされる為《ため》、それゆえ道を閉ざしていたのだが、景行天皇の手によって土蜘蛛が滅ぼされてからは、年に数度道を拓《ひら》き、こちらと行き来できるようにしていたそうだ。

『てい人国』の海は、こちらの海とは違って食べるものがやや乏しい。それ故《ゆえ》、子を孕《はら》んだ人魚は、食べ物の豊富な天草の海で栄養を蓄え、そうして子を産むようになっていた。年に数度、決まった時期しかこちらに現れないようにすることで、人魚は千年以上ものあいだ、ずっとその身を守ってきたという。

しかし三年前、滅んだはずの土蜘蛛が蘇《よみがえ》ったことで事態は一変する。土蜘蛛は人魚の天敵だ。孕んだ人魚など、見つかったら確実に捕らえられて喰われるに決まっている。しかし、この海の豊富な海産物は、手放すには惜しかった。人魚とて、喰わねば滋養もとれないからだ。

土蜘蛛はその名の如《ごと》く、暗い場所を好み、光の下には出てこない。それゆえ、人魚は月の明るい晩にのみ、『てい人国』から道を拓いて天草の海に現れることにしたという。

昨夜もそうした晩だった。そこで人魚達は一部始終を見ていたらしい。天敵の土蜘蛛を殺してくれたお礼にと、彼等は海底で泡になって消えかけていた紅絹を助けてくれたという……。

大悲からその話を聞き終わった瞬間、十兵衛は我ながら情けないが、子供のようにぼろぼろ泣いた。さすがに声を出して泣くようなことはなかったが、止めどなく涙が溢《あふ》れてしかたなかった。先刻流した涙の方がまだ大人しい。

紅絹が生きていてくれただけで、それで良かった。現金なことに、それだけで、先刻までの空《むな》しさは一気に吹き飛ぶ。

十兵衛が泣き止むまで、大悲も人魚も何も言わなかった。思う存分泣かせてくれた。ようやっと涙が収まった後で、大悲は紅絹が如何《どう》してこんな姿になったのかを解説してくれる。

人魚というのは寿命がない代わり、力を失えばどんどん縮んでいくモノだそうだ。だから、今の紅絹は、こんな小魚になってしまっているという。

「一度は死にかけるほどに、霊気が空になってしまったわけだからな。元に戻るまでは、十年か二十年はかかるらしい。土蜘蛛退治の礼に、それまで紅絹の面倒は人魚達が見てくれるそうだ。その間は『てい人国』に連れて行くことになるが、それでも良いか、と訊いている」

それは勿論《もちろん》、良いに決まっていた。あの少女が生きていてくれるだけで十分だ。会えないくらい、どうだというのか。

十兵衛は一も二もなく賛成し、そうして人魚は紅絹を連れて、『てい人国』とやらに帰って行った。

年に一度、丁度この頃に、成長した紅絹の様子を見せにくると約束をして。

十兵衛が人魚の用心棒になることを決めたのは、その約束のためだった。聞けば、土蜘蛛以外にも、素性の悪い狐《きつね》だの、不死を求める人間だのと、人魚の天敵は案外多い。

だったらせめてその礼に、人魚達が安心できるよう、天敵から守ってやろうと思ったのだ。人魚の用心棒、というやつである。

それは、初めて十兵衛が自分で選んだことだった。折角化け物になったのだ、化け物にしか出来ないことをやろうと思う。

初めて自分が《何者》かになれた気がした。

化け物に憑く鬼が、呑気な声でのんびりという。

「さて、では行くとするか。天草は海老《えび》が美味《うま》いのだ。あとは貝の類《たぐ》いも豊富でな。喰うにはまったく不自由がないぞ」

鬼に憑かれた化け物が、呆れたように肩を竦《すく》める。

「ほんとにあんたは喰うことばっかりだ」

呆れながらも、その目は久しぶりに空を見ていた。

十兵衛の視線の先には、鈍く輝く太陽がある。天気が良いのは幸いだが、門出にしては覇気のない太陽だった。

しかし、曖昧《あいまい》で中途半端なこの空こそが、中途半端な化け物の自分には相応《ふさわ》しいと、十兵衛はそう思う。割り切れないからこそ、だからいい。

空には鳶《とび》が舞っている。

正月は、すぐそこだった。

参考文献

『日本書紀　二』日本古典全書　朝日新聞社
『魔の系譜』谷川健一　講談社学術文庫
『日本の神々』谷川健一　岩波新書
『島原の乱』神田千里　中公新書
『宗教で読む戦国時代』神田千里　講談社選書メチエ

解説

前島賢

大坂の陣で豊臣家が滅びてから二十年後の寛永十二（１６３５）年、九州地方。戦国乱世の記憶も薄れ始めた一方、不作でも変わらぬ過酷な年貢や、キリスト教禁教による烈《はげ》しい弾圧によって、庶民の間には不穏な空気が漂い始めていた。やがて島原で起こる大乱をわずか二年後に控えた年に、物語は始まる。

肥後熊本藩細川家の剣術指南役であった父・松山主水《もんど》大吉を殺され、みずからも追われる身となった少年・十兵衛は、十五人の刺客を道連れに死の淵《ふち》にあった。そんな十兵衛を救ったのは、彼の血を浴びて復活した怪物……みずからを鬼と称す美貌《びぼう》の僧・大悲《だいひ》だった。鬼に憑《つ》かれた少年は、父の死の真相を求め細川家に復讐《ふくしゅう》のゲリラ戦を開始するが、そこで彼らが運んでいた奇妙な「積荷」……金色の髪をした異国の少女を助けることになる。

本作『鬼憑き十兵衛』は作家・大塚已愛のデビュー作だ。「日本ファンタジーノベル大賞２０１８」の大賞受賞作として、２０１９年3月に新潮社から単行本として刊行（投稿時のタイトルは「勿怪《もっけ》の憑《がかり》」）。同年には、新生第1回日本歴史時代作家協会賞・新人賞部門の最終候補作ともなった。

あるいは、時代劇なのにファンタジー？　と疑問に思う方もいるだろうか。「日本ファンタジーノベル大賞」が創設されたのは１９８９年のこと。第１回の大賞受賞作は酒見賢一『後宮小説』だ。素乾《そかん》国という王朝の歴史を数々の史書を繙《ひもと》きながら語る……という体裁だが、もちろん素乾国など歴史上どこにも存在せず、作中で引用される史書もすべて架空、というユニークな語り口の作品だ。本作を皮切りに、狭義のファンタジーに縛られることなく、多種多様な才能を世に送り出してきたのがこの賞だ。出身者には鈴木光司、佐藤亜紀、恩田陸、池上永一……とそうそうたる面々が並ぶ。間違いなく日本文芸史において最も多様な想像力の受け皿となってきた新人賞のひとつだろう。惜しまれつつも２０１３年の第25回で一旦《いったん》幕を下ろしたが、２０１７年に「日本ファンタジーノベル大賞２０１７」として待望の復活。本作『鬼憑き十兵衛』は、リスタート後2回目の大賞受賞作となるわけだが、傑作から奇作、怪作までよりどりみどりな本賞出身作の中で、かえって新鮮に感じられるほど、ストレートな時代伝奇エンターテインメントだ。

本書の起点となる松山主水大吉の暗殺事件とは歴とした史実である。熊本藩細川家の初代藩主・細川忠利に剣術指南として仕えた彼は、二階堂平法と呼ばれる剣の流派の達人で、催眠術のように相手を金縛りにする「心《しん》の一方」という術を使ったと伝わる。だが主水は振る舞いに傲慢《ごうまん》なところがあり、しかも当時の細川藩は当主・忠利とその父・三斎の確執から藩内が二分されていた。主水が三斎派の家臣に狼藉《ろうぜき》を働いたことで三斎は激怒、荘林《しょうばやし》十兵衛という剣士に主水暗殺を命じる。不運にもちょうど病に伏していた主水は、荘林十兵衛の不意打ちで絶命するが、その荘林十兵衛もまた、側に控えていた主水の小姓の手にかかり命を落とす……というあらましである。

しかし、この説明だと多くの方はハテ？　と首をかしげるはずだ。藩の剣術指南役の暗殺を任されるなら、刺客もよほどの達人のはず。それが主水に返り討ちにされるならともかく、小姓に斬《き》られるとは何事かと。その疑問に……実は荘林十兵衛を斬ったのは、主水の隠し子――主水より、二階堂平法の真髄を、秘技「心の一方」に至るまで伝えられた（奇《く》しくも刺客と同じ名前の）十兵衛だったのだ、と答えるところから、伝奇時代小説としての本書は、史実の裏に隠された物語を紡《つむ》いでいく。

主水はなぜ殺されたのか。その傲慢な振る舞いのわけは。荘林十兵衛の死後、その息子の半十郎まで殺されたのは何故《なぜ》か。細川家における忠利と三斎の対立の本当の理由は？　謎《なぞ》多き史実に、推理小説のように鮮やかに答えを出しながら、しかも、それは単なる辻褄《つじつま》合わせに終わらない。松山主水の名前にピンとくるのは、けっこうな歴史好きに限られるかもしれない。だが、この歴史の片隅の出来事が、やがては日本史上の大事件と結びつき、それどころか地理的には遠く海を越えて西洋に、時間的にもはるか数千年の時を超えた神話の時代へと、加速度的に縦横のスケールを拡大していくのだ。広がりきった風呂敷《ふろしき》の、曼荼羅《まんだら》のごとき様相をみれば、読者もきっと本書が「日本ファンタジー小説大賞」受賞作の名に相応《ふさわ》しい作品だったと納得してくれるだろう。

一方、時代伝奇のもうひとつの主役であるチャンバラシーンについても本書はけしておろそかにはしていない。冒頭の一行だけでも、著者が新人離れした筆力の持ち主であることは瞭然《りょうぜん》だが、それでもって描かれる剣戟《けんげき》の様は凄《すご》いのひとこと。十五名の刺客を一人で斬り捨てる十兵衛も相当だが、敵もさるもの、さらなる強者を繰り出してくる。どんどん大きくなる物語のスケール感に、アクションがまったく遅れをとっていないのが素晴らしい。

もちろん、忘れてはならないのが、十兵衛の相棒にして、本書のもうひとりの主役たる鬼の大悲だろう。泰然自若で悠々自適、普段は何を考えているのかさっぱりだが、時おり本職の僧もかくやという鋭い警句を述べる。まさに「人を食ったような」と言ってやりたいところだが、この鬼が好んで食うのは人よりも器物の魂とくるものだから、まったくもって捉《とら》えどころがない。この大悲のありようが、いささか無鉄砲がすぎる十兵衛と実にいいコンビなのである。たとえ歴史ものには興味がない、という読者であっても、ふたりの掛け合いを読んでいるだけで、自然と物語に引き込まれていくだろう。時代伝奇のみならず、キャラクター小説の書き手としても著者は卓越した力量を持っている。

さらに驚くべきことは、著者が本書で見せた才能の多彩さは、しかし、これでもまだほんの一部でしかないという点だ。大塚已愛には、本作に加えて、さらにもう一冊のデビュー作が存在するのである。株式会社KADOKAWAが主催する第4回角川文庫キャラクター小説大賞を受賞し、2019年4月に角川文庫より刊行された『ネガレアリテの悪魔　贋者《にせもの》たちの輪舞曲《ロンド》』（応募時のタイトルは「夜は裏返って地獄に片足」）がそれだ。

『鬼憑き十兵衛』を楽しまれた読者ならば、間違いなく本作も気にいってくれるだろう。こちらの舞台は19世紀ロンドン。贋作《がんさく》絵画に潜む怪物に襲われた貴族の娘エディスが、謎の青年サミュエルに助けられるところから始まる。このサミュエル、ケンブリッジハットにスリーピース、白金の髪と深紅の目を持つ美貌の紳士で、すぐれた美術教養の持ち主でありながら人外の化け物と戦う記憶喪失の戦士であり、武器は祝詞《のりと》と、九州肥後の名刀・同田貫《どうだぬき》二尺八寸九分半、しかしてその正体は……と、思わず「盛りすぎだろ！」と突っ込みたくなってしまうほど濃すぎるキャラクターである。ところが彼を取り巻く作品世界も負けてはいない。膨大な美術教養を交えて書かれる、絵画から生まれる怪物との戦いを軸に、史実の著名人物と人外の化け物が交差する盛りだくさんの内容と相まって、豪華絢爛《けんらん》たる英国伝奇浪漫になっている。

その上で特筆すべきは、贋作絵画や人外の化け物といった要素をただ並べ立てるだけではなく、彼ら「それに似て、それに非ざるもの」たちに、エディスが持つ出自の悩みを重ね合わせて「偽物」というひとつのテーマに統合。女性の権利が未確立な時代に、自分の意思で生きようとする一人の少女の物語として描いた点にあるだろう。

この点は、『鬼憑き十兵衛』が風呂敷を広げるだけ広げるなかにあって、奥深い山で人を斬ることしか教えられずに育った少年・十兵衛が、遠い海から来た少女・紅絹《もみ》との出会いによって守るべき者を見いだしていく、ボーイ・ミーツ・ガールという一本の軸をきっちり通しているのと相似である。

評者は、デビュー作二作を刊行時に読んでビックリさせられた。各国の言語に、日本史に西洋史、時代劇に英国浪漫、絵画美術に記号学、日本刀、日本神話にキリスト教と、著者の引き出しの多さときたら、まるで四次元ポケットのようである。しかも、さらに驚くべきことに、ひっくり返ったおもちゃ箱のように広がるそれらを、物語の力でぎゅっとまとめて、直球エンターテインメントとして読者に送り届けてくれる。大塚已愛は、そんな力ある書き手である。

二冊のデビュー作の刊行の後、著者はこれまで「小説新潮」誌に継続的に短篇を寄稿しているほか、『ネガレアリテの悪魔』は2019年12月に第二作『黎明《れいめい》の夜想曲《ノクターン》』が刊行された。またネット小説サイト「ノベリズム」にて2020年9月から、19世紀ロンドンを舞台にした「Nostalgia　ヴィクトリア朝蒸気機関譚《たん》」を連載中。舞台こそ『ネガレアリテの悪魔』と同じだが、こちらはスチームパンク×ダークファンタジーと、また新たなジャンルで新たな一面を見せてくれる作品である。本作は投稿作品の中から選ばれる、第1回ノベリズム大賞の受賞作にもなっている。

底知れない引き出しを持った著者が、次はどんな舞台で、どんな題材で、どんなジャンルに挑戦してくれるのか、これからも楽しみだ。加えて抜群のキャラクター性とビジュアル性を持ち、骨太の物語に支えられた作品には、コミックやアニメなど、メディアを超えてファンを獲得できる可能性も十分に感じる（実際、前述の「Nostalgia」

がコミカライズ企画進行中とのこと)。ジャンルをこえ、メディアをこえて、世界にその大風呂敷を広げてほしい。

(二〇二一年十月、ライター)

〈参考文献〉綿谷雪『新・日本剣豪100選』(秋田書店)

この作品は二〇一九年三月新潮社より刊行された。

天野純希著　**信長嫌い**

信長さえ、いなければ——。天下を獲れたはずの男・今川義元。祖父の影を追った男・織田秀信。愛すべき敗者たちの戦国列伝小説！

池波正太郎著　**スパイ武士道**

表向きは筒井藩士、実は公儀隠密の弓虎之助は、幕府から藩の隠し金を探る指令を受けるが。忍びの宿命を背負う若き侍の暗躍を描く。

高田崇史著　**鬼門の将軍　平将門**

東京・大手町にある「首塚」の謎を鮮やかな推理の連打で解き明かす。常識を覆し、《将門伝説》の驚愕の真実に迫る歴史ミステリー。

野口　卓著　**からくり写楽**

—蔦屋重三郎、最後の賭け—

謎の絵師を、さらなる謎で包んでしまえ——。前代未聞の密談から「写楽」は始まった！江戸を丸ごと騙しきる痛快傑作時代小説。

隆慶一郎著　**吉原御免状**

裏柳生の忍者群が狙う「神君御免状」の謎とは。色里に跳梁する闇の軍団に、青年剣士松永誠一郎の剣が舞う、大型剣豪作家初の長編。

乾　緑郎著　**機巧のイヴ**

幕府VS天帝！　二つの勢力に揺れる都市・天府の運命を握る美しき機巧人形《オートマタ》・伊武《イヴ》。ＳＦ×伝奇の嘗てない融合で生れた歴史的傑作！

酒見賢一著
後宮小説
日本ファンタジーノベル大賞受賞

後宮入りした田舎娘の銀河。奇妙な後宮教育の後、みごと正妃となったが……。中国の架空王朝を舞台に描く奇想天外な物語。

沢村凜著
王都の落伍者
―ソナンと空人1―

荒れた生活を送る青年ソナンは自らの悪事がもとで死に瀕する。だが神の気まぐれで異国へ――。心震わせる傑作ファンタジー第一巻。

畠中恵著
しゃばけ
日本ファンタジーノベル大賞優秀賞受賞

大店の若だんな一太郎は、めっぽう体が弱い。なのに猟奇事件に巻き込まれ、仲間の妖怪と解決に乗り出すことに。大江戸人情捕物帖。

恩田陸著
六番目の小夜子

ツムラサヨコ。奇妙なゲームが受け継がれる高校に、謎めいた生徒が転校してきた。青春のきらめきを放つ、伝説のモダン・ホラー。

仁木英之著
僕僕先生
日本ファンタジーノベル大賞受賞

美少女仙人に弟子入り修行!? 弱気なぐうたら青年が、素晴らしき混沌を旅する冒険奇譚。大ヒット僕僕シリーズ第一弾!

柿村将彦著
隣のずこずこ
日本ファンタジーノベル大賞受賞

村を焼き、皆を丸呑みする伝説の「権三郎狸」が本当に現れた。中三のはじめは抗おうとするが。衝撃のディストピア・ファンタジー!

新潮文庫最新刊

大塚已愛著
鬼憑き十兵衛
日本ファンタジーノベル大賞受賞

父の仇を討つ――。復讐に燃える少年と僧形の鬼、そして謎の少女の道行きはいかに。満場一致で受賞が決まった新時代の伝奇活劇！

町屋良平著
1R1分34秒
芥川賞受賞

敗戦続きのぼんこつボクサーが自分を見失いかけるも、ウメキチとの出会いで変わっていく。若者の葛藤と成長を描く圧巻の青春小説。

田中兆子著
徴産制
センス・オブ・ジェンダー賞大賞受賞

疫病で女性が激減した近未来。国家は18歳から30歳の男性に性転換を課し、出産を奨励した――。男女の壁を打ち破る挑戦的作品！

櫻井よしこ著
問答無用

一帯一路、RCEP、AIIB、中国の野望に米中の対立は激化。米国は日本にも圧力をかけてくる。日本のとるべき道は、ただ一つ。

野地秩嘉著
トヨタ物語

ジャスト・イン・タイム、アンドン、かんばん方式――。世界が知りたがるトヨタ生産方式とは何か。最深部に迫るノンフィクション。

原田マハ著
常設展示室
―Permanent Collection―

ピカソ、フェルメール、ラファエロ、ゴッホ、マティス、東山魁夷。実在する6枚の名画が人々を優しく照らす瞬間を描いた傑作短編集。

鬼《おに》憑《つ》き十《じゅう》兵《べ》衛《え》

新潮文庫　お－111－1

令和三年十二月一日発行

著者　大《おお》塚《つか》已《い》愛《ちか》
発行者　佐藤隆信
発行所　株式会社　新潮社
郵便番号　一六二―八七一一
東京都新宿区矢来町七一
電話　編集部(〇三)三二六六―五四四〇
読者係(〇三)三二六六―五一一一
https://www.shinchosha.co.jp

価格はカバーに表示してあります。

乱丁・落丁本は、ご面倒ですが小社読者係宛ご送付ください。送料小社負担にてお取替えいたします。

印刷・株式会社三秀舎　製本・加藤製本株式会社

ISBN978-4-10-103461-4 C0193